虫儿，快跑

张健/著

南方日报出版社
NANFANG DAILY PRESS
中国·广州

图书在版编目（CIP）数据

虫儿，快跑 / 张健著. — 广州 ： 南方日报出版社， 2015.1
ISBN 978-7-5491-1214-2

Ⅰ. ①虫… Ⅱ. ①张… Ⅲ. ①随笔－作品集－中国－当代
Ⅳ. ①I267.1

中国版本图书馆CIP数据核字(2015)第011706号

CHONGER，KUAIPAO
虫儿，快跑

著　　者：张　健
出版发行：南方日报出版社
地　　址：广州市广州大道中289号
责任编辑：刘志一　　郑　颖
装帧设计：高　识
责任技编：王　兰
责任校对：王　燕
经　　销：全国新华书店
印　　刷：河南省瑞光印务股份有限公司
开　　本：889mm×1194mm　1/16
印　　张：20.75
字　　数：250千字
版　　次：2015年1月第1版
印　　次：2015年1月第1次印刷
定　　价：39.8元

投稿热线：（020）87373998-8503　读者热线：（020）87373998-8502
网址：http://www.nanfangdaily.com.cn/press　http://www.southcn.com/ebook

——序——

领跑的傻男孩

“晃动一下，给它生命的苏醒！”

看到这男孩书中说酒时写的这句话，瞬间也觉得自己是个酒瓶，被晃动一下，接着开始苏醒。开始读他留给我《虫子，快跑》这叠书稿。看出这家伙有的是家国情怀，同是媒体人、他写人。做酒保的老王、要做根雕的哑巴叔、当导游的老宋、走路七七四十九天回家的李涛等人物，个个跃然纸上，呼之欲出。

老王是个退休铁路工，八年在酒吧里当酒保的近三千个夜晚，见过形形色色的人，唯独不敢让家人来看他，怕孩子们心疼他被人呼来唤去。酒吧里音乐噪音再大，老王仍旧能像站在铁轨边一样，听到火车的汽笛鸣叫。
在他笔下，看到老王在曲终酒散之后踽踽独行的背影，令人不禁戚戚。如没那份深切而坦诚之情，怎能让这些人物敞开胸襟向他讲述自己的境遇，又何来让他有如此刻骨的描述？

他记事。从种瓜的老欧说的那句话，“俺的瓜是喝了黄河水的，黄河之水天上来，天上水喂的瓜，能不甜吗？”到记忆中的舅舅在瓜田里说的一句话：“俺田地种出来的瓜，能不甜？”

儿时浓浓的乡土记忆，抹不掉，种在他的血液里。从他创办《领跑》那一刻

序

开始，他的动力源于：种瓜会得瓜！他就知道，汗水滴下，便是甜蜜。

十年过去了，他创办的DM一纸风行，他也乐得实实在在耕耘又广结良缘，辛劳并快乐着。

他对朋友仗义，对长辈孝顺。无论走到哪儿，虎朋狼友成群结队，因为，他用心在行走。

在那么一个春天里，他喜欢汪峰的《春天里》，我也喜欢。我对他说，当我们无家可归之时，春天就是咱的家。

这男孩泪腺还挺发达的，看到旁边有人在酒桌上的纸巾上对他写下：兄弟，别忙着奔跑了，原本可以快乐成长，你却总是那么急匆匆地走着。顿时，他泪流满面，泪水也浸透了满桌人的心。

不知道这傻男孩，心里还藏有多少不堪或愉悦？只感受到，他情愿哭倒在自己的春天里。

这汉子准能顶起一片天，想给他起个名字叫作：《领跑》张健。

孙冕

2014年12月27日写于深圳

（作者为《新周刊》杂志社社长）

就这样走着

在我看来，领跑和领跑者，体现了一种态度。而《领跑》DM，则蕴育着一股力量。它全方位地观察和记录中原大地十年来的商业激荡和人文变迁，揭示近年来塑造河南社会和经济发展的内在动力，帮助读者理解我们所亲历的中国改革的昨天和今天，更展望中原大地充满生机和活力的明天。对于一本民营资本的城市观察型DM而言，成就莫过于此。

记得十年前我第一次看到《领跑》，惊讶地发现郑州竟然也有内容这么丰富、制作这么精美的时尚综合DM。一页页翻阅下来，可以看出出版者对每一个话题的用心，还有视觉画面的独特创意。这本书，慢慢就在我心里留下了印记，去酒店，去餐厅，去一些企业家办公室的时候，总能看到《领跑》的身影，也总会随手翻一下。

再后来，第一次见到《领跑》的掌门人张健，与他交谈，似乎一点也不奇怪为什么《领跑》可以做得那么到位了。接触越多，就越会发现张健是个善于发现细节、紧追细节的人，在这些细节中，释放着他的敏锐和勤勉，还有做人的严谨和坚强。

记得有一次，张健带队到三全采访我，要给我做《领跑人物》这个栏目。当天，他带主创团队全体出动，一聊就聊了大半天，张健的问题不啰唆，却总能踩准节拍，直击要点，总能让你瞬间进入回忆，抚摸从前。张健是感性的，他的情感和被访问者是时刻相融的，你讲到伤感处，他的眼睛也一定闪现泪花。或许，正因为这些，让我后来和他还有他所掌门的《领跑》，结下了深深的缘分。

再后来的日子，我和张健总能频频相遇在不同的大型论坛和各种峰会上。有时候他在台下，饶有趣味地看着台上的我们演讲；有时候他在台上，为我们主持论坛，妙语连珠，谈笑风生。他最喜欢的就是给大家讲故事，故事里的事，激励着他的成长，也温暖着大家的心。大家也喜欢听他娓娓道来的讲述，就像喜欢他每一期《领跑》的卷首语一样，不讲道理，只说事，无论是观察城市产业，还是感知企业服务，不管是陪伴老板心灵，还是仅仅讲述一次没有缘由的发呆。总之，他的文字，总能让人一点点地看进去，又总会淡淡地回绕在心间。

如今，作为《领跑》十年回馈给社会的一个总结和礼物，张健的卷首语要结集出版。我听闻此事，十分开心，并答应他为这本《虫儿，快跑》简单作序。相信这本书讲述的不单单是张健的发现与感悟，更多的是，你和我，还有城市，一起成长的酸甜苦辣。

陈泽民

2014年12月

（作者为全国人大代表、全国工商联农业产业商会会长、三全集团董事长）

安静的张力

虽然已经不是第一次“跨界”拍影视，虽然之前在赵宝刚导演的《婚姻保卫战》等影视剧中客串过不少角色，但最近又开始投身一部电视剧紧锣密鼓的拍摄中，还是感觉到不一样的人生体验。这部新戏中，我饰演的这个女工程师，能在纷乱复杂千头万绪的事物里，让自己用各种方法真正静下来，用最清醒的头脑和思绪最快做出判断，在最短时间里找到线索和头绪来解决难题。这给我留下特别深刻的印象。

记得柴静在她的《看见》里说“真实自有万钧之力”，套用到“安静”二字上也同样点题。“让自己静下来”，也是这么多年以来我一直恪守的人生信念之一。从最早的皮划艇运动员生涯，到后来踏上梦想中的T台获得名模的荣耀，再到后来自己创立“Maryma”高级定制时装品牌，在每一个人生的转折点和十字路口，我一定会想办法让自己静下来。或者回到老家那片绿油油的麦田，或者站在迪拜的海滩上，或者是在北京某个夕阳西下的阳台畔，彻底让自己的心归于平静，重新想想自己到底为了什么而出发，往往能获得一股特别强大的力量，推动自己想着下一个阶段大步前行，去活出另一种精彩的滋味。

不久前，“一切安静，自有力量”白色经典-Maryma轻奢白衬衫主题沙龙盛大举办，洁净舒展的白衬衫让我和很多朋友很静，闭上眼似乎就能回到那个白衣飘飘的年代。也是在这时，接到我的老朋友《领跑》掌门人张健先生的电话，邀请我为他“十年磨一剑”写出的第一本城市观察书作序。

似乎冥冥之中自有安排，“安静”二字其实也是我和张健认识的一个缘起。这个浓眉大眼的男人，身上兼具总编、媒体人、城市观察家、生活家、活泼分子等N多种身份，而且时不时还有朋友这样介绍他：“张健，张力的张，健谈的健”，但我总在他身上看见的，却是一种彻底的安静。

几年前，就经常在朋友圈里听到《领跑》的名字，听到关于张健传媒之路的一些故事，但第一次见到他的时候还是有很多颠覆。记得那天是在一个朋友的家里，安静的阳光照射着布艺的沙发，我们俩不紧不慢地进行着一场漫谈式的专访。当我聊起这么多年的每一次转型、每一次出发时，他安静地听着，又会在最合适的时候抛出走心的问题，让我钻进记忆的深处去想当初是为什么而出发。他对我的采访不像是采访，更像是朋友间的聊天，娓娓道来，很舒服。

再后来，受张健先生邀请，“一不小心”就给《领跑》写了好几年的《符号有声》专栏，也在越来越多的活动和场合里，看见《领跑》和张健的面孔，看见他们和一个个时尚事件在一起，出现在一个个大型城市活动的现场。越走进《领跑》，你就会发现有越多值得品读的内容和惊喜，有时候是它的时尚，有时候是它的新锐，有时候是它的乡愁，有时候是它的温柔……而每期新刊到手，第一时间读读张健的“卷首语”，听着他娓娓道来地讲一个故事，听他讲那些动人的场景，用最传统的元素和记忆，来解读最接地气的时尚和生活方式，读完之后总能让你像品了一杯茶一样，从中感受到一股来自家乡的温度。

今年是《领跑》创刊十周年的好日子，张健先生的第一本书也将付梓。这本书里，有他十年的观察，十年的思考，十年的探索，十年的沉淀，相信也一定有他十年的心血，十年的心情，十年的心路，十年的情怀。但所有的一切汇总起来，我似乎看见了一种叫作安静的张力，在那些字里行间热气腾腾地挥发着，升腾着，辗转着。写着笔下这一千多字时，已经开始期待他这一本卷首语集暨城市观察书正式亮相的时刻。2014年，对于很多人，对于我都是特别难忘的一年，相信对于张健，对于他的这本书，也同样如此。

这些文字曾经温暖了我，希望它可以温暖更多在路上的人。

马艳丽

2014年初冬于北京

（作者为国际名模，Maryma品牌创始人、艺术总监

马艳丽高级时装定制中心董事长）

序

雕刻郑州

【题记：尽管大地上冰雪覆盖，但春暖花开的时候，人们会感受到那片肥沃的土壤和鲜艳的花儿，尽管人们不知道一条蚯蚓的辛劳。他似乎一直在做一件看不见摸不着却又非常非常重要的事。一个愿意为看不见的东西无悔付出的人，注定要被更多看不见的人喜爱、敬佩和铭记。】

郑州是一座火车拉来的城市，火车可以拉来人潮、集市、生意、高楼大厦……但拉不来精神，拉不来优雅，拉不来一个城市的神韵。因而，郑州一直像一个茫然而散漫的旅人，永远行色匆匆，缺乏一种典雅的城市精神，缺乏一种符合中原文化底蕴的历史传承，显得不那么气定神闲。

郑州不像氤氲优雅的成都，看似散漫却透着高贵的自信；也不像风姿绰约的杭州，看似婉约却永远弥漫着时尚先锋的风范。

从它诞生的第一天至今，郑州这个城市像个孩子般地随性生长，骨子里深深刻下了草根情结和逆旅情结，仿佛人生的目标和根须，都和郑州这个城市没有关系。比如说，你问一个“郑州人”：你是哪里人？他会告诉你他是许昌人、南阳人、安阳人、开封人、洛阳人，甚至外省某地人，但几乎没有人脱口而出说自己是郑州人。哪怕是在外省，他首先会说自己是河南人，然后就直接说出自己老家的县城，尽管他们家已经在郑州生活了两代人。

在郑州找不到几个“郑州人”，这种旅人的心态，对郑州这座城市的精神铸就，几乎是摧毁性的。

为什么？
因为郑州没有一种具有传承意义的城市精神。
这对真正追求品质生活的人而言，显然难以容忍。于是，有一大批人，开始耗尽心血地一笔一笔雕刻着郑州的精神，赋予它气质，指示着方向，修正着细节。在这批人中，张健是最下功夫的一个。《领跑》就是背负着这样的使命而诞生的。

城市精神是一种气质，气质来源于一种长期的高标准生活所养成的习惯，因此，设立标准就是培养气质最基础，也最具前提性的细活儿苦活儿。从10年前创办《领跑》第一天开始，他就像个辛苦的星探一样睁大了双眼，寻找身边最具城市精神的生活标本和优雅榜样，他还要像个现代唐僧一样不停地东奔西走，拈来新风尚往黄土地上一戳，告诉大家：喏，这就是未来！这活儿细致到什么程度？细致到从一个人的故事、一个事件的感悟、一个梦、一句话……但凡从中挖掘出来一点人文情怀，但凡从中体悟到一丝风骨气质，他就会立即记录下来，给大家讲一个小故事，来一段“卷首语”。他像一只不知疲倦奔跑的小虫子，更像一条孜孜矻矻在泥土里耕耘的蚯蚓。

你仔细翻阅每期《领跑》，字里行间无不透着这种使命感和焦虑感。在这一次又一次校正和呼唤中，最具神韵的就是每期的“卷首语”。卷首语是每期《领跑》的灵魂，它既是这一期《领跑》所有信息的总纲，同时也是整本《领跑》滋养出的精灵。张健对待每一期的卷首语，如同对待自己即将迎娶的新娘，如同对待自己即将诞生的婴孩，同时也敬畏如即将拜见的长者——认真、精细、敬畏。

这个时代，信息爆炸了、泛滥了，人们也匆忙了、浮躁了。人与人缺乏心与心的交流，我们是如此地没有耐心，更别说对一种精神的精雕细刻了。但我相信，如果一个人一直在用心跟你说话，总有一刻你也会用自己的心回应，会听到灵魂的声音。比如张健这本“卷首语”合集。尽管大地上冰雪覆盖，但春暖花开的时候，人们会感受到那片肥沃的土壤和鲜艳的花儿，尽管人们不知道一条蚯蚓的辛劳。

他是个优秀的记者但可能不是最出色的；
他是个优秀的制片人但可能不是最出色的；
他是个优秀的企业家但可能不是最出色的；
但是在那批矢志不渝铸就郑州这座城市的风度气质、精心雕刻郑州之城市精神的人中间，他几乎是最出色的。
他似乎一直在做一件看不见摸不着却又非常非常重要的事。

一个愿意为看不见的东西无悔付出的人，注定要被更多看不见的人喜爱、敬佩和铭记。

孟磊

2014年12月

（作者为河南日报报业集团编委，河南商报社社长、总编辑）

心迹

《领跑》跑了十年，我在《领跑》DM《符号有声》撰写专栏应该也有八年了。这专栏肯定是我今生写的时间最长的专栏。缘分！

因为长期看《领跑》，看着它一路走来，熟悉的程度有如自己的孩子，闭着眼睛也能说个完整。

回望《领跑》，要说最有感觉的形象，是封面上“领跑”两个大字，这两个字的累积印象要比任何一期最漂亮的封面都强。不信问问，无论问谁，你询问这十年最有记忆的封面，保准没人能即刻回答，想了半天，要么交白卷，要么和我的答案一样。

如果要问这十年《领跑》最有感觉的文章，每期的“卷首语”应是一致的答案。卷首语比封面更有符合记忆深刻的要素，始终是由一个人来写，形式、版面、风格十年如一日，内容和书的内容有着极大的差异。

“郑州（河南）的名片夹”，这是我曾给《领跑》的定位。名片夹当然是夹名片的，郑州的名片夹，当然是要夹郑州的名片。以《领跑》的性质来做如此定位，准确、上档次，能吸引更多更好的工商业。

《领跑》有厚度。在纸媒全面下滑的今天，《领跑》居然还能保持厚度不变，这当然体现了企业对《领跑》的认同——顶呱呱。

《领跑》有深度。浅是DM的共性，有做深的也就在某项商业推广的挖掘上，其深还是浅。《领跑》的深，是做在经营人对中华文化和本地文化的亲近、学习、领悟中。没有功利的深，源自对中华传统的爱，令人感动的正能量。

《领跑》有长度。卷首语就是镶在《领跑》里的钻石，十年来已经熠熠生辉了。离题万丈、入木三分就是《领跑》卷首语的写作手法。按理说，卷首语就应该是每本杂志类册子的一个收口，无论册子在那期装下了什么内容，也无论内容有多么丰富。收口，就是总结。总结的原则无一不是关联、重点推介和概括。《领跑》的卷首语恰恰违背了这三项原则，这样的卷首语真的无法叫总结，它也在说事，但是说定位以外的事，和此卷内容表面无关。

一卷一卷首语，这是所有需要写卷首语的风格，有的能每卷每卷首语有认识点，放到这种像是名片夹的DM里，连续写五篇应该很难令人看得下去。如果把无限长的册子卷首语当成一篇来写，这精彩度和深刻度毋庸置疑，这就是《领跑》卷首语的写作风格。

说真的，每期《领跑》到手，寻读的第一篇文章就是卷首语。相信这习惯，在老读者群中有共鸣吧。感谢张健兄每期给我们制造的精神食粮，十分佩服他自然流溢的过人才情。他是这DM的总编，难得有可以发挥才智的平台，他不想着以自己的方式来为自己热爱的城市干点事，他不想着在认识的人中说点掏心的话，他可能就是个庸人，他脑袋就真是有问题了。看来，他不俗不傻，是真有心，是真有智慧。

一本郑州（河南）的城市名片夹，每期都夹着成千上万的企业名片，作为卷首语你想推谁？就一页纸，谁有这天大的概括本事，《领跑》册子可厚得很。欲说还休说天凉，卷首语不说内容说感受，说爬行的虫，说窗台的积雪，说午夜梦回。全是说和商业完全不搭边的这边、那边，在路上，在梦中，行文着实文艺。都一边倒了，反而习惯了，习惯了也就视若无睹。假设布局中是以常态出招，全都是说商业，里面却透出了一股文艺范儿的青气，这撞击有火花。我想，这也是《领跑》卷首语的迷人之处。

这格局定了，十年二十年的卷首语也都可以如此地继续下去，关键的当然还是执笔者。谁写，结果自然不一样。张健这活宝天性顽皮，原本正儿八经的卷首语居然也给他写活了，这也算是这时代郑州的一条文脉，算是在全国DM集子里的一条文脉，这定义二十年以后应当能成为我们的集体回忆。

一个掏心的人，说话、干活留下的就是真诚，感动自然在其间了。

《领跑》十年卷首语，留下了张健兄十年的心迹。感动！

张小平（黑马大叔）

2014年12月写于珠江

（作者为中国著名广告人、跨界艺术家，中国商务广告协会副会长

广州市广告行业协会会长，黑马广告创办人、董事长

广州美术学院硕士生导师、教授）

十年路，十年心

十年意味着什么？
有人十年种植一棵树。
有人十年磨一剑。
有人从本科生到博士后。
有人从涂鸦到艺术家。
有人从五音不全到舞台演出。
十年有3,650天，一天一进步的话，前景无可限量。

《领跑》DM，晃眼就十年了。还记得第一次跟张健见面，是在我的上海办公室，那时候我刚从北京调职到上海，有幸与张健兄交流他策划搞DM的事。《领跑》，好比一个好朋友的新生婴儿，从那天开始，心里就开始多了一份牵挂，就一直默默看着这个小孩子的成长。

翌年年底，我被再次调回北京。张健为了封面的名称字体设计，特意从郑州飞到北京跟我细聊他的想法。他，极度的固执，感觉他的个性好像金牛座，牛年生肖出生，A血型的中原好汉。当然，他实际上不属于金牛座也不属牛，他只是牛一般的固执。

他用十年坚持了一个梦想，创造了《领跑》。十年来，《领跑》不断成长，我们有目共睹。而这十年，每一期新刊呈现出来以后，作为创办人的他，坚持用最原创的视角来给城市分享他最用心的发现，他和他的团队让《领跑》一步一脚印扎扎实实地迈向未来，而每一个脚印都在这个城市发展史上留下了深深浅浅的烙印，也都记录着他们思考到的，城市的变化，河南的变化，商业的变化，时代的变化。

但是张健的卷首语，在《领跑》这本DM的整体新锐锋利气质之外，另有一种娓娓道来的温情和走心。他的文章，从来不写评论，只写故事，也许是因为他觉得有故事就会有情节，有情节就能打动人。他的故事一写就是十年，以不同人的对话，去写不同人的故事，让大家从不同的故事中，找到每个人能认同的情感来。从他对人的一篇篇文章的描述中，人们读到了一个个故事里自己一路风雨的影子。想来，这也是那么多以董事长、社会精英为主的高端读者特别喜欢读张健卷首语的原因。这种认同感，就跟做一个好的广告创意一样，既要有共鸣，又能接地气。

现在的人，富裕了，就开始渴望回归，找找初心。好像过去几年我们公司给央视创作的春节“回家篇/这一生，我们都走在回家的路上。全中国，用心回家”，“筷子篇/一双筷子，凝聚几千年中国人的情感。有滋有味，幸福中国味”与“感谢篇/平凡的生活，总有顺流、逆境；但我们依然努力前行，感谢不平凡的自己”等春节宣传片一样——呼唤大家走在回家的路上，保留与尊重自己的华人文化传统与价值观，以及肯定每个平凡人的不平凡日子。

我们也是透过许多故事、许多受众找到自己认同的故事来感动他们。张健的每一篇故事，也在用情感来传达他的信息。看他的故事，恍惚看到他儿童时候的记忆，画面、情感、对话依然历历在目。“我的延津”，“哑巴叔”等文章，说的故事动听，把你带到孩提时候的他，似乎也看到了他一路走来的心情。丘吉尔说过，你能看到多远的过去，就能看到多远的未来。从张健的字里行间，从他的十年里，我看到了一个更为广阔的未来。

这就是我认识的张健，好似认识四十载的兄弟。

莫康孙

甲午年冬日

（作者为著名创意大师，戛纳国际广告节三届华人评委

麦肯光明广告公司董事长）

第 1 章

虫子，爬吧

第 2 章

心有回甘

第 3 章

一人一个马拉松

第 4 章

生活，你好！

后记

第1章

虫子，爬吧

对人，对自己，对土地 负不负责就是人生。

虫子，爬吧

刀郎版的《送战友》，距离歌声里的军旅豪迈已经很远了，像我这样并没有行伍经历的一个人，却也奇怪地被他搅动起了隐藏在血液里的某个记忆，有点昏乱，有点颤抖。反复听，会觉得自己的骨血被人透析置换了一般，听到最后，更会觉得心和意识好像生长了许多，并飘升起一股连自己也无法描述的冲动与感动。

“感动”，是许多人喜欢的一个词，就像喜欢“温暖”“从容”“激情”等等一样。

“感动”，是心头一热，是浑身一颤，是细细下着的雨，是默默流着的泪。感动告诉我们，这个世界除硬邦邦的规则、干巴巴的关系之外，我们的身边还有很多滋润的、柔软的东西存在。

如果现在要寻找一个形象表达这种东西的存在，我很想借用作家周涛笔下一种再渺小不过的动物——虫子，周涛俯下身子微笑着对它们说“虫子，爬吧”，看得出来，他被虫子感动着。

你说虫子算一个什么东西？有谁能把这小小生物放在眼里，可它偏偏吸引着许多智者趴在地上一起前行，观察的目光变成了接触的目光，它使人类的智慧和情感俯身下来，开始以平等的心去认识眼前这些个快速移动的小精灵。这时反馈过来的信息是，虫子们从没有觉得自己比别人渺小，不管你有多高，它根本不在乎你的存在，你可以挡住它的去路，可它从没感觉到这是一种威胁，依然勇敢、绅士般地从你的脚面爬过去，继续前行，它也不会去琢磨你对它是好奇，是欣赏，还是想要毁灭。虫子就是这样，从不灰心，从不妥协，不停脚地爬着，又爬着。智者们在想，这些个小东西要到哪里去？是去觅食，还是去约会？忽然间，会发现，虫子的生活要比人类快乐和丰富得多。我们也想找到观察者的快乐，所以，我们也想弯下腰轻声细语地对这些个小家伙们说：虫子，爬吧……

2004年的7月，我被自己感动着，因为我的又一次创业开始，我又给了自己一次机会。或许是命运的无常终归要将自己一路奔跑的辛勤当作泡影吹破，或许太多太多难以理解却又实实在在的障碍与挫折早该化为道道忧愁阵阵孤寂，但是，人在凄惨中，还是要敲敲自个儿的脑门儿，欣慰地说：失意，恰好是你懂得平静和珍惜的开始。

7月的天，很透明，很热烈，春的柔情走远了，象征性地为自己做了一个小结。但绿色还在，奔跑在新的路途，看前路的新的风景，去聆听，去镌刻似水的年华，去收获四季的繁花。

感谢刀郎先生，音乐的力量再次让我找回了感动。这种感动的出现，是如此地猝不及防，又是如此地美不胜收。

温暖2004

手机的短信响了，是一个在郑州投资做装饰生意的广东朋友发来的："我回家了，明年再见！"明年再见？我愣了一下，噢——今天是12月31日，2004年的最后一天，再过几个小时，就是新的一年了。2005，来得真快，让人毫无准备。

忽然就被时间推搡到了2004年的最后一天，当怀着一种难以言状的心情捡拾起往事的片片落叶时，我发现，自己真的长大了。正如一位好友所言："我只知道记忆里的许多青山，但穿过了时间和空间的迷雾后，不知道失落了或者获得了什么。"

生活就是这样，从不肯掩饰自己，不管你愿不愿意，自觉不自觉地它都会让你陷进去，叫你认识它，叫你尝尝它的滋味；生活就是这样，逼迫着你用它铸一把锋利的剪刀，毫不客气地把自己修裁一番，将那些只争阳光养分而不会结果的藤蔓，那些染有霉点开始枯萎而丧失生机的枝叶统统剪去。

回首往事而又不沉湎于往事。2004年，对这一句话，我不仅有所感而且有所悟。应该是罗曼·罗兰说的——累累的创伤，就是生命给你的最好的东西，因为在每一个伤口上都标志着前进的一步。

夜色越来越浓，寒气越来越重，透过18楼的落地窗，我的眼神游移在远处街头那些个涌动着的人影上。一瞬间，此刻的注视就幻化成了生活的回望，一张张熟悉的面孔便在那暗淡的背景中凸现出来。在已经成为光阴的故事里，他们或给你温暖的微笑，或给你严厉的批判，让你磨砺出一颗果敢的心，让你执着地抬起头来，把脚下的路，走成缓缓升高的山际线。

还记得在索菲特国际饭店举行的《领跑》创刊酒会，来了三百多位大小企业的掌门人，他们穿着庄重的衣装，让《领跑》享受到了尊重，他们为一个年轻的团队送上了新生的祝福。就是在这样的一次聚会上，《领跑》的思想、意志和心情被传递被鼓舞，也是在这样的一次聚会上，《领跑》萌生了自己的另一条口号：为城市，为生活，向上看齐！

2004年的8月，河南驻沪商会轰轰烈烈成立了，受会长韩宏伟先生的邀请，《领跑》人远赴上海，对打拼在上海的同乡进行了一个多星期的走访，听他们讲述生存的故事，看他们展示打拼的姿态。就在文稿即将付印的时候，我们对图片的创作又有了新的想法，为了不再打扰驻沪商会，创作团队又悄悄返回了上海，但最终还是被从事房地产开发的刘艳丽女士发现了，她专门为我们提供了一套高级公寓做临时居住地，并把自己的凯迪拉克贡献出来作为我们的机动用车。同样牵挂着《领跑》的还有另外一位从事酒店业的灵宝籍女士姚旭芳，到了吃饭的点儿，她就会把热腾腾的本帮菜端到我们的房间。

…………

应该记起的面容还有许多，在2004年这个岁末的清寒里，念叨着他们的名字，只有一种感受，就是温暖。

创意在哪儿

郑州任砦北街上的手工坊，地方不大，却总能看到跳跃着的姑娘们进进出出。在那个精致的空间里，她们随心所欲地制作着自己所喜爱的银饰物件儿，戒指、项链或是挂件。到了晚上，会有一些个男人进来，端着啤酒，扯着闲话，这个时候，手工坊就变脸成了一间酒吧。

我推门进去时已经很晚了，只有西北角落里的一盏灯还孤独地亮着，老板谭泽小妹和我微笑着打了个招呼，就又坐了回去，看样子她正在照料对面忙碌着的一个女孩，灯晕里，那是一张神情简单的脸庞，像个刚刚放学的孩子……

我轻轻走进灯影里，女孩只抬头斜视了一眼，接着打磨她手中的戒指。
“做这个有意思吗？”
“我自己做的，当然有意思。”
“准备送给谁？”
“送给自己，让它陪我去西藏旅游。”
“一个人去那么远的地方？”
“当然，谁也不依靠，谁也依靠不了，哪怕是最亲的人！”
我一脸的迷惑。

店长赶忙把我拉到了一旁，悄声地告诉我："她离婚了，这段时间总是一个人泡在这里。今天她告诉我，要做一个戒指，然后戴着它一个人去西藏，让它来见证自己新的独立生活，提醒自己今后不再依靠谁。"

"噢！是这样啊。"看了眼女孩专注于银器打磨的手指，我按住了继续搭讪的念头，唯恐哪句话刺痛了她，便把问号扔给了店长。

"你呢，最近有什么新冲动啊？"
"我？哈哈，暴走郑州！"

店长说，2005年，她要组织一次暴走郑州的活动，希望找到二百人参与，每个人揣着一个闹钟，时间都定在零点整，这二百人从东南西北不同的方位向郑州二七塔聚集，队伍聚齐后，闹钟会在广场中央同时响起，铃声大作中，所有的人都会声嘶力竭地大喊——我要肉夹馍！我要肉夹馍！没有肉夹馍，我就不快乐！

我当场笑翻在地，然后拍着桌子一气儿吆喝：去拿啤酒！

做杂志以来，常常都会有"创意在哪儿"的焦虑和恐慌，所以也常常会为别人的搞怪想法称奇叫好，女孩纪念新生活的戒指，店长呼唤肉夹馍的暴走，还有最近我们关注的七位室内设计师的别样构想，都让我感受到了创意走近身边时的欢快，也更让我增添了追逐创意生活的急切。

何以别人看似信手拈来的创意，在我看来却会是遥远而陌生的呢？自己的创意又在哪儿呢？这样一个似乎无从求解的疑问却被我的小外甥回答了。

外甥壮壮还在上幼儿园，年后开学一堂课上，他的表现让全家人感到了骄傲。老师放了一段音乐，然后问大家，你们听音乐的时候都在想什么？有人说，看见了白云；有人说，看到了大海；有人说，看见了绿草地。我的外甥壮壮说：看见了一家人在忙，老虎和豹子在盖房，犀牛和大象在种地，小羊和兔子在做饭，恐龙自己在烧火……

我问壮壮是怎么听出这些东西的，小外甥忽闪着大眼睛告诉我：用心啊！

用心啊，小孩子这样朴素的回答。我不能确定，是不是找到创意的来源了呢？

很多人一不小心就不健康了，有些人一不小心倒长寿了。

谁的杯杯?

《领跑》要拍一组趣味世界杯的创意图片，这个想法是在世界杯开球后才诞生的。经过反复的琢磨，《领跑》觉得，自己也应该和六个时差外的那个充满奔跑与呐喊的足球场搭上关系。

聚拢起二十人的拍摄队伍，意味着《领跑》预算成本又要上调了，单是豪华足球，就买了上百个。

望着滚落一地的红黄蓝绿，编辑部主任小郎却苦了脸。
“张总，不对！”
“怎么不对？球买少了？”我忙请商家脚下留步。
“球买得不对，应该是‘团队之星’，那可是德国世界杯的指定用球啊！”小郎有些急了。
“没有了，太抢手，整个郑州都没有了！”送球的小老板话接得倒快。
“给我一个小时！”话音未落，我们的郎主任就快速地消失了。

等小郎的时间有些无聊，于是有人建议吃冰消暑。“大浪淘沙”酒店的服务生给大家端来了两大杯冰块，一群人都没了声，只剩下嘎巴嘎巴的咀嚼。熟悉的声响让我忽然想起了一个陌生女孩。

这段日子，总喜欢和朋友跑到洗浴中心的休息大厅待着。我们找了一个连自己都觉得勉强的理由——感受世界杯！其实，没一个真懂足球的，感受旁人看球的反应倒是成了我们的主题。还记得12号的那个夜里，我比他们幸运多了，身边竟然躺了个漂亮女孩，头发很长，眉毛很细，嘴唇很小，冲着我躺的方向，睡得很香……我琢磨了几琢磨，也冲着她的方向，悄悄地卧倒，不知道过了多长时间，我也睡着了……

“三点了！”人群中响雷似的一声吆喝，而且我敢保证，是个女孩。她的这一嗓子，就是放在大白天，也非把孩子吓哭不可。这个时候，男人们向女孩抛来的不再是眼睛发绿的欣赏，而是一把把的刀子。女孩觉察到了这个细节，拿手捂着嘴不再作声了。不知道是不是为了掩饰自己的尴尬，她忙向服务生点了一杯冰块快嚼起来。

女孩就像是一个炮仗的引线，几乎是在同一时间，休息大厅的小液晶接二连三都亮了，画面锁定的无一不是CCTV5。有人接着吆喝，服务生也开始忙碌起来，这个时候，我扭头一看，呵，女孩又睡去了。

“睡吧，你兴奋啥呢？”哥们儿说话了。

“看球赛啊！”我像个专业的球迷，回答得很自然。

“你说说，这几天，你都看了什么？”哥们儿又要拿我开涮了。

“德国队有个哥们儿第一场就进了俩球，那天是他生日，他还有两个孩子，一定开心死了；阿根廷太牛了，对塞黑6比0，连续不间断传球几十脚，打门，进球，一气呵成！呵呵，气得塞黑的主教练把教练席的顶棚都给拍掉了；我最喜欢葡萄牙队的主教练斯科拉里，从带巴西队我就喜欢这老头儿了，喜欢他像孩子一样地蹦蹦跳跳，切换导演真该多给这老头儿几个镜头啊……”

听到我说这话的人都哈哈大笑了，哥们儿说：“嗨！比赛一句没提，全是世界杯的社会新闻，你倒是可以当一个另类的评球专家了！”

“呵呵，这不是刚刚开始嘛……”是的，刚刚开始，像此刻坐在这些足球道具边的老板和美女们一样，有许多人都是刚刚开始关注那片茵茵的草皮，刚刚开始认识那些拗口又相似的名字，刚刚开始意识到自己还能为那些不相干的结局而喜而悲，开始的理由不一样，看球的角度和心情也不一样，然而心里的快乐却是一样的，就如你喜欢贝克汉姆，我却喜欢斯科拉里……

电话响了，是小郎打来的，他在电话那边叫——“团队之星”买到了！

学着《乔家大院》里的乔致庸，我转着圈儿地对着拍摄团队扯上了一声：走——嘞——

“别处”生活

在3月29日那个疲倦困顿的下午走进簇新的郑州航海体育场，完全是被朋友生拉硬扯的结果，本来挨过一个整天喋喋不休的营销专家授课，我已经不愿意把那个周末的夜晚再淹没在任何喧闹里了，即使是朋友老马锲而不舍地“威逼利诱”，也很难说服我这样一个球盲对建业队的主场胜负产生更多的兴趣，最终还是一句“做生活消费资讯刊物，却对这个城市的生活状态没感觉”的批评，刺激我穿越过107国道拥挤的车流坐到了看台上。

掌声、鼓声与呐喊声此起彼伏，急速旋转的旗帜、条幅和彩带，充斥并飘扬在赛场的每一处空间。坐在这个由数万人的呼吸和流动组合起来的巨大场景里，忽然有一种走到现实生活之外的错觉，刚才还紧紧束缚着自己的谨慎和稳重，在急速旋转着的体育场里开始变得没有意义了。老马说，看球对许多的人来讲，就是一次对每日生活背景的转换，比如现在，日历翻到了周末，身份和心情也翻到了周末。

高明骏的歌唱完了，裁判的哨吹响了，队员们开始发疯般地追着、跑着、踢着，写有“建业—荣誉”的巨大条幅也在密密麻麻的人头上方传着扯着……上半场，一个恍惚，对手进了一球；下半场，球迷的口号喊得更亮，哨声吹得更响，鼓声也擂得更紧，结果我们还是像世界杯上的中国对巴西的那场球一样，一个“漂亮的”门柱球后输掉了开场秀。是运气不佳？是实力不济？或许谁也说不清楚。尽管赛后赵传、阿杜相续登台亮相，企图用歌声来抚慰球迷们脆弱而委屈的心灵，但是明星们听到的掌声显然要比球员们少得多，尽管他们踢输了。走出灯火，走出体育场，走进汹涌的车河，车里的CD流出的还是赵传高亢的声音，只是适才的激动和兴奋已经渐行渐远了……

足球到底有何魅力？网罗了上自国家总统下至黎民百姓的浩瀚人群，超越着经济、民族、文化、地域、肤色，犹若地球时常奔涌不止的血脉，一次又一次掀起世界范围内的狂潮巨澜。胜了，满场都是放逐奔跑呼叫的豹子；输了，摔电器砸玻璃大声骂娘……这是我们一种被隐蔽的真实生活吗？还是我们在那时走出了生活边缘？这次是朋友把我拉进了球场这个意外的“别处”，我知道，应该也一定还有更多的“别处”在我的认识之外，视野之外。“世有知之知，吾知吾所知也；世有知之不知，吾知吾所不知也；然世亦有不知之不知，此吾不知吾不知者哉。”在骑马的乐趣、收藏的神秘、旅游的感慨、越野的激情之外，还有多少我们不知道甚至也没有意识到的被蒙蔽的生活之美呢？

总有人“嘴坏”地说我们的生活状态像狗、像猪、像蜜蜂、像蚂蚁……不舒服，听了不舒服。其实说这话的人可以换个词语来提示我们生活要过得更有滋味，更超脱。话说透了，如果有了生活的创意，无论多少钱都可以使自己快乐满足。“别处”的生活对于我们来说，或许就是一本尘封已久的书，一杯窖藏多年的酒，或许就是一线成人放飞的风筝，一道屋顶乍现的彩虹……

人的性爱首先是爱，动物的性爱基本是性。

请不要叫我精英

“听什么？弹给你听！”弹钢琴的人，瞧我趴在琴的角落不作声，便把头贴近我轻轻地问着。
我没出声。

一首曲子完了。他翻动乐谱，仍然问我想听什么，我还是不出声，只是眼神在乐谱的翻动间搜索着，每首歌都熟悉，每首歌似乎又都代表不了我的心情，躁躁乱乱。

我忽然把他翻过去的一页又翻了回来，伸手指了指《城里的月光》。他笑了。
我喜欢这首歌儿，也常会在某一个特别的时刻伤伤淡淡地默唱：城里的月光把梦照亮，请温暖他心房……弹钢琴的人会意地舞动着手指，偶尔会闭上眼睛，把头歪在一旁，用心体会着自己指尖流出的惆怅和祝福。
“心情好些了吗？”他又问我。

“你呢？”我把问题又送了回去。
“我？心情吗？很好啊，我喜欢音乐，我从小就跟着爸爸学钢琴，现在办了培训班，每天串两个场，跑来跑去的。”
“那么多的人在听你弹钢琴，你可以影响那么多人，是不是特别开心？”
“我弹的曲子都是自己最喜欢的，我只会用心弹，别人喜欢不喜欢我不知道，至少我要求自己要充实，要满足，要用心。”

聊天的间隙，我发现他的手机很特别，便拿到了自己手中琢磨起来。

弹琴的人说，这部手机九千多元，是他咬着牙根儿买的。他说，这手机功能好极了，不但可以当作带键盘的掌上手提电脑，还可以插在汽车上成为导航仪，而且拍照的像素高，内存大。钢琴师告诉我，他不喜欢坐飞机坐火车旅行，只愿意自己开车停停走走，把每一处风景都拍到，所以拥有这样一部可以发邮件、可以做导航仪、可以拍摄风景照片的手机，让他内心很充盈。尽管这次奢侈挨了父亲一顿狠狠的吵，说他纯属炫耀。钢琴师自己再次说起买手机的经历还不免有些怯怯的羞涩，他说，自己从没有刻意向别人展示过什么，只是喜欢，只是需要，没有炫耀的成分，更不愿别人提起新潮的时候就想到他。

在和钢琴师浅浅的聊天里，我的不悦，也像那些音符一般，悄然飘远了。

想起了《领跑》本期要做的专题——精英，年轻的钢琴师活得自由活得随性的快乐让我对“精英”这个字眼又多了些认识。在商界，在消费领域里，精英是哪些人？是投资人，是高级职业经理人，是白领，还是个性化独立存在又对社会有贡献的人？《领跑》一直努力寻找着答案。或许，我们要找的不应该是一个个具体的人，而是一种自由本我的精神状态。

是的，精英不是财富的占有者，也不是知识的独霸者，更不是时髦的跟风者。或许，他们的精神实质就是两个字——领跑！因为他们的思想在时代的前列，他们的行事方式是时代的风向标。他们可以不是富豪，但是他们绝对会过上流品质的生活；他们可以不是博士，但是他们洞察世间人情；或许他们并不是身着名牌，但是他们一定领起风气之先。即使他们拥有财富，即使他们用最尖端的产品，那也不是一种炫耀，仅仅是一种需要。

“精英就像一阵风，在女人的身上它就是气质，在男人的身上它就是风度；精英不是用嘴说的，它是一种互相感知的东西，如果心与心的交流可以产生互相敬佩，就足够了。所以，请不要叫我精英。”《领跑》与大家互动时，许多人都这么说。

梦过2006

“张总，您签错了，现在是2007年了！”总被《领跑》的兄弟姊妹们提醒，而我，却又一次次地重复同样的笔误。

2006年，走了？我还没有来得及总结呢，怎么就直接溜过去了？记得小时候父亲带我去水上乐园滑水，父亲松开了手，我就“嗖”地不见了，爬上了岸，父亲问我好不好玩，我没回答，不明白刚才发生了什么，呆呆的。一晃三十年过去，站在新的时间点面前，我又有了童年的迷茫和慌乱。

“每一次，都在徘徊孤单中坚强，每一次，就算很受伤也不闪泪光，我知道，我一直有双隐形的翅膀，带我飞，飞过绝望……”楼下有人在重复地放着《隐形的翅膀》。很早就知道大眼娃娃张韶涵的这首歌，但从未刻意去听，我觉得那是更年轻的人要听的，但这双隐形的翅膀似乎从未闭合，我不知道它在哪个角落一直躲藏着，忽然选择了这个特别的时间又再次振起，一颤一颤地，晃动着我的视线，也晃动着我的快乐、委屈、忧伤、希望。

设计师把这首歌刻作了光盘，静静地放在我的桌子上。年初难得清闲的一天，我把它装进了车的CD盒，这双美丽的翅膀便随我上了路。

没缘由的，就把车停在了朋友的一个安静美丽的庭院前，工人们似乎回家过年了，已经修葺完毕的小院落在这个暖冬里生机葱葱，忽然就想坐在那小石礅上，坐进下午懒懒的阳光里，坐进没有车流和人声的冥想里。

迷离的草香，散漫的日光，平日很少留意的这些环境，却让我此刻有了奇怪的想象。想象里，假如把自己的2006年当作这座庭院的话，都有谁来过呢？老张？老王？老张的钱比老王的多？老王的绅士风度要比老张的更翩翩？还有谁？小马？小程？小马比小程聪明？小程比小马活得潇洒？呵呵，我的院子里人越来越多了，来的时候都带了礼物呢，老孙送了紫砂壶？老田送了好字画？老叶送了好烟斗？接下来，还有谁来过呢？

忽然就被院外重卡车的喇叭声惊醒了，适才那么多面孔瞬间消失了，眼睛来回转了转，望了望天，想着刚才半睡半醒做的那个满满的梦，足足有365天那么长。在梦里，“2006”这几个数字，显得那么珍贵，又显得那么匆忙。

晚上，人除了睡觉，还能干什么？

三年了，《领跑》三周年特刊

三年了，《领跑》一口气跑了三年。
曾经请谁吃卤肉饭？曾经和谁在酒吧的门口拉过手？曾经为谁的微笑如痴如醉？我想我的记忆一定出了问题，这三年，个人的生活，似乎都淡忘了……

跑啊——跑！为你，为我，为城市，为生活。不是吗？自一开始，这本DM，就不是一个人的《领跑》。

这段时间，郑州总是下雨，难得再看到夕阳下那群熟悉的鸟儿了。也好，这样省得再眼巴巴艳羡它们日暮归巢的温暖与闲适了。

三年前，《领跑》人的平均年龄是二十三岁，三年过去了，我看到了他们的成熟，他们也看到了我不变的年轻和忽然从某个微笑处跑出的“苍老”，矛盾地交织在我脸上。三年了，喝茶的时候，大家相互嘿嘿笑笑，一切都有了。

或许是酒精的作用，昨夜我睡得早睡得沉，我没打算做梦，不管是好的还是坏的，就想睡个早觉，睡个好觉。
五点，醒了，没梦，挺好。抽了支烟，再睡。坏了，这回有梦：自己变成了一只没脚的“鸟人”，那么地一直飞，一直飞，没有岩峰可停落，没有枝叶可栖息，可累死我了！

从梦中爬出，心却皱巴巴地乱。想为《领跑》的三年写些什么，竟傻呆着，找不到落笔的原点。想找一面时间的镜子端详，没有。那就找个人聊聊天吧。打电话给一个前辈：“能不能就写六个字来表达我对所有和《领跑》有关系的人的感谢——三年了，谢谢你。”
前辈回复：“挺好，只怕这不是你的风格！”

是的，这不是我的风格！三年了，《领跑》用原创的力量创造了绝对的影响，但背后，是谁在托着我们领跑，岂止是一两个人，岂止是一两件事。可感谢的话却不知如何出口，憋得人喘不过气来。

文字暂且搁置起来，驱车出去醒醒脑。在新郑龙湖，巧遇居易国际住宅集团董事局主席刘向阳先生，他问我：“为何看起来有些不轻松？”

“三年了，想写点东西表达感谢，却钻进三年历史一堆的事儿和人里出不来了。那些记忆，清晰着，模糊着，这时候，我生怕写漏掉了哪个人，忘记了哪件事儿。”
“跟我来！”向阳先生拉我的手走向了一片绿草中。
“按照你最舒服的姿势模仿我的动作。”我一看，他打起了太极。

二十多分钟，我努力适应着这忽然到来的切换。向阳先生打得很舒服，很流畅，像是对任何事物都无所谓，又像是在演绎着什么，那双微闭的眼睛最让我感到神秘，他在想什么？

我知道就这么会儿我也学不会太极，干脆，我也把眼闭上，想起什么动作就做什么动作，渐渐进入状态。那个时候，相信看到我的人一定会说：此主绝对世外高人，只是看不懂他打的哪门子拳法。

睁眼，看到向阳先生呵呵地笑。“笑什么呢？”我问。“你创造了张式拳法，很好，改天交流一下，呵呵。”向阳先生说。

“其实，我只想告诉你，下一个三年的你，下一个三年的《领跑》，不一定继续那么地累，可以更快乐更轻松地跑下去，就像刚才你的状态，有安静，有顽皮，也藏着思想和意境。”向阳先生建议我重读《黄帝内经》，他说这部伟著可以让人把智慧、健康和快乐更好地融合。

至于三周年要写些什么，向阳先生给了我一个很好的建议：“找张大白纸，在上面写你要感谢的人的名字，想起谁写谁，一直写到打瞌睡为止，漏掉的人下一个三年补上。”

送我的时候，向阳先生没有挥手告别，而是安静地微笑着站在他所开发的那个名为“龙泊圣地”的木牌子旁，包围他的是那些鸟鸣，那些有生命的树，还有那片流动的湖水……

开车回来的路上，忽然想到了河南新田置业董事长田太广先生对我说过的一句话：“三年前，你们《领跑》种下了一粒很好很好的种子，三年中，这粒种子长势很好，质量很高，现在这粒种子已经开花了，相信很快会结出果实。”

是啊，相信开花，至少在智慧、阳光、健康的心里，相信努力与奔跑能够换来的绽放和芬芳，为了今天的开花，为了始终的坚持与热爱。

只能这么说了，三年来，曾经为《领跑》培土浇水的朋友们，深深地感谢你们一路相随，下一个三年，我们在此约好，仍然一路同行。

创意不远

雪又趁着人们熟睡时痛痛快快下了一夜。拉开客房的窗帘，就看到了楼下正忙活着的一群保安兄弟，在清扫门前广场的空当，他们更乐于拿起雪球相互追逐、玩耍，停车场上的雪已经被他们堆在了大门的两侧，一群人看到两座白色的小山，洋溢起只属于童年的那种笑容。

呵呵，忽然就有了“坏”注意——酒店的营销部经理很快被我叫到了房间。“刚才你们董事长委托我交代你一件事，半个小时后，有几位南方的贵客入住，要求保安部抓紧时间在门口堆起两个大雪人，要好玩，要大气，让南方的客人感受一下北方雪季的快乐。”我一脸正地经对他说。

窗外很快吹响了保安队长的“集结号”，任务在几十秒内被分配完毕。十个人，被分作了两组，他们首先面临的问题是，堆个多大的雪人。

大的，小的，七嘴八舌地乱了。
有个小眼睛的保安把脑袋伸了出来：“队长，我说个话儿行不？干脆把门口的两堆雪弄成俩雪人算了，就堆成保安的样儿，让它们替咱们值班。”

“哎呀——”保安队长高兴得一巴掌差点没把小眼睛拍倒在地上。

门口的小雪山很快被修出了两个手拿扫把的庞大身形，小眼睛跑过来拉了拉队长的衣角：“队长，头咋弄？雪人没头。”

“找啊，只有没想法的人，没有做不到的事。”——嘿，就冲这话里的觉悟，此队长应该提拔。

小眼睛琢磨了琢磨，领着A队的人跑马路对面去了。B队的人却扭头奔了后厨。不大的工夫，A队抬着滚好的一个圆圆“雪脑袋”回来了，可还没走到院门口就又突然集体向后转了，随即传来的便是小眼睛尖尖的抱怨声——“我说这个头小吧，你们偏不信。”

再看B队，从厨房里抬出了个洗菜的大塑料桶，足足有一米深，里面装了满满实实的雪。三个人高兴地抬了过来，然而正过来翻过去，折腾了半天，愣没倒出来。也有人充事后诸葛亮了：“我说不能踩得太实，看，现在倒不出来了吧。”

又看A队，雪人脑袋的比例重新弄准了，又赶紧往回抬。还是小眼睛，看到B队的窘况，高兴了，便抽了把手，吹了个流氓口哨，结果是，这一抽手，雪球失去平衡掉地上了——那个碎呀，小眼睛换来好一顿“打”。

A队和B队又回到了同样的起点，这回行了，同样的办法，同样的时间，两个雪人的脑袋被滚好抬回来了。

“麻烦了，怎么放上去？！”小眼睛的眼睛一下子睁大了。雪人的身体堆得够魁梧，想顺利安上脑袋又不能踩坏身子，还真成了难题。

小眼睛被队长叫了过去，他被临时任命为策划小队长，专项解决这个问题。

经常听到许多公司的员工说某某领导——哼，不发钱连句鼓励的话儿也没有。呵呵，你还别说，这一方面，保安队长做得还真不错，一句空头任命，让小眼睛就像变了个人似的，一蹦一跳就回来了。小眼睛给A队出的主意是四个人举一个人，俩人举胳膊，俩人举大腿，被举起的人抱着雪人脑袋然后搁上去。B队得到他的建议是让一个人趴在两把铁锹上，其他四个人从两头把铁锹抬起来，再由这个人把雪人脑袋搁上去，呵呵，A队举B队抬，小眼睛出的方案还不重样儿，的确有才。

欧了欧了，拍拍手，一看时间刚刚好，十来个人都满足地笑了。小眼睛说，都多少年没费这个脑筋了，也多少年没这么畅快了。这时营销部经理忽然又跑了过来，强憋着笑宣布了一个新指示："董事长刚起床，看到你们主动堆雪人，很开心，让我代表他感谢大家。此外，董事长提出个想法，她问你们能不能把其中的一个雪人换成女的。"

"啊——"加上保安队长和我，一共十二个人，差点儿集体晕倒。

照进梦想

“预备——开拍！”

所有的人鸦雀无声，等着一个“北宋”男人和一个“北宋”女人再现一场一千多年前的商业谈判。

等。两人无语。

再等。还是没有动静。

再等……

“停——我，我喘不过气儿了。导演，求求您了，这宋朝人我真演不了，我还是脱了这身行头吧。不瞒您说，做生意这么多年我都没像今天这样怕过，您瞧我这，都湿透了。”

摄像机前叫停的老张，是郑州一家连锁快捷酒店的董事长，在郑州汽车主题公园深处阴凉的一栋小楼里，他汗流浃背，语无伦次，只是一个劲儿地埋怨：“《清明上河》啊，你可把我害苦了呀。”

《清明上河》？

呵呵，该给读者交代一下背景了。《清明上河》——河南电视台投巨资开拍的一部大型古装室内情景喜剧，搞笑的风格有点像《武林外传》，但不同的是故事性很强，演的都是北宋时汴梁城里市井百姓们的家长里短，鸡毛蒜皮。说白了，就是古装版本的《我爱我家》和《家有儿女》。电视剧还未正式开拍，台里电视剧部的领导先为《领跑》专门开了绿灯，特许《领跑》邀请的十几位城市精英来热热场，身着古装来个“好梦一日游”。

回到北宋——那个时候的消费是什么样子的？那个时候的城市白领有怎样的职场故事？那个时候的夜生活和今天有什么不同？如果把这些老板扔进时光机器倒转一千多年，他们都会做些什么呢？——这就是《领跑》费尽周折策划“好梦一日游”的初衷。

忽然成了公子哥，忽然成了绣花女，忽然成了打铁匠，忽然成了状元郎，换了装束的他们彼此感觉怪怪的，似乎相互之间都不认识了。走进浓缩的《清明上河图》里，站在剧组搭建的宋式古街上，原本机灵无比的一行人竟然变得木讷呆板，甚至连基本交谈都变得特别艰难。

再回到文章的开头，我给老张安排的是一场谈判收购酒馆的戏，这位“掉链子”的张董事长，在折磨了所有人半个时辰后，终于破釜沉舟豁了出去，在漂亮老板娘一句“没这胆量还敢来收购老娘的生意”的刺激下，老张终于开口对词了。

“老板娘，我承认你的生意很好，可你也不想想，汴梁城这么大，你的酒馆开得这么远，多费97号啊。”

“97号？啥意思？”

“是一种汽油，很贵的！”

“什么是汽油？干啥用的？”

“哎呀，这，我可和你说不清了，也就是说，我骑马来你这里吃饭，路太长，费的草料太多！”

“哦，哦，是这样啊！马料就马料呗，还97号汽油，神经病！”

谈判继续。

“老板娘，你还是听我的！虽然你现在生意好，但实在地段太偏，想要挣大钱，就听我的，就是一个字，搬。你没听人家李嘉诚说过地段的重要性？”

“李嘉诚是谁？”
“啊，噢，李嘉诚啊，他，他是一千多年后才出现的人，和你们酒馆供奉的财神一样有钱。他呀，说过一番话，做生意，就是地段，地段，还是地段！”

那一上午，我很感动。所有的人都在努力忘掉自己，努力融进一个剧本赋予的角色中。由生硬到柔顺，由拘谨到洒脱，由陌生到熟悉，由现在到过去，由过去到现在，在角色的换位中演绎他们的梦想，释放他们的情怀，碰撞他们对古今不易的快乐真谛的理解。

拍摄结束的时候，有几位竟然不舍得脱掉身上的戏服了。看着一贯紧张忙碌的一群人此时宽袍大袖无所事事地晃来晃去，我真有些迷乱，不知道是逃开平素工作状态的放松引诱了他们，还是尝试完全陌生角色的快感启发了他们。

“好梦一日游”——《领跑》借助王朔、冯小刚的创意，原本只想为自己制作一期别致的主题，但操作中，我们忽然有了新的触动：梦想其实很容易，无论今天的工作和生活是怎样忙乱的压抑，是怎样平静的委屈，我们每个人都有机会也有时间抽个空当让现实照进梦想的吉光片羽。

当一个人像一个人的时候，人的价值也就出现了。

虫子来了

最近出差在外，总是想家。虽然它并不大。

很喜欢星期天的下午，什么也不去想，就泡在小阳台的暖光里，像一个学者说的那样，“书拿到手上，就好像我去了远方。”或者趴在地上狠擦地板，仿佛《聪明的一休》里的那些小和尚，推着抹布，光着脚，跑过来跑过去。

可这样短暂的清闲和快乐，也有被吓跑的时候。就在上个星期天下午，在擦地板时我发现了一只虫子。再看，又一只，它们悠然自得地爬着。虫子是黑色的，体积不大，肚子圆圆，像“花大姐”的身材。见人靠近，它们躲闪得飞快，不大的工夫，带着我原地转了三圈儿。不知道为什么，我就是害怕虫子，尤其夏天，家里是从来不存米面的，怕从哪个角落忽然看见什么。我还有一个心理障碍，就是洗菜。生怕看见它们，即使无毒，只要见了，也会把菜扔个精光。

可这个季节，家里怎么会有虫呢？而且我还认不出它们属于哪个族类。俩小兄弟还在地上转着圈儿呢，我赶紧拿了张白纸，把它们小心翼翼地请了出去。给办公室冯主任打了电话，询问生活常识，他让我先拍个照片过去。还好，它们还在走廊内，没走远。

稍后，冯主任回电：“图片有些小，看不清，估计是那那那，不对，是那那那……”我赶紧挂断了电话，刚吃得饱饱的。

还从来没这样地把家里的东西翻个底朝天，扔了米面就开始抖被子，抖完了被子抖柜子里的衣服，抖完了衣服就开始翻书，那么厚的一沓书，一页一页被我检查完。最后结论——没虫。刚规整完，冯的电话又响了：“怎么样？没事儿了吧，一定要彻底消灭它们，说不定什么地方藏的还有，这些家伙呀，繁殖得特别快。”冯主任彻底雷倒我了！

找虫，不睡了！

按照冯主任的叮嘱，我先去了卫生间，可真是祸不单行，一按开关，呵，灯泡竟然烧了。借着手机的光线蹲在地漏旁守候。——冯说了，至少要守上十分钟，看是否还有这种潮虫爬出来，如果是，这里就是源头。——十分钟过去了，我扶着马桶吃力地站起来，没见到虫虫，眼前转的全是星星。

再找，拉开厨房下方的小柜子，里面阴湿阴湿的，估摸着这里有戏，又蹲着等，最后等到的还是直不起的腰和直发抖的腿。

我决定换招儿了。楼下小超市很快送来了最强劲的“敌杀死”。喷完了，走路有点飘，自己忘捂鼻子了。夺门而出的瞬间，我忽然定住了脚步，眼神盯着厨房地板的一个缝隙，足足十多秒，一切都明白了。

“喂，是超市吗？再来两瓶！”

第二天晚上，我早早地回了家，在我昨天盯着的那个裂开的木地板缝隙旁，整整齐齐躺了三四只，它们仰面朝天，走得似乎有点迷茫。
第三天，我接着喷。缝隙处又见一只。第四天我再喷，没了。
第五天，第六天，确认它们被彻底消灭……

这场战斗终于结束了，我也落下了一个毛病，回家头一件事情就是下意识地满地找东西，我想，这心病要慢慢消除恐怕需要个过程。因为这屋子里的虫子一旦爬进了心里，就不是简简单单喷几罐“敌杀死”那么轻松了，那该怎么做呢？让自己忙碌些积极的事情淡忘它，或者干脆耍赖般耗到它离开，或者，我也不知道了……

最近好多朋友缺钱，都传染似的有些沉重，就仿佛是心里莫名生出了烦恼的虫子，让人变得很不轻松。可惜这个时候我也没有能很快消灭它的“敌杀死”，我只能说，阳台上的暖光在几个阴天后总是要回来的，不是吗？

不再较劲

再过几个小时就要看见2009年了，原本应该找一个拥挤得找不到自己的地方和朋友们呼喊：“三，二，一，Happy new year！”哪料想就是一个堵车的岔口让我改了主意，一打方向独自进了一家茶馆。

2008年，去得最多的场所就是茶馆了，不知道是不是心态老了，酒吧的喧嚣慢慢从享受变成了折磨，而茶馆一隅的寂静也慢慢成了习惯，成了自然。心情好或不好的时候都愿意坐在茶盘前，几泡工夫茶下肚，便忘了为什么来，还要急什么去。

2008年既然在茶气的氤氲里浸过来了，那就也选择在茶水的恬淡里和2009年问第一声好吧。当一袭中式套装的茶艺师轻轻落座在各式茶壶摆出的背景墙前，我仿佛看到，一直撵着自己慌不择路的时间竟也慢了下来，温柔了起来。

今天为我泡茶的女孩叫奇奇，一个很灵巧的茶艺师。我对她最深的印象，是每次见到时，她总能远远地送来一句甜甜的问候——哥，你来了。

“哥，为什么总觉得时间不够用呢？”一开口，小小的奇奇竟然也说到了时间这个大命题。

“呵呵，时间是永远不够用的。”
“我不渴望新年的到来！”奇奇的话音儿里带着委屈。
“为什么？”
“因为我的十八岁照片还没拍呢。”
“十八岁！你才十八岁？”

跑到茶馆来，本是为了躲开时钟的刺激，没想到人算不如天算，在这里还是和时间和数字撞了个满怀。

奇奇说，她很早就有一个愿望，就是到了十八岁一定找个摄影师把自己拍摄下来。可真盼到了十八岁，照片却没拍成，原因是她太忙了。

按照奇奇的设想，她应该是穿不同款式的漂亮衣服，到不同风格的地方去，性感的、古典的、妩媚的、纯情的……然后把照片时时都揣在身上，拿给未来不同的朋友看，可这一切，都来不及了。

“来得及！不还有几个小时吗？奇奇，现在去，我去找你的老板请假，然后再给你约个摄影师。”
“不，姐妹们说好了，今天要一起迎接新年，我怎么能自己走开呢。”
任凭我怎么劝说，奇奇还是选择了继续工作，只是眼睛不时望着窗外的街道，闪烁着渴望和忧伤。

瞬间想起了自己的十八岁，记不清楚了；再想想自己的二十八岁，也记不清楚了。我对着墙角的书刊架来了个飞吻，苦涩地自言自语了一句：“这么多年了，都把青春献给了《领跑》这本书。”

奇奇笑了：“哥，能告诉我你的理想吗？”

理想？呵呵，我的理想，《功夫熊猫》里乌龟大师不是这样说过吗——昨天已经过去，明天遥遥未知，我们能做的就是把握好今天。

忽然奇奇一本正经地说，2008年的最后几个小时，是她长这么大印象最深刻的，2009年的这个时候，她一定不再允许自己继续有遗憾，她要计划好这一年自己的几件大事，她要过得充实过得饱满过得无怨无悔。十八岁的女孩说这些时，脸紧绷绷的，似乎憋着一股劲儿。

一低头，我又看见了摆在桌面的“茶宠”——三个和尚。这三个师兄弟，和奇奇此刻的神情一样，绷紧的三张小脸。高老大、胖老二和小老三，就那样气鼓鼓懒洋洋地站在各式各样的茶盘上，相互较着劲，和时间较着劲，也和自己较着劲。看着看着，我忽然笑了起来，真想劝劝他们，也顺带劝劝奇奇，劝劝自己——新的一年来到了，咱就别再和日子较劲了，行不？

学会留余

2005年深秋，《领跑》团队有了第一次野外拓展训练，那一天的经历，搁在今天回放一下，依然清晰无比。

或许因为拓展中有个重要的环节是野炊，所有人出发时的兴奋伴着一路的轻风和歌声久久不见消退，应该是困在格子间的日子太久了，大家伙儿的情绪从上车就集体调到了高八度上，沿着路旁钻天杨的树冠飘着向前，想必不少人已经在心里的某一个角落忙碌起来，正盘算着如何生火如何洗菜蒸馍馍了……

在一块宽阔的湿地深处，三十个人，随意抽签被分成A、B两组，两组人各选出自己的领头人。我，唯一的特权，可以在两队之间穿梭观察，但不能够泄露秘密或提供建议。

我选择了跟随B队训练，然后乖乖站在队伍的尾部倾听活动规则。

教练给每个队分别发放了如下口粮：一只鸡，一只鸭，一斤油，五斤鸡蛋，两棵大白菜，三桶水，三十个馒头。

“这是你们的全部！”教练接连重复了三次。

这么多？太丰富了！——我立刻听到B队里有喜悦的击掌声。

教练交代的第二个任务是，在野炊的过程中各队要搭建三个茅草屋，材料就从芦苇丛和小树林里找，但不许砍树，不许破坏芦苇荡。教练还特意叮嘱——一定要暖和。

“搭草屋做什么？应该不会是晚上住在这里吧？应该不会，太阳落山就要回去了，这次主要就是放松的。”猜测的声音还是从B队发出的。

两队解散后很快分道扬镳，各自找到了自己的主阵地，谁也瞧不见谁。B队十个人挖坑放锅洗菜烧水，四个人去搭建屋子，还有个放哨打探对方消息的，分工倒是明确。转身搭建屋子的四个人急匆匆地回来了，说是完成了任务，大呼有功急需犒劳。我就坐在不远处，想着一个问题，为什么锅里的水烧了半天也不开？

B队还是有没傻到底儿的，叫喊着原来是灶口掏斜了，火焰不能直接到达锅底，需要走S形才可把热气送到。折腾半小时后，新灶建成了，用了刚才三分之一的柴，水就沸腾了。这个时候，B队派出去的探子也回来了，诡秘地摘掉了头上的白毛巾，有气无力地说：那边吃完了！

下午两点，B队开饭了。好一番狼吞虎咽，每个人都吃得很投入也很满足。唯独我这个不能说话的，心里着急，我很清楚地知道，这一天的粮食，被他们当作一顿吃光了。

之后的时间安排是自由活动，B队果然就自由活动了。秋风拂过，肆意茂盛的芦苇忘情地摇晃起来，B队搭建起的草屋也随着在摇晃。

夕阳西下，探子忽然发疯般地从远处跑过来：“大事不好了，我们中午吃的是一天的伙食，弄错了，晚上还有一顿呢。我刚才看见A队已经点火了，人家正在准备晚餐的烤鸡烤鸭呢！”

B队顿时全部雷倒！这时A队队长就像一尊菩萨般走了过来：“据我们的探子观察，你方已弹尽粮绝，都是一家人，上我们那边吃去吧。”

用过了晚饭，A队顺便邀请B队参观了他们搭建的湿地“别墅”，借着北面几排杨树遮挡寒风，粗粗的干树枝架起了三角形的屋顶，那严密那结实那厚厚的草垫子，仿佛是部落酋长才能独享的暖和“席梦思”。B队一行人似乎意识到了什么，可是晚了，教练的新指令到了——今晚全部露宿湿地。

或许是刻意要给《领跑》人留下特殊的记忆，那一夜降下了2005年的第一场霜。我就躺在B队匆忙修补过的小草屋内，怎么裹紧自己也睡不着。没奈何，索性拉起了队长聊天等天亮，那个漫长的秋夜，我从他的嘴里听到了太多的假如，假如弄清了比赛的规则，假如不把游戏当游戏，假如多一些留余思想……

独立于人群之外是实力的王者。被社会遗弃，那叫独而不立，孤独也。

渴望摔倒

很长时间以来，我都热衷于骑马的刺激与快感，沉醉奔跑的那个过程，沉醉那个过程里的征服和突破。

教练曾对我说，若要骑得好，先把马来跳。这个口诀是说，骑手先要学会怎么在紧急状态下逃跑。遇到了危险，脚部要迅速摆脱马蹬，双手按紧了马鞍，然后拼命向后跳，能跳多远就跳多远。

我有过三次落马的经历。一次是喝多了酒打嗝呛着了马，第二次是在湿地上撒野马失了前蹄，第三次就是这个月初，在五云山的深处。

我一眼就喜欢上了它，很难见到的英国纯血马。纯血马的身躯修长，胸阔，脚步轻快，敏感善跑。据说这个马种到现在都保持着中短距离速度赛的世界纪录，始终没有任何马种能够改写它。

五云山的教练告诉我，眼前的这匹金色纯血马名叫闪电，一岁三个月，野性正浓，刚刚开始接受训练。除了骑师，很少有人能够接近它。

人群中有人知道我骑过纯血马，便鼓动着大伙非要让我表演一个不可。经不起诱惑和众人的“忽悠”，糊里糊涂我就坐上了闪电长长的腰背。牵马人似乎还要给我一些交代，闪电却不愿给我这个倾听的机会，攥紧缰绳的一瞬间，它突然“飞”了出去。

记得我的教练曾说过，骑快马有三个细节最为重要，起步、拐弯和停步。尤其是陌生的马一定先要遛上一遛，然后慢跑然后快奔。而此刻，闪电的突然发力就像一场随机的考试，考试的题目应该叫作“应急”。

人群的惊叫似乎兴奋了闪电奔跑的欲望。我能做的就是，在三秒钟内完成以下规定动作——踩准踩稳脚蹬，挺腰收腹提臀，双腿死贴马身，上身前倾有度。

第一个弯道，顺利通过。
第二个弯道，又顺利通过。

再次跑入直道，闪电奔腾的步幅和速度早已经超出了我的经验，它像一辆疯狂的赛车，只管自顾自地轰着油门，我甚至都听到了闪电前后蹄相互碰撞的声音，越碰越快，越碰越猛。这个时间我的耳朵里，只有它粗粗的喘气声和马蹄碎鼓般的落地声。

就要进入第三个弯道了，按照刚才两圈的经验，收缩缰绳，微控马速，然后通过。——不对！闪电这次拐弯更陡，弧线奔跑，切入点过早，它的身体就会越来越贴靠跑道里侧的木桩，如果有丝毫偏差，我的腿就要受到严重的挤蹭，后果难以想象。

可现场情形是，适才两百米的直线狂奔似乎把闪电惯成了一个任性的孩子，耳边的疾风告诉我，它依然在加速。

办法只有一个了，让闪电跑进旁边的沙窝，给它来个急刹车。

来吧！接下来我做了一个极度冒险的动作，把闪电的缰绳猛地左扯。

…………

结果和预想相差不大，我和闪电一起栽进了厚厚的黄沙里。栽倒的一瞬间，我习惯性地向前打了三个翻滚。闪电起身的过程比我还要吃力，似乎是太疲惫了。

“辛苦了，闪电！”那一刻我能做的就是反复地抚摩着它，反复地喃喃自语这句话。那一刻，我们身上的色彩是一样的，泥土斑驳，汗水纵横，我们的眼神也是一样的，有着内疚，有着包容。

那天直到马场关门，我都守在闪电的身边，那种安静的陪伴是种说不出的幸福，从来没有过的淡淡的幸福。闪电在我的眼中也不再只是一匹好马而已，它应该是冥冥中送给我的一个特殊礼物，礼物的名字就叫作“摔倒”吧。这个礼物里包裹着很多——让我知道谨慎，学习包容，珍惜友情……回来后一段时间里，我都在想象以后还会收到这样的礼物，那就把自己假如一下吧，假如我去远方，假如走进另一个马场，假如碰到另一匹闪电，我还渴望骑上它，渴望摔倒。

卑微很难扛得动伟大。

梦想不老

四月末，受《少林寺传奇》剧组的邀请，《领跑》前往北京怀柔影视基地探班，近距离感受他们第三部的拍摄。我们四个人去了四天，经历了阴晴雨风四种天气，在感受“少剧”的传奇中也捎带着感冒了两个兄弟。

总导演都晓先生派人拿药给我们，笑着说，你们遇到的天气算是相对温柔的了，剧组在戈壁沙漠间拍外景时，才是最折磨人的，吃饭都需要戴防风镜。都导说，回到北京幸福多了，虽然吃不上热的盒饭，但总算干净了。

和都导聊天，都要等到他深夜收工返回的时候。《少林寺传奇3》就要杀青了，都导有着掩饰不住的轻松，得知我们就要离开，那夜他陪我们聊到很晚，聊生活，也聊我们对《少3》的种种期待。得知我曾在北京广播学院进修过播音主持专业，都导忽然发出邀请——先别走了，客串一个角色如何？

一句话，点燃了我多年的梦想，到底是做导演的，适才聊天时我眼睛里流星般闪过的激动和兴奋，全被他捕捉到了。

导演给了我三个角色选择。
一个是出镜率非常高的店家，最后被一刀捅死。
一个是朝廷二品的巡抚大人，但一句话没说就被老百姓扔到河里去了。
一个是神汉，台词有二十多句。

我立刻选择了神汉，演神汉多好，不但活着，保不准还能像射日的英雄后羿一般，拉开万斤弩，搭上千斤箭……

导演嘿嘿笑了笑，然后“坏坏”地对我说：“你的道具不是弓和箭，是摇铃和桃木剑。你演的神汉其实是个祈雨师，由于地方大旱无雨，你便被官府请来设坛做法，祭祀河神。这个时候，少林方丈带着武僧路过，为了解救即将被你沉河祭祀河神的年轻姑娘，于是发生了一系列争斗。”

这个神汉是这样的？越听越像个巫师。反差太大了，我有些动摇了。

这个时候，为了配合《领跑》拍摄，在电影《少林寺》中扮演秃鹰的计春华老师风尘仆仆地赶到。聊天中得知我有如此顾虑，计先生递给我一根“中南海”，点上，然后语气幽幽地说：“我很想演好人，可我总在剧中杀人放火，鱼肉百姓。不过‘作恶多年’后我便解开了内心的这个结，对于一个演员来说，很多时候不是你来挑角色，而是把命运给你定位的角色发挥到最好。”

谢谢计先生，我欧了！

早不如巧，导演给我补充了一个重要信息——明天你将和一线大腕——《三国演义》里饰演曹操的鲍国安老师同台亮相，鲍老师是男一号，就是专业的演员和他面对面对戏的机会也不多。很感谢《领跑》的总策划辛俊高先生，拍摄前的那个整夜，陪我背台词，摆动作，又陪我迷迷糊糊地在天亮前倒下。

天亮后的第一件事，就是把头剃了。我对北影的化装大姐说，能不能让我扮相好看点，她很负责任地说：“兄弟，对不住了，巫师不能太帅。”一个小时后，我被糊上了满头的长发和满嘴的胡须，还好，给留了半个小脸，能看见浓眉大眼和浅浅的黑眼圈。

难忘那个让人紧张的第一组镜头拍摄，没有台词，只有肢体乱舞，左手桃木剑，右手握驼铃，口中喃喃“么么么么”，整整两分钟，等来了导演的两个字——停！过！

“太好了！”导演的话语刚落，人群里飞过来这样三个字。我忙抬头看，竟然是鲍国安老师，老人家冲我微笑着点了点头，那一刻，我磕头拜师的念头都有了。

紧张没了，感觉也就来了，接下来一场场戏可就顺溜多了，村民让我给忽悠了，小姑娘让我给绑了，大方丈让我给骂了，最后双方又大打出手……

这场戏，整整几十个人配合，拍了一下午。呵呵，这个下午，如同一个世纪般漫长。卸装的时候，怎么也没想到，让我激动起来的竟然不是自己能够顺利地把整场戏拍完，而是忽然跑上来的几个群众演员拉着我的衣角问的那句话——老师，您是哪儿的啊？

我无语，我无法回答也不知道怎么回答，看着草地上背靠背坐着的那些个等待拍摄夜戏的80后、90后，我不知道他们为何而来，只见他们在这个或者那个片场间搏命般地奔波着，忽然心酸，也许他们中的大多数，从来，甚至永远都等不到一个像我这样的玩票者今天尽情表演的机会。可从他们眼神中闪烁出的渴望我知道，虽然身心都无比疲惫，他们依然会继续坚强而又坚决地等待下去，等待传奇降临身边，等待梦想照亮现实。

病，是死亡向“肉”发出的邀请。罪，是死神向灵魂散发的引诱。

有梦不弃

最近很热的电影，《盗梦空间》应该算得上一个。影评家都说那是部高智商的大片，能够侵入别人梦境的一群奇人，颠覆了我们的审美经验，也动摇了我们的价值坐标，可惜我却一直没能抽出时间坐在放映厅里感受那种造梦入梦的刺激。好在失之东隅，收之桑榆，两个星期以来，河南电视台的编导却给了我另一种观梦问梦的特别体验。

九月，河南电视台都市频道用百万基金启动了一个全民参与的大型互助栏目《梦想成真》。如果你有梦想，如果自信这个梦想并不是气泡，就可以大胆走上这个节目的舞台；如果能够说服观察团，如果能够最终打动五位梦想伯乐，就可以得到所需要的资金支持。

五位伯乐，我是其中一个。一期期节目录下来，我目睹了众多梦想者的成功与失败。有要出版奇谈怪论的，有要劝募慈善经费的，有想补办别致婚礼的，有想塑造明星女儿的，等等。排着队拥来的这些讲述者很现实也很飘渺，有的是梦想，有的是梦游。

印象最深的当属钱鑫，二十八岁的小伙子，申请五十万元，去建一个庄园。站在台子上，他一板一眼地说，职场的倾轧和挤压，让不少人厌倦了城市的“丛林生活”，所以他要找一个清净的地方建一座桃花源，寻回那种“绿树村边合，青山郭外斜”的生活。这个庄园建成后，他希望走进来的人都能身着长衫，手持折扇，口中有诗句，脚上无俗尘，山阴道上行，如在画中游……

钱鑫之所以能被我的记忆刻录存储，是因为就在他吟诗弄句的那个瞬间，我恍惚中穿越了。一时间，不知道他是蝴蝶，还是我是蝴蝶，那些抑扬顿挫的吟咏如同念咒般就把我塞进了时光隧道，进入了陶渊明先生笔下的那处桃花林。

很久没有这么特别的感受了，至少，在那十来分钟的时间里，这个小伙给了我难得的放松和想象。
但，钱鑫的陶醉和我的放松很快就被敲醒了，问题像一把把锋利的刀子向他飞来。

有人问：你在梦游吗？
有人问：你脑子有问题吧？
有人拍了拍胳膊，快别说了，都起鸡皮疙瘩了。

最终，观察团的九盏灯灭掉了一大半。钱鑫连和我们五位伯乐对话的机会也没有等到，就孤独地离开了。

在钱鑫走向幕后的一刻，我忽然有离席追过去的冲动，不是想拍肩膀聊作抚慰，也不是要紧握手引为知己，真是有句话特别想问他，这样做，会有孤独感吗？二十八岁就被旁人看作一个思想的异类，别说建设梦想的桃源，恐怕现实的花香也很难闻得见了。可惜，我始终没能和这个穿古装的钱鑫说上一句话，就在下一位“寻梦人”的开场白里分散了注意力。

钱鑫裹着自己的梦想消失了，如同这个舞台上众多被拒绝被奚落的选手一样，来去匆匆不留痕迹。但是我却深刻地记住了，钱鑫这名字很“物质”，他的梦想却很精神。有谁能说，钱鑫幻想中的那个庄园不是我们的渴望呢？我担心的是，假如真有一天，钱鑫靠自己的能力挣足了五十万元，是不是又会忘记曾经的这个梦想呢？

每每坐到那个写着“梦想伯乐”标牌的椅子上时，我都会特别地忐忑。不知道当一个个梦想或者愿望，像鉴宝节目里的瓶瓶罐罐一样，被拿出来摆上台，我该用什么标准去判断它的真假良莠。小孩子的作文里，我们尚且能够赞美成为一名公交车售票员的理想，和立志摘取诺贝尔奖的理想并没有高下，怎么在这个成人造梦的栏目里，我们就可以给每一个“梦想”称出斤两，看出成色，打上合格品或者残次品的印章呢？

看过《盗梦空间》的朋友告诉我，电影里有一个特神奇的陀螺图腾，它可以帮助造梦师鉴别此刻的情景究竟是梦还是真。看来，聆听梦想的叙述，心态还是轻松游戏一些更靠谱，所以，没有网购到盗梦陀螺之前，再去做伯乐评价别人的梦想时，我决定偷偷揣个色子坐那儿，点儿大了就OK，点儿小了就KO。

呵呵，开玩笑了。各位，有梦很好，继续继续。

老马喝多

夜半，电话响起，老马打来的，喝多了，他找不到家了。打车急忙赶到老马给我的位置，郑州经七路纬一路路口，四个方向寻遍，一个人影都没有。接连七八次的呼叫后，听筒里再次传来了老马响亮的饱嗝声，他兴奋地大声说了句——你猜我在哪儿？随即就挂断了电话。站在寂静的十字路口，我仿佛看见了这城市里的某个角落有朵奇葩已经绽开。

十分钟后，老马花开般的电话铃声响了，这次他似乎提升了“游戏”的难度，地址提示只给了“经三路”三个字。我再打过去，电话里换成了一个熟悉的女声——您所拨打的电话暂时无法接通，请稍后再拨。

我嘞个去！经三路足足几公里长，咋个找法啊！

经三路，这条熟悉的街，曾多少次开着车匆匆跑过，那些街角和店面从没像今夜这般被我细细端详。老马的折腾也是给了我一次机会，长长的路灯下我就那么默默地走，默默地看，忽然发觉，许多细节我并不熟悉。记得有位作家说过，要学会阅读你的城市，不要认为你很了解，其实你很陌生，就像是交朋友，看似很相识，其实不相知。

郑州的子夜时分，霓虹同样绚烂，只是灯下走过的时尚男女过于稀疏，倒衬得那些闪耀的灯火被冷落了。职业的缘故，喜欢看城市的各种姿态，一不小心，就忘了适才找人的着急。烟酒店的老板提醒我，重点找路口的死角，那些地方容易躺人。结果是，从地面拉起来两三个收废品的后，最终找出个醉卧街头君莫笑的，但不是老马，他反而把我当成了小偷，一边吆喝一边就要拨打110。

一番折腾带惊吓，我有些上火了。靠着街边的电线杆子歇上片刻，一抬眼瞧见了上面贴着的几张寻人启事，有孩子被抱走的，有老人精神失常走丢的，字里行间，哀哀欲绝。

谢天谢地，老马来电话了。我小心翼翼地恳求他要耐心要平和，别再挂掉电话了，并请他抬头瞧瞧，看看身边店面的招牌上写着什么，老马支支吾吾，最终吐出来了三个字——黄牛庄。听到此处，我疲惫全无，像是上套的南阳黄牛，闷头就奔了去。

在黄牛庄酒店北侧的公交车站，我看到了老马，他悠悠然坐在栏杆上，不知在等哪一路末班车，还一边摇头晃脑哼唱着《北京，北京》——“我在这里祈祷，我在这里迷惘，我在这里寻找，也在这失去。”

悲剧很少是单行本的，往往是连续剧，好不容易到了老马住的家属院，才意识到下一个真相，老马家在七楼，没有电梯，我哭。

上一次背人是什么时候的事已经没印象了，也很久没有这样大负荷的体力锻炼了，三楼刚过，我和老马都瘫倒在消防栓前。他忽然抱着我的肩膀，满嘴酒气又满脸认真地说：“不用你背，我有儿子，养儿子就是背爹上楼，背我的一定是儿子。”我真真是无语了，喝成这样，竟然还没忘拐弯骂人啊。忍着老马嘴里气味和言辞的双重“羞辱”继续攀登，我顽强地把他背上了七楼。敲门，无声，再敲，老马说，媳妇儿出差了，摸遍他的衣兜，除了手机，一无所有。

我嘞个去！再一通折腾，我把老马送到了不远处的一家酒店，服务生推来了行李车，把呼呼入睡的他抱了上去。

天蒙蒙亮时，老马醒了，接了我端来的温水劈头就是三个问题：这是哪儿？我怎么来的？你怎么在这儿？我就回答了一句："老马，你是个奇葩！"老马不解："奇葩是什么？"

看着老马足足几分钟不愿说话，一个深呼吸后，我拉他去楼下地摊等候尚未出锅的小米粥。唉！老马啊，哪怕你这朵奇葩开得再奇怪再变态再惊世骇俗再匪夷所思，我都得接受吧欣赏吧，都得拈花微笑吧，谁让你还有另外一个名字——朋友呢。

能吃是福

有心的人记下了我的生日，引得一群“酒肉朋友”寻上门来，死死地把我堵在了写字间，他们的要求是永恒的——吃呗。

这群“狼”只只膀阔腰圆，压得我的爱车喘不过气来，让人好不心疼。还有更闹心的：年长的说往东，面嫩的硬朝北，高个的想吃酸，矮点的非吃甜。蛋糕早就买好了，可点蜡烛的去处却越扯越模糊不清。看热闹的主儿跷起了兰花指，旁若无人地念着道白：待俺赶上前去，将它吃个干干净净……那吵，那乱，那热闹，像极了《笑傲江湖》里的“桃谷六仙”。最后五六双饥渴的眼睛齐刷刷瞄向了我，我一看，懵！

从楼下的“北大荒”，到五星级酒店，到五洲强仔，到老妈火锅……闯进去，又溜出来，总有某个人找着说不清的理由反对着。可去哪儿吃？吃什么？在那个“一定得吃得别致吃得不一样”的主题牵引下，我们无奈而疲惫地在那些熟悉的街巷中来回穿行，直至愿望变了负担，享受成了折磨，真可谓：为了一张嘴，跑断两条腿。

想起了好吃也会吃的梁实秋先生写到的一个小故事：有一对父子，穷酸不堪，相依为命。严冬的一个风雪之日，老头子缩到墙角的小煤炉旁取暖。儿子回家，从路市上买得四只梨，并把其中的一只献给父亲，以尽孝心。老父得梨大喜，当即就啃去半只。忽然，他披衣戴帽，拿起小碗，一言不发就冲出了门去。儿子只听得大门哐当一声响，从里屋追出后已不见人影。一小时后，老头子拖着小碗回来了，只道他跑去吃了碗温桲拌梨丝！（从前酒席，一上来就是四干、四鲜、四蜜饯，温桲、鸭梨是现成的，饭后一盘温桲拌梨丝别有风味。）原来这老头子吃剩半个梨，突然想起此味不能自已，竟不惜为之在风雪之中奔走一个小时。馋！地道的馋！

很敬佩也很羡慕那个老爷子，能有所爱，即使受些肌肤之苦，终能得偿所愿。和他相比，不知我们是没有了“踏雪寻梨丝”的执着，还是丢失了“品香独自回”的窃喜。不仅从形式上，就是在感觉上，吃都越来越等同于应酬，端起的酒是应酬，夹起的菜还是应酬。好不容易学会了谢绝，却又没了念想的目标，记得起自己吃过什么，却记不起那道菜那碗汤是何种味道。一位南方的食客告诉我，想要吃得美、吃得好、吃得雅，就须学会发现和挖掘——对色、对香、对形、对环境、对礼仪、对风俗，必须和它形成互动，否则，你就很难爱上哪一口儿，更遑论记住、惦记了。还是梁先生的话：馋无罪，反而是胃口好、健康的现象，那要比食而不知其味好得多。

郑州不是个遍地传奇、遍地美食的城市，却一样有着自己的繁华和甘美，泛溢着这个城市的特有气质与温柔。听说最近有一类吃的场所，叫会馆，花上几十块钱，饱餐四五十种菜点不说，还可以洗浴、品茶、健身、读书、看电影，只要你愿意，可在这里待上二十四个小时。有人说，在那里吃饭、聊天、谈合作，比广州的早茶有意义得多。由此感叹，吃的创新又在继续，馋的唤醒又岂止在碗碟间。梧桐树下的会馆，晃动的招牌上正在书写难得的雅致心情。文化文化，无非是种生活方式而已，但愿这样标新立异的“新”招牌能越树越多，生命力不断增长，不再重复昨日“食”的跟风之痛。

其实谁都知道一个老理儿：吃得饱，只需有胃；吃得好，却需用心。

心间有田

“小心点，别踩了人。”黑黢黢的楼道内，老郭拉着我的胳膊，一步一个提醒，伴着我们呼吸的，是两块跳跃的泛着荧光的手机面板。

光线的明暗起伏中，我能瞧见地上躺着一排熟睡的装修工，横七竖八。怕惊醒了他们，老郭努力压低的声线更显得遥远：“这是接待区，这是销售部，行政办在这儿，那边是餐厅也是咖啡馆……”

抬手看表，零点二十分。或许是楼层过高的缘故，不断有猛风穿楼疾驰而过，偶有某位师傅停了酣声翻转身子，我有些怯怯，生怕忽然被谁抱了大腿喊——小偷，别跑！

老郭就是这样，一个不受时钟约束的人，兴致来了，哪怕是夜半三更，也要拉上朋友分享个透彻。企业做了多年，在这个城市里他有五六处办公室，但这里带给他的兴奋却是如此新鲜，难得一见。

“你的办公室呢？”

“我的？呵呵，我的大了！”一分钟后，我被老郭拉到了位于三十多层的楼顶平台。呼呼，那个夜黑，那个风急，我下意识把身体靠紧了平台中央的塔钟，生怕一个不小心被哪只过路的鹰给叼了去。

“这就是我的办公室，大吧？”围着平台跑了个圈后，老郭的兴奋劲似乎平复了些。一会儿，他不知从哪儿捧来一把土，全倒在了我的手心。老郭非常认真地告诉我，这是从家乡取来的老土，他要用老土铺满整个平台，他还要在老土上种植蔬菜。

种菜？

“是的，我要种菜，种很多的菜。”老郭的话斩钉截铁，像风里飞着的一把刀子。老郭给了我一堆的假如，假如这里爬满了丝瓜藤豆角秧，假如你压力大了来到这里松松土，假如面条碗里放了一把刚刚摘下的大叶荆芥，假如一到周末给每位员工发两根黄瓜……

老郭说，这两年时不时地，总想老家，想得厉害。只要发呆，儿时那些七零八碎的记忆就会冒出来，那个很偏很偏的小村子，那个很大很大的农家院，那个拿着鞋底子追着自己满村跑的老娘……

我把老郭拉到了楼下地摊接着怀旧，菜上齐，酒倒好，他人却径直跑向了路边一个西瓜摊，拉着瓜农的手直劲儿央告——让我替你卖会儿吧。

呵呵，熟悉老郭的人都知道，二十年前他就是个卖瓜的，无论什么时候见了卖水果的就格外亲。这个清凉的夏夜老郭也想悄悄穿越一次，就穿越到二十年前的城市街头，守着一辆要命的瓜车。他特希望当年偷瓜的那两个小伙子也能穿越过来，那样，他还是会像当年一般，一路狂追哪怕上千米，多过瘾。

两口猛酒下肚，老郭猛地拍了大腿：“过两天再回趟老家，把老磨盘也弄过来，我还要在楼顶上磨豆腐，老豆腐那个味儿，不能丢，得找回来。”

两天后，我带着十几位老总如期出发了，车队要去的地方是嵩山唐庄生态峡谷。那里有几十平方公里尚未开发的山野，村落宁静，庄稼茂盛。那一天，我们都关了手机，割麦劈柴，只关心粮食和蔬菜，春暖花开，躺在农家院里尽情地走神发呆……

我们不奢望24小时的经历能在这些老板的心里留下多么深的印记，只希望那是提醒彼此内望心灵一个小小的引子。不是每个人都能去远处摆弄一垄开心农场，更不是每个人都会有一处大大的阳光平台，但每个人心的私处都会留有个一亩三分地，那里的春秋四季，那里的汗水泪滴，那里的炊烟牧歌，那里的丰饶贫瘠，都只属于你自己。就像那天的出行，我并没有邀请老郭一起上路，我知道，唐庄的山谷不是他的菜，他的菜生长在三十多层的楼顶平台。

尘世间有人惦念是修来的福。

一夜修行

咚咚咚！咚咚咚！黑漆漆的夜里，我克制着烦躁，也努力克制着敲床头的音量。

“谁？”他终于惊醒了。
“我，旁边的。”
“咋！？”他有些不耐烦地问道。
“麻烦你换个姿势睡吧。”我的话语近乎恳求。
“吵着你了？”他的语气也柔和了下来。
“从你开始睡，我就没闭眼。”

他的手机亮起，借着微弱的光线，我瞧见了一张饱满度爆棚的大方脸，这位仁兄的体重估摸着得有个百十来公斤了，难怪，那鼾声，如雷。

这次禅修，住宿统一安排到了禅房，四十多个人一个大屋子，自己套被铺床，上下铺任选。我睡觉浅，就怕被吵到，挑床铺时就特意扎进了角落，没料想却睡到了呼噜哥的身旁。

呼噜哥挤出了个浅浅的微笑，应该是算作道歉了，然后扯着被子翻过身去，暂时没了声响。趁这空当，我赶紧闭目往梦里钻，谁知道肚子又闹上了，估摸着是冻的。零下六七摄氏度的冷，呼吸都见哈气。我把能披的能裹的都上了身，在院子中窜来跑去两个来回，再次躺下时，呼噜哥的呼噜又呼噜了。又冷又困的痛苦，像根银针，深深地扎入我的神经，并极有节奏地一下一下。唉，莫非这呼噜仙人，是菩萨派来考验我的？

折磨中灯光忽然大亮，凌晨三点半，起床的时间到了。

简单地洗漱之后，我们都规规矩矩地排着队，等候着下一个指令。师父们什么也没说，带着我们就开始跑圈儿，一边跑，一边拖着长腔喊着“起——！”我猜想，这应该是提升人元气的一种训练吧。可这个点，一夜没睡的我，跑起来不像是提气，倒像是满院子在捉自己飘来荡去的魂魄。清冷的月色里，一群人就那么迷迷糊糊地跑在古刹中，晕晕的，也怪怪的，稍微偷懒，就会有师父手中的戒板狠狠关照。

跑圈结束后，大家被领进禅房打坐，禅房中央一尊佛像庄严肃穆，有师父刚刚上过香。房子内的摆设很简单，靠近墙的四壁，是几条长约十来米的木板，木板的宽度仅仅够人盘腿坐下，木板上铺着薄薄的褥子，褥子上几十个圆圆的蒲团排了一圈，每个蒲团上都整齐叠放着一条小棉被。师父说，那是坐禅时用来裹腿的。按照标准，我们一个个挺腰坐正。

灯，忽然灭了，灭灯的一瞬间，我瞧见对面墙上写着的两个大字——止语。

一炷香燃起来真是漫长，我觉得自己至少有六七次都要一头栽倒在地，又一次次在忐忑中侥幸抓紧了支撑的木板。慢慢地，屋子里咳嗽声、呻吟声、扭动声逐渐增多，混杂一片，好在，人人都管住了自己的嘴，没有妄语。

许久，黑暗中叮零一声脆响，这一炷香的坐禅终于结束。跟着师父，我们又开始围着屋子中央的佛像跑圈，跑着跑着又看见一个小法师进来燃香，师父朗声说道：早餐前，各位还有一炷香的禅坐修行。听到这消息的一瞬间，一张张刚刚放松的面孔又浮现出或沮丧或恼怒或迷茫的怪异神情，围在佛像的周围，演十八罗汉的戏刚刚好。

早餐后再次回到禅房，发现那些黄色蒲团被移到了佛像前的地面上。师父朗语自省时间到了。他的意思是，从夜半开始坐禅，大家都想想犯了戒律没有，比如偷偷翻看手机、小声说话、坐姿不端等等，有了，就自觉跪在佛陀面前燃香反省吧。这边话音刚落，那边呼呼啦啦跪了一片，每一个蒲团上都是一颗低垂的头。师父一声叹息，又说话了：各位施主也都是管人的人，但首先应该学会管理自己吧，来，谁有手机，我给你们照个相，回去告诉你们的员工，做老板的也犯错了也被罚了。想着在微信朋友圈发图片，我抢先第一个把手机递了过来，结果悲剧了，我被师父告知，自己要多跪半个小时，因为入寺时就要求上交手机，我却私藏到这时。

于是，我一人被罚独跪在佛像前，四十多个禅修的同窗围着我，排着队又在屋内转起了圈圈。师父说我有福了，那么多人在帮我消减业障加持修行。是吗？我不知道。我只记得，自己闭上眼睛，心情由最初的懊恼怨恨，转而，新奇有趣，转而，疲惫无聊，转而，什么感受都没有了，只有平静。只听得身边急促旋转的脚步一刻不停，仿佛时间一般匆匆……

戒烟一年

“不好意思，张先生，您被拒签了！”两个月的等待，换来了出国中介公司客气而又坚决的否定。

似乎是要摔掉这句杀伤力巨大的通话，我不假思索地摔掉了手里的诺基亚，然后扭头闯进楼下的小卖部：“烟，给我拿烟！”

我买了盒最贵的，一个晚上抽完，第二天被送到了医院，上吐下泻，中毒一般。一个星期后，我又去了小卖部，出来时手里拿的是一条白盒红塔山，我的烟民生活，就此正式开始。
那一年，是1998年，冬。

一晃，十五年走过。2013年，我的烟量已经是每天两盒还要多出几根。十五年间，这个白色的小纸棒仿佛被握在了一位看不见的指挥家的手中，我的生活旋律已然随着它而升腾而迷乱而飘散。比如，我一直恐惧坐飞机，但每次远行仍会选择飞行，因为飞机可以很快到达终点，可以让我在最快的时间里抽上香烟；每到一个机场，我的第一个问题一定是：“请问，抽烟室在哪里？”如果候机厅有，我就提前过安检；如果没有，我宁可待在大门口，先贪婪地抽个够，然后在最后一刻冲进去，匆忙登机。我坐飞机，能提在手中的就绝不托运，只因飞机落地后取行李必然费时等待，那样的话，香烟哪怕是被我拖后两三分钟点上，也会像孩子被人拿走了心爱的玩具般着急闹心。

快步走出到达大厅，我下飞机后的第一件事一定是用最短的时间走向门口的抽烟处，哪怕是路过了写有自己名字的迎接牌也视而不见，向陌生人借火机，匆匆地点上，颤抖着猛吞一口，把眼睛闭上，然后慢慢地细细地吐出，等到安顿好烟雾缭绕的灵魂后，再回头走进大厅，对着迎接的人，用最阳光的笑容打招呼：“嗨，你好！”

我出国有两怕：一怕飞行时间过长，不能抽烟憋坏了自己；二怕住的酒店档次过高，一点偷抽烟的可能性都没有。那次在曼谷，原本可以住到朋友家里，但为了抽烟愣是充绅士讲文明，说自己不便打扰私人生活，夜半离开。朋友无奈把我送到酒店，他前脚离开，后脚我就推开窗子，掏出火柴，噌的一声，点上。尴尬的是，出于安全考虑，酒店的窗子能开的缝隙实在太小，头部出不去，就只能把嘴巴往外狠狠地伸展。这样做有一个好处，就是可以防止烟雾倒流，以免惊醒了室内的报警器。想起来，那一次度假，是我抽烟这么多年以来最费劲最滑稽也最好玩的一次。一边抽着香烟，一边拿着厚厚的景点推介画册向外扇风，末了，烟蒂扔入马桶，死活冲不下去，最终，还不得不重新下手捞起，裹在纸巾里包好，等着第二天出门找个垃圾桶，偷偷扔掉。

像所有的资深烟民一样，我也有过对这种爱好的思考，一根根烟棒棒里到底点燃了什么？减压？释怀？麻醉？刺激？灵感？或者仅仅是一种习以为常的惯性？没有答案。直到某一天，见到了多年从事肺部肿瘤研究的好友慧娟博士，她知道我是个老烟民后，什么也没说，只是给我看了一张她的病人烟熏火燎多年后的肺部严重病变的X光片，我看着片子足足发呆两三分钟，然后急急地找到垃圾桶，扔掉包内所有的香烟和从各个角落里搜出来的六个打火机。

那一天，是2013年8月13日。

我戒烟，就一根不抽，给自己下猛药。这一年，自己经历了太多莫名其妙的不适应，咳嗽时常循环不停，走路偶尔轻飘不定，记忆总会恍惚不清。这一年，按照我原来的烟量也可以做个小数据统计，一天两盒烟总计四十根，一根抽十口，一天就是四百口，一年三百六十五天，差不多等于戒掉了十四万六千口香烟。我不知道这个数字对自己的肺叶意义有多大，但我知道，在三百六十五天，“拒绝”这个词是我最亲密的战友。寒暄见面时还会有烟递过来，需要自己坚定地推回去；压力降临时还有点燃一支的念想，需要自己用另一种意念掐灭它。这一年，因为戒烟，不再去酒吧夜店，因为所有的夜场一定都是各式烟枪的竞技场欢乐场；这一年，因为戒烟，不再往各种各样的吸烟室跑，只是偶尔路过时也会习惯性地忽然停步，看一眼那个不大的房间里，烟雾翻卷中众人的若隐若现，想想自己曾在那个世界里待了十六年，瞬间，有点怅然，有点释然，又有点戚戚然。

作家村上春树说过，他的一天只有二十三个小时，因为减少的那个小时他固定地交给了跑步运动，这个习惯已经坚持了三十年，无论在世界的哪个角落，无论遇到了怎样的悲伤和辉煌，慢跑的运动鞋也从未在他的鞋架上空闲过一天。在某种意义上，村上春树跑步这件事，比他的那些畅销全球的小说更能打动我。呵呵，忽然感慨，认准了一个方向坚持不懈地做下去，始终转动，寒暑交替，都不为所动，都不能改变，哪怕已经忘记了选择它的初衷，这不就是一种特殊的心灵享受吗？享受做下去，坚持做下去，不停做下去的过程，不就是挺牛逼的一种生活吗？

预存梦想

刚坐在电脑前准备敲打这些文字，就接到一位朋友的电话，吃了炸子儿般地在电话里吆喝：“看电视！看电视！河南卫视！正在直播2003郑州汽博会的开幕式！”朋友的声音出奇地跳跃，不像惯常喜欢安静的她，我知道，肯定又是见到哪位心仪的偶像了。我告诉她自己身边没有电视，可她却执着地要传递面前的滚滚声浪——“别放电话，我放给你听！”呵！好吧，我只得照她的要求用力地贴近听筒，现场的音乐与呐喊，就这样通过一条细细的电话线灌进了我的耳朵。线的上游，音响调得贼大，我只得拿着话筒不停地在两耳间转换。从音频的幅度就不难听出，航海体育场热闹透了，张柏芝还是那个《星雨心愿》，羽泉依然《冷酷到底》，越老越有魅力的华健《朋友》继续，杨坤却淡淡地说《无所谓》……

像所有的北方城市一样，天蓝风轻的秋季是郑州一年里最美的时候，而今年郑州的秋色似乎又格外地清爽，亚宁和管彤主持的汽博会开幕演出群星闪耀，颇有股《同一首歌》走进郑州的感觉。但是在省会歌迷的眼里，更愿意把它看作是客属大会开幕晚会的一次热身，来自各个方面的信息告诉我们，由周杰伦、张惠妹参加的那场盛大演出，被冠以“下半年中国最好的晚会”的目标。“中国最好”——这个字眼对我们的城市来讲已经很陌生了，但是当它在一场演艺活动的举办中被严谨地提出来时，我相信这不再是一次简单的冲动，我更愿意把它看作是一个奔跑着的二线城市不甘久居人后的内心渴望。

现在已经是欲望越来越外化越来越张扬的年代了，城市的生长力也在这个时候显现出惊人的爆发力。算起来，2003中国郑州汽车及配件装饰博览会已经是十月里郑州举办的第四个大型会展了，两届房交会，两届汽车展，金秋的郑州始终洋溢着成长和收获的喜悦。有意思的是，汽车和住房，这两个曝光率极高的消费品，在形状与功用上也恰好暗示了我们个人生活以及城市发展的成长性，一个是横向的速度机器，一个是纵向的高度建筑，象征着奔跑和生长的这两个新兴产业在十月不谋而合地向消费者交出一份份成绩单，就像正在发育的孩子在向家长骄傲地展示长高的身体。

经常站在办公室的窗前，把眺望远处的城际线当作工作之余的休息，城市新区密集的房地产开发商又在查看工程的进展，那些舞动的铁锹和吊臂，正在使墙面加宽，楼层增高。红火的建设场景偶尔会引得路人驻足瞧上几眼，我琢磨着，或许他们也在想，若干天后，等这里竣工了，绿化了，再来一看，说不准能为自己选个新的舒适的“窝”儿，这个“窝”儿的空气会更清新，阳光的普照会更充足，看到的画面会更广阔，站在那样的一个高度，更能够清晰地检阅城市的生长。

我们也愿意把自己看作是那些个偶尔停留的路人，同样，我们更愿意把那份体验成长、分享成长的快乐暂且预存下来，以后慢慢地讲给读者听……

奔跑十年

前几日，看到两个视频，也凑巧了，视频里的主角和情节都一样，狮子VS大象。貌似身边不少在商场或职场打拼的朋友，都会被此类丛林戏吸引、触动。

第一个视频，是三只幼狮对一头成年大象的杀戮。追逐战一开始，大象就不敢回头，只顾夺路，狮子们在它的身后不断变换跟踪的队形，或左或右，或前或后，并不着急下嘴。稍后，感觉对方体力耗费差不多后，一只狮子突然加速跃起，子弹般射了出去。几秒钟后，它准确到达象鼻的平行位置，一个猛回头，死死咬住大象的颈部。接着，放松自己的整个身体，像个死尸般，直直地垂在那里，任凭大象拖着向前跑。叼拍的画面里，看上去仿佛是大象嘴里叼了一个猎物。大象的步伐在瞬间钝了下来，它开始发出哀嚎，撕咬的疼痛随着奔跑在加剧，但它依然不敢停步。

就在这时，可怕的一幕又发生了，另外两只狮子，在完成了最后一次交叉换位后，以闪电之速，分别死咬在大象两条后腿的上部，然后，同样地完全放松自己，像个挂上钩的包裹，也任凭大象拖着快跑。大象慢慢由奔跑变成了快走，由快走变成踱步。就在这时，咬着后腿的两只狮子，忽然松口，跳往地面，接着，疾驰，一左一右，配合着第一只狮子，瞬间，咬定了大象的脖颈处。就这样，被三只狮子扼住咽喉的大象终于流血过多，体力不支，轰然倒地。而狮子们，前后不过几分钟，就用完美的配合，夺得了一顿丰盛的晚宴。

第二个视频，说实话，第一眼看到，我就想换台，因为看到的是十四只成年的狮子和一头年幼小象的对峙，这样的画面，结局很容易想象。还是好奇心驱使，我拿着电视的遥控器稍微做了停顿，结果，一场中非草原的强弱逆袭让我站着看完了。

小象面对的是狮群的贪婪，慌忙中没有一味逃跑，而是转了个圈圈，开始悄然往河边走，它的目的，应该是用河水来保护自己，因为身高的优势，是任何一只狮子都不能挑战的。狮群慢慢地跟在小象后方，不快也不慢，合着小象的步伐，死死地跟着，那个场面，壮观又让人汗毛紧急集合。

离河边越来越近，小象的步伐开始提快，狮子们哄然分散开始包抄，小象明显觉察到了这种变化，它的头部开始左右甩动，忽然它停了下来，然后，猛地转身，对准狮群，不作声，只是用一对小眼睛死死地盯着它们。狮子们显然吓了一跳，齐刷刷地做了个向后转身跑的姿势，但瞬间，又明白了什么，站住了脚，双方对峙。

接下来，小象忽然冲向狮群，这个动作，我万没想到。原本以为，它会走进河里去，靠着这条河，把自己送到安全的位置，不承想，就差那么几步，它竟然选择了背水一战，主动进攻。狮群一哄而散，小象甩着长长的鼻子，原地跑着圈圈，它想要寻找一只狮子教训一下，终究，体重身笨，收获空空。

见狮群四散，小象愣了十几秒后，开始转身又往河边走，然而，可怕的一幕发生了，既然顶着动物之王的名号，狮子们就不会轻易放弃，像对过表一样，在小象就要踏入河水的一瞬，十四只狮子从不同的方位同时下手。

小象开始加速跑，然后猛然停步，先是利用惯性甩下了后背上的两只狮子，接着，又开始原地打转，并不停地发出穿透力极强的吼叫，狮群很快被再次甩散。这个时间，小象似乎意识到，靠河水已经没有希望，于是，它做了一个大胆的决定，不再往前跑，而是转头，再一次冲向狮群，并死死地追着狮群跑，一直追上陆地，追到它们最初命运安排的相逢地。小象盯着狮群，死死地看，每隔十来秒，它都要左冲右突一下。狮群每每被惊吓一次后更加茫然，它们不知道小象的目的，只知道，这是个任性而又不愿意屈服的孩子。最终，狮群无奈放弃，另寻食物走了。小象并没有着急离开，依然倔强地站在那里，站在广袤的原野上，望着敌人一点点从天际线边消失不见。

从看到这两个视频到现在，有段日子了，奇怪的是，无论是三只幼狮吞吃成年大象的残忍，还是八岁小象大战十四只猛狮的勇敢，都不曾远离我的记忆，甚至一次在梦里，我还弹蹬着腿脚为小象鼓劲助威。

奔跑和追逐了十年，也听到过无数或张扬或含蓄的喝彩，偶尔，精神难免也会有一时间的气喘吁吁，仿佛我们就是那视频里的角色，只是不清楚，站在共同的草原上，自己是狮子，还是大象。而从黄昏的丛林里走出时，自己又是哪一头大象？站着，或是躺下。《领跑》DM跑了十年，这十年，收获累累；这十年，也伤痕斑斑。伫立在十年的当口，总不免想到了许多人，许多面孔，这其中，有人跨马披花，有人风吹雨打，有人击水无暇，有人远遁天涯。十年一幕戏，还好，台口灯再亮时，我们还在剧里活着。而活着，比什么都重要。马云说过，今天，能从战场上安全回来的，应该都算作英雄了。

放眼未来才有高度。

第2章

心有回甘

祈福爱情

“《雪狼湖》好看吗？”北京首都体育馆的卫生间里，猛吸了几口烟后，我看了眼在一旁洗手的小保安，抛了问题给他。

“看过了，不好看！”
“为什么？”
“那些东西都是假的！不真实。”
“那什么才是真的？”
“电视里播的那些生死离别的爱情故事，才是真的。”
“是吗？能给我讲一个吗？”
“昨天晚上一个节目还说有个男的得了绝症，女的就靠捡破烂卖钱给男人治病。男的不住地劝女的改嫁，女人哭着说男人侮辱了她，然后他们都哭了，发誓永远也不分开……”

小保安有他平民化的爱情观，在他眼中，一样是生离死别，一样是难分难舍，舞台上张学友婉转凄美的歌声却远不如现实世界里的一段情感讲述来得真实，来得激动人心。重新回到座位上，把自己的视觉听觉再次放置到《雪狼湖》的故事里后，我忽然觉得自己再难全身心地陪伴戴着耳麦的他们或喜或忧了。

有人说，看《雪狼湖》会落泪；也有人说，看《雪狼湖》会走神儿，或想起他，或想起她。心，总是跑了又回，回了又跑。演出终究是演出，舞台上的灯熄灭之后，最实在的生活就又悄悄走上了前台……

就这样情不自禁地想到了后天就要举行婚礼的阿龙和小颖，想到了关于他们两个人的一个绝对未经加工的爱情故事。

阿龙说自己是那年代一个典型的马路求爱者，从十八岁来到小颖的校门口，一下就站了足足四年。这四年，小颖恐惧，小颖躲闪。但领取本科毕业证书的那一天，小颖笑了，对着阿龙站立的方向，她娇羞的笑容像路旁的桐花一样，开了。

爱情有时是一首组曲，有时是一支短歌，但更多的时候，它是慢吞吞、犹豫不决的咏叹调。阿龙已经记不清楚有多少次被女孩的家人赶出门了。只因为小颖那柔柔的一笑，阿龙从不抱怨，也从不觉得自己可怜。于是，只有把坚持和等候反反复复写进自己的爱情日记里，直到有一天那扇门不再紧闭。被请进门时阿龙数了数手指，又是四年的花开花落啊。

是生活太富戏剧性，还是命运太多捉弄，阿龙还来不及询问就忽然倒下了。医生在他26岁的病历表上填写的是——终生依赖性糖尿病，身体完全丧失胰岛素的分泌功能，如果没有胰岛素的支撑，生命周期最多是两年。轰然倒下的不仅是阿龙年轻的身体，还有他撑了8年几近透支的坚持和自信。这一回，执着的接力棒被小颖牢牢握在了手中，从看到诊断书时忽然提出“我们立即结婚”起，小颖在此后漫长的岁月里悉心捧着阿龙越来越脆弱的心，就如同若干次地把阿龙摔得粉碎的碟碗从地上捡起一般，小心翼翼而又坚定无比。

又是六年过去了，在每天四针胰岛素的支撑下，旁人眼睛里的阿龙依旧是健康健壮精力充沛的。阿龙说，他要感谢胰岛素的发明者，使得自己的生命可以得到延续，可以为一个叫“小颖”的女人而活得这么坚忍这么顽强。

这个时候，阿龙的最大愿望就是，赶快生个孩子，一定要是男孩儿。阿龙说，假如自己注定要过早离开这个世界的话，希望在离开的时候，可以把孩子培养出来，让他有保护母亲的能力。如果身体允许的话，阿龙希望自己还可以用更多的时间在职场狠拼，好给他们母子留下一些积蓄，好让他们生活得好一些，再好一些……

《雪狼湖》里有首歌叫《流星下的愿》，歌词是这样的：我要提琴奏出生命，陪我们永远年轻，每个音节都有渐进的感情。我要用心表演一场，让世界对我肯定，让湖边的狼也用心地倾听……

听着这样的歌声，你就知道春天很近了；嗅着春天的气息，我知道又会有许许多多的爱情故事开始被人们从扉页写起。不敢奢望所有的人都美满都幸福，只能祈福所有的爱都美丽都真实。

等待

要默默地感谢许多人，是他们，成就了《领跑》与央视名嘴李咏先生的面对面。

从兴亚建国酒店驾车离开，碰到了街边一群吃力地推着小车向前走着的商贩。车窗外的这一幕应该隐隐投射了许多人的生活姿态，走得很吃力很辛苦，每一双坚定的眼眸里，仿佛都看到了长脸李咏摇着他那夸张的手势在大声喊“每个人都有机会”。

已经成了习惯，每当《领跑》有了新的收获，我都会扎进某一个角落，坐上一会儿。今晚也不例外，还是进了那家酒吧，还是想听那个女孩子唱的《神话》。隔一段时间，我就会忽然执着于一个事物，现在就因为感动于金喜善在地宫里的等待，我几乎把《神话》的歌声设成了自己日常生活的背景。

和李咏聊天，他几次说到这样一个假设，比如想出门，门却锁了，赶紧推开窗户，却发现这是11楼，转头又想着能不能撬门……最后方法都用光了，仍旧没法突破，就只能等待，只是，在等待的无奈里他会努力快乐着。

李咏说这些的时候，声音显然没有了“6+1”舞台上的那种轻盈和跳动。熄了耀眼的舞台追光后，“娱乐”这两个字，变得重重的，沉沉的。

我给李咏发了条短信，告诉他我不时会琢磨起他的这个比喻。

第二天的晚上，忽然接听到了他熟悉的声音，不是让选择金蛋银蛋，而是又讲了一个故事与我分享。

有一天，在海边，李咏和三岁多的女儿一起堆沙滩城堡，让孩子体验海浪冲击小脚的快乐。晚上的时候，他又带着女儿来到海边，美丽的城堡已经被大海吞没了，只剩下空旷的海浪涨起落下。李咏问女儿，海在哭，为什么？

聪慧的小女眨了眨眼，回答说：白天有许多人陪着它，到了晚上，只留下大海一个人了，它寂寞，所以哭了。

“不过，天亮的时候，大海又会高兴起来的。”女儿又说。

李咏讲到这儿忍不住在电话里笑了，笑得很知足。

一个多小时的电话聊天，我倾听着分享着李咏电视荧屏下的矛盾、挣扎，苦与乐，动与静，困惑与自信。在娱乐经济、娱乐传媒、公众娱乐这些字眼异常红火的年代，李咏这个已经娱乐化的符号选择继续向前，向前。虽然现在的他还像身上那件漂亮的燕尾服一样闪亮耀眼，但谁又知道，李咏此刻最多的自问却是，今后的走向是直线还是会出现转圈儿？他在思考着，等待着。

合上发热的手机，我做了两个决定：一、强迫自己快乐起来，即使等待是一种永恒的生存状态，也要快乐地等待；二、相信等待就是价值，虽然短暂的快乐会像潮水一样涌来甚至没过我的身体，也要让心灵牢牢记着等待的跳动。

王者归来

2004年的奥斯卡晚会，我们看到的是一个“王者”的庆典，《魔戒3：王者归来》像影片里的人类英雄们一样战胜了提名中的所有对手，中世纪的魔幻故事成就了百年电影史上新的传奇。总觉得《魔戒》剧组的所有人，会连夜赶着马车奔向很远很远的一个地方，去寻找去感谢很久很久以前的一个老人——托尔金。如果没有他多年前的胡思乱想，76届的奥斯卡颁奖殿堂不会成为魔幻的世界；如果不是他灵光闪现地开创奇幻文学风潮，而今的银色世界里或许会丢失太多太多的奇思妙想。托尔金是伟大的，诱惑着新一代的年轻人，重新把褪色的童话演绎，用三集的力量加上六年的拍摄和剪辑，制造出奥斯卡历史上最壮丽最神奇的场景。《魔戒》应该获奖，又有谁能和它火拼呢？

《王者归来》带给我们许多好消息，白袍甘道夫竟然还活着，小佛罗多和小山姆完成了销毁魔戒的伟大使命，阿拉冈众望所归当上了国王，多少让人有点嫉妒的是他竟然还娶到了漂亮的精灵国公主。对《魔戒》三部曲的创作者和欣赏者来说，它宛若一湾溪流，迂回百转间，荡起的是心旷神怡的鸣响；它又如一浪巨澜，潮起潮退时，叠出了惊心动魄般的雄壮。

《王者归来》，让我想到了一个人，一个原本属于这个城市却总在别处闪现的人，一个原本普通却频频挑战速度的人，他本应揣着“中国车王”的荣誉成立个不错的汽车俱乐部，或者开个酒吧，和客人说说他赛车的事儿。但

2004年的立春之日，四十六岁的他却忽然对所有的好友说，他要再次出发，他要去参加被人叫作“魔鬼之路”的巴黎-达喀尔汽车拉力赛。他说，他有信心完赛并凯旋。他的名字叫卢宁军！头上的白发和眼角的皱纹遮盖不住他燃烧的渴望和攀缘的勇气。那个行程万余公里、难度最大、条件最为艰苦的巴黎-达喀尔在老卢眼里，就是银幕中的那枚魔戒，炫目地诱惑他无法躲避也不可放弃。我想问一问老卢，前征的路上，有甘道夫的指引吗？有山姆的提醒吗？有精灵劈山开路吗？有阿拉冈拔剑斩荆吗？更别说碰到绝色的公主了。老卢出发时，我送了他一盘CD，里面有首歌儿我很喜欢——那是我们再熟悉不过的《送战友》。

“人应该在从墓地回来的路上成为诗人”，当我们与胜利归来的卢宁军相见时，看到了厚厚的一沓日记，那是一次与内心灵魂的接触，一次和另一个自我的平静对话。这些文字告诉每一个翻阅的人，挑战就是卢宁军的快乐，如果把这些快乐删除，卢宁军每时每刻都是悲哀的、烦闷的、不愉快和无聊的，那便是对他人生的最大讽刺。

卢宁军说，一万多公里的巴黎-达喀尔，他和他的“帕拉丁”交了许多难得的“朋友”，它们是沙漠中的驼铃，是戈壁中的溪水，是天空中的飞鸟。卢宁军还说，归来后的日子里，自己会常常想念它们。

快乐自己找

十几年前，香港有一个叫高文安的设计师，专攻室内设计。那个时候的香港，像他这样的人有很多，小有名气，收入也不错，忙忙碌碌地满足于去做一个设计师，却不是殿堂级别的大师……十几年后，高文安有了一个“香港设计师之父”的称谓。找他设计一套房子，少的几十万元，最贵的竟然上千万元！这个时候，高文安更加坚持自己的一个规则——接单前一定要和客户先沟通。感觉融洽默契，就牵手合作；如果感觉不好，哪怕是再高的设计费他也会干脆拒绝掉，更别说讨价还价的事儿了。

坐在未来大酒店的咖啡厅，我请高文安概括一个助他走向“香港设计师之父”的关键词。他撩起了纯黑的佐丹奴T恤，用力拍了拍粗壮的肱二头肌，大声说——“健身！给了我太多元素的力量。”

健身，是高文安十几年前送给自己五十岁的生日礼物。刚刚下了健身设备的定单，母亲就因癌症去世了。送别了母亲后，高文安开始动工修造自己专属的健身房，他知道这是在做一件“对”的事情。

接下来的三年里，高文安接连请了二十多个外籍的教练，三个月换一个，带来的都是不同国家的健身方式和理念。这期间，他的收获不仅仅是身体的，也是精神的。高文安说：“健身是一件不太容易坚持的事情，我不想国内的教练轻易地宽容我有可能的放弃，而国外的教练却很严格，他有一整套‘朋友+合作’的理念，一定会让你把一件‘对’的事情做完。”

“我真的很多次想过放弃，尤其是早上七点钟外教敲我房门的那一刻，真的是很有情绪，但我开门的时候总是要求自己微笑面对。我真的坚持了三年，有一天，朋友都说：天！你可以参加健美比赛了。”

高文安没有去参加健美比赛，他选择了又一件“对”的事情，拍写真，把自己的身体记录下来。五十多岁的老男人，拍写真？给谁看呢！高文安对朋友说：给以后的自己看。

拍摄人体的那三天，是高文安的生命里最尴尬的七十二个小时。他要脱得光光，站在二十多个年轻男女小辈面前。更难以面对的是，这三天，不能洗澡，还要不停地上色上油。

高文安忽然笑了：“你知道我是怎么打破那种尴尬的吗？是一个小妹拿来一杯白兰地加蜂蜜，求着我喝了。喝了就兴奋了，兴奋了就脱了。呵呵，接着他们就疯狂地拍我……我变换着不一样的怪姿势，诱惑着每一个在场的年轻人。呵！遗憾的是，年龄稍微大了一点，不然，一定会有很多女孩子追我的……”

“再然后呢？”我把乐出来的牙按了回去，接着问。
“没有想到拍得那么精彩，真的，自己都被感动了。我决定印刷出来，送给更多的人看。”
“他们喜欢吗？”
“喜欢，喜欢哪！十多年过去了，依然有人在告诉我他们的阅读感受。我很快乐，真的，这次健身让我整整精彩了十几年，也把我推向了‘香港设计师之父’的位置。每当看到这本写真集，我都觉得自己活得很有质量！”
“从健身到拍人体，花了多少钱？”我问。

“四百万元左右！”高文安抢着回答。

“啊！”倒水的服务员猛抬头看了眼眶黑黑的高文安，差点把盘子掉在地上。收拾妥当后，她拿来纸笔，对着高文安说：“给俺签个名吧。”

同样被高文安的讲述击中的还有一旁坐着的一位中年男人，四十四岁的他来回地问着：“高先生，你看我还来得及吗？”

“呵呵，没有来得及来不及，没有年龄界限，重要的是你是否去做了。选择是对的，就一定要坚持，就一定有快乐在前面等着。”

不知道这位发问的老板听懂了没有，我是明白了——不只做听故事的人，也要做有故事的人。自己的故事自己可以写得更精彩，自己的快乐自己也可以找得来。

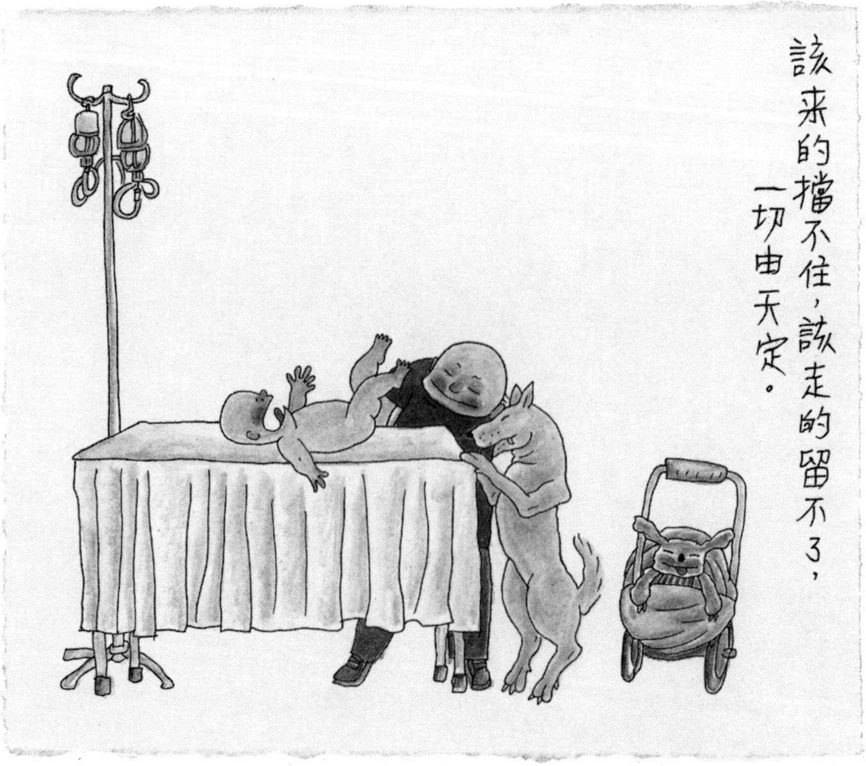

该来的挡不住，该走的留不了，一切由天定。

她的歌声

记得有位作家说过，在什么时间带着怎么样的心情进入一个陌生的地方是很重要的，因为那是这个地方给你的第一印象，第一印象很重要，你的一切判断都将从这一刻开始，甚至成为你对这个地方永远的认知和记忆。

因为职业的缘故，每到一处地方我都会刻意找寻属于那里有味道的酒吧。酒吧内游动的人，飘浮的酒气，弥漫的乐符，触摸到了这些，我就觉得触摸到了那里的灵魂和潜意识。而这一切的捕捉和琢磨，当然是要在夜色里进行最恰当。我很幸运，在休闲欲望最强烈的黄昏时分踏上了这个名唤普吉的海岛，所以，两个小时后去往那个“古屋”酒吧的路上，你可以想象我的心情是如何翻涌着渴望的。

“古屋”酒吧的老板，通体黑装，细密的胡须正好在嘴上画个圆环，头发向上齐整地竖着，像个地下电影导演，很是绅士地说了许多句Welcome后，招引着我们推开了“古屋”的木门。

我忽然停住了。

“你是中国人？”

“不，我是在普吉岛出生的。”他说。

“在中国待过？”

“不，从来没有离开过泰国。”

“那你的酒吧内怎么会放着《上海滩》？是为了欢迎我们吗？”
“哦，不，我每天都会放这首歌儿。这是几年前我和一个中国朋友交换来的礼物，我很喜欢这音乐起伏的力量，像现在外面的海浪。”
“怎么？你不喜欢吗？没关系，我还有《两只蝴蝶》。”老板见我思考，反问了我。

呵呵，他的回答让我们一队人都幸福地笑了，只是，本来跳着跑着像群酒鬼一样急匆匆扑进酒吧的我们，和着“浪奔浪流”的节奏，忽然一个个把胸挺得直直的，像大侠般地放沉了脚步，那样子就差佩柄宝剑了。

“古屋”酒吧只有一百来平方米，仅有的六张原木台子，大约只能应付30个人同时消费。据说来这里必须预约，一周内没有谁可以连续两次光顾，因为总有长长的等候名单排在吧台那里……

“古屋”墙面上挂着许多小玩意儿，破旧的硬壳毡帽，被摸得溜光的老式话机，十几个像是藏宝用的青瓷坛，还有一张张怪诞的照片。听说“古屋”酒吧来过许许多多的名人，不过他们的痕迹全都被老板锁到了柜子里，一张也不挂在外面的墙上。

忽然被老板拉回了座位，他诡秘地一笑，指了指通往二楼的木梯，或许他想告诉我，那里将会有好东西出现……

他手指的角落忽然就冒出了一个女人，长发卷曲，身着红衣，像个混血儿，嘴边麦克里飞出的竟然是标准国语的《女人花》。姑娘唱得绝了版了，属于女人的忧伤、无奈、挣扎、渴望、等待，全被她娓娓道来，不了解的人还以为梅艳芳在这里串场呢。姑娘唱着歌儿，走过不同人的身旁，或者抚摩一下你的头，或者围着你走上一圈，或者又爱又恨地对着某个男人瞪上一眼，或者坐在某个女人身旁送去同情的目光。

忽然有人告诉我："你没看出来，她是在假唱吗？"

假唱？赶紧地用心瞧了瞧，呵呵，原来声音还是梅艳芳的，姑娘的口型是对出来的，只是变幻着的表情和扭姿是属于她自己的。怎么就没看出来呢？

琢磨了琢磨，或许是因为姑娘把我带进了原本只属于她自己的梦。为了梦，姑娘的激情燃烧了，升华了，那是一种持续的快乐，而她，在持续的快乐中还要再洒脱，还要再舞动，于是，姑娘的风情便有了思想，那是一种晶莹透明的东西，让人感受到了牧童短歌样的悠闲和释放。其实，姑娘的歌声真与假已经不再重要，重要的是她的歌声已经让人的心跑向了远处的灯塔、拍打的海浪、佛堂的钟声……

飞在春天

有一间咖啡馆叫“后窗”，“后窗”里面有妖怪——餐桌上有人无意中说了这么一句，一桌人一下炸开了窝，妖怪？啥妖怪？一时间，各自看谁都有点不正常，饭也再没吃好。

开车回家的路上，脑子还在“后窗”和妖怪里打转，越想越邪，竟然邪进了电影《纳尼亚传奇》那个虚幻的冰天雪地里。

难道“后窗”就像电影里那个神奇的魔柜？其中也藏着另外一个完全不同的世界？那么，会有善良腼腆的半羊人吗？会有可爱滑稽的水獭夫妇吗？会有充满智慧和正义的领袖狮王亚斯蓝吗？……

几天后一个周末晚上，我推开了“后窗”的门，在一个写字楼的第二十四层。哈哈哈——老板娘听完了我之前的种种幻想，差点骑把扫帚从窗子里飞出去。

“我们这里真的有很多‘妖怪’，像‘丫头妖怪’啊，‘点灯妖怪’啊，‘黑眼圈儿妖怪’啊，他们都是我最熟悉的客人。大家先是听说我叫老妖怪，也就顺带着把自己都称作某某妖怪了，他们没有你所想的那种魔力，都是些普普通通爱生活的人。噢，忘了告诉你，除了妖怪，我还有一个更好听的名字——妞妞。”

妞妞说，她一直有个愿望，还真是想做一个骑着扫帚满天飞的小巫婆，为此她还买了一个很别样的小精灵，没事儿的时候就一直发呆看着。时间久了，便有人开始叫她小巫婆，叫着叫着又变成了老妖怪。妞妞说，她这个小巫婆不会伤害别人，只是想飞，只想飞。

妞妞端了不加糖的蓝山咖啡递给我，称这一杯叫“一落千丈”。

一落千丈？

妞妞说，按习惯她会根据客人的不同情绪给咖啡起上不同的称谓，比如寂寞冷床，比如罗马假日，比如廊桥遗梦。

“那我的咖啡为什么会叫‘一落千丈’呢？”

“因为我这里没有你想要的《纳尼亚传奇》，呵呵！”

呵呵，妞妞就这么把我给哄开心了。接过了她递来的那些怪异的咖啡别名，也好像接过了一幅魔镜，看得见自己那一时的心情。

“后窗”不大，进门时一下子就抓住我的不是这个空间的精致小巧，而是包裹着沙发的那些粗制花布。二十多年前，母亲就是用这种花布给我缝制书包的，每次过年时都会做上一个，背着它上学，即使披星戴月也走得踏实而温暖。

妞妞说，喜欢动手做些东西是她从小的爱好，在她骨子里，能做一个幸福的家庭主妇是十分骄傲的，可以安安静静地收拾家务，柔情似水地相夫教子。因为还是一个人，妞妞就把热情投注在了不停地做台布上，做各种各样的台布，换来换去，是为了让“后窗”的桌面永远都是新的，永远都有被太阳晒着的暖意。

“要趁热喝，不然咖啡就没有那种浓香了。”——这是妞妞整晚说得最多的一句话，而我问得最多的却是，她为何要开这样一间小小的咖啡馆。

妞妞说，她自己就喜欢懒懒地坐在咖啡馆里，去陪伴一样懒懒的人，一样懒懒的阳光，一样懒懒的时间。在她看来，一个有味道的咖啡馆空间绝不要大，一个老板一个店员最好；店主人不一定殷勤，但一定是客人的知己，而去那里喝咖啡的人也都应该相互认识。还有最重要的一点是，这个咖啡馆一定要在很高的地方，那样才可以看到城市的全部。

妞妞说，因为在这个城市寻觅不到心中的小咖啡馆，就在2007年的春天自己开办了“后窗”。

妞妞说，她很喜欢春天，“后窗”一年了，又一个春天到来的时候她很想去做些什么，不一定花很多钱，但必须有冲动。

妞妞说2008年的春天她想去巴黎，想去塔斯马尼亚，想去一个远远的地方，就像窗外广场上的风筝，远远地飞在春天里。

父亲

“突发性耳聋，怎么会这样？”拿着我的诊断证明，父亲一脸的严厉。

没等我回话，他就对身边的护士交代起来：“打七天点滴，每天两瓶！”

“啊，这可不行，我没时间，就打三天。”

“要命还是要公司啊你，必须打，一天都不能少！”父亲急了，嗓音都有些失真。

老人家这样的态度，让我也不敢再吊儿郎当了。长大后，还真没见他这样训过我，偷偷看着他的眼睛，我都能看得见有什么在隐隐闪动。

我赶紧去拿处方，递到父亲手里：“爸，我打，我打，打十天都行！”

父亲沉默了片刻，换了种相对舒缓的语气：“打吧，至少要五天，否则好不了，顺便把嗓子的红肿也消一消。”

“不，我打七天，如果不行，我再接着打。”

尽管并没有其他的不适，父亲还是坚决要求我躺下来输液，他说这样可以同时补补睡眠。护士端着注射托盘走过来，父亲一把接了去：“还是我来吧。”注射很顺利，没有属于老人的任何不利索，做了几十年医务所主任的父亲也绝不会问我过敏史什么的，因为我身体的每一节骨头每一根血管，都无比熟悉地印在他的记忆中。

接下来的七天，父亲显得非常忙碌，我就像是他失散了多年才回家的孩子，唯恐一扭脸又不见了。

“头晕不晕，想喝水吗？”
“我买了橙子和苹果，你想吃哪个？”

去卫生间方便的时候，费力举高吊瓶的父亲似乎也很是满足。只是那一刻忽然发现，父亲真的有些老了，要不停地换着胳膊。就在他臂膀交替挪动中，我看到那沧桑的脸上有了清晰的老年斑。

这七天，我总是迷迷糊糊睡去，又迷迷糊糊醒来，迷迷糊糊总能看到父亲的身影在眼前。已经多少年了，我俩都没有连续这么长时间待在一起过，尽管每天只有四个小时，尽管四个小时只能躺着不动，我和他都无比享受这个时间。就像小时候享受父亲做的肉丝面，细细的挂面上，一定有几片翠翠的芹菜叶，以前每次生病，他总会为我做上一大碗。现在想来，已经很久没有闻到那芹菜香了，还真馋啊。

七天一晃就过去了，拔下针头，我就急匆匆地跑去了茶馆，参加一个名为“中国元素”的小型论坛。哪知刚落座，就又接到了父亲的电话，手机充电器忘诊所里了。父亲得知我在忙，便坚持说一会儿下班就顺路捎来。天近黄昏，电话里父亲告诉我，他到了，就在楼下路口的法桐树下站着。我赶快跑了出去，父亲很认真地从自己提包里拿出了一个塑料袋。打开来，除了充电器，还有一大堆的药，他一样一样地指给我说，这是治感冒发热的，这是治拉肚子的，这是调理不消化的……父亲说完，便推起自己的自行车，缓缓地走了。

我不知道怎么的，忽然愣了一下，便急忙跑上前去，拉住了父亲的车，憋了好久才说了一句话：“爸，如果不忙，我请你喝杯茶吧！”“快去忙吧，家里有茶，我回家喝。”父亲跨上了车，就那么一点一点远去，直到彻底地融进暮色中的车流里。

再回到茶馆坐下时，我忽然想推翻自己离开前刚刚发表的关于中国元素的那一番言语。我不能准确表达却又异常珍惜的中国元素，究竟是什么呢？应该不只是灯笼、剪纸、皮影戏和京剧脸谱吧？也应该不仅是围棋、书法、双节棍和《二泉映月》吧？那会是法桐树下父亲手握药片时心头的丝丝牵念吗？那会是我伫望父亲隐在车流时眼角的点点潮湿吗？我不知道。

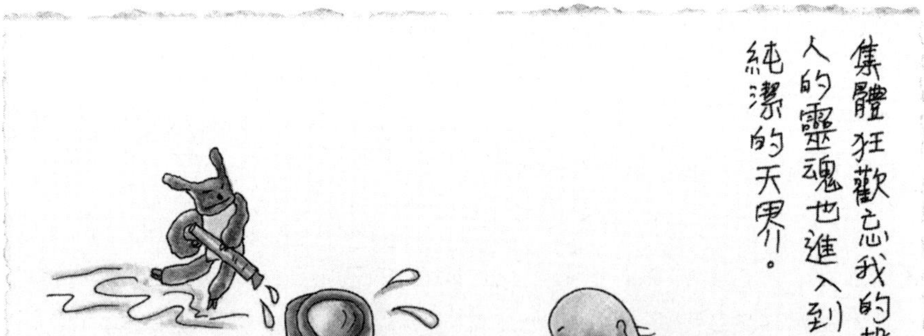

集体狂欢忘我的投入，人的灵魂也进入到纯洁的天界。

打开自己

以前与人闲聊时，我常说有机会了一定要去放放羊，不管是做《鸡毛信》里的小羊倌，还是《狼来了》里的说谎小孩，能在童年故事里的青青草地上撒撒野，好像始终是成年后挥不去的诱惑。

在我想象的牧羊生活中，拿本书，边读边走，最好还有根笛子在手上，吹长音羊儿们就是开吃，吹短调就是回圈。假如哪个乱跑，就抽出腰间的鞭子狠狠地在空气中甩几下。等羊群安分下来，我就找个软和的草窝躺下来，嘴里咬枝山花或者小草眯起眼做白日梦。

这梦，圆了。几天前去了趟舞阳县，陪朋友考察项目时走到一户人家，圈里足足有百十只羊。一时间不知道哪只最温驯，也不知道该先亲近哪只。一旁走过来个年轻人，笑着说，抱小的，小羊羔，就那只黑白相间的，可爱得很哩。

窜入羊群，可要了我的命了。那只小羊羔，先是不易逮，等逮住了，我也抱不了，它在怀里，比我那小外甥可要闹腾得多了，直着嗓子“咩咩”惨叫，整个羊群都和着它的叫声紧张得逡巡走动，唯独有一只，定定地立着，始终望着这个方向，那是它的妈妈。

适才的年轻人走了来，他对我解释，小羊也一样认生，等慢慢熟悉后就会让我抱着了。话毕，他蹲下身子，伸出双手，羊妈妈果然带着小羊走近他的脚边，小羊还抬起两个前爪搭上年轻人的膝盖，安静地舔起他的脸颊来。

年轻人笑了：“我是放羊的！”
你？放羊的？

我迅速打量了下这个年轻人，一米八的个头，眉清目秀，帅气逼人，通身迷彩服，脚蹬时尚休闲鞋。
放羊的？

陪着考察的一位县领导接过了话头，他真是放羊的！今年二十六岁，南京理工大学经济系科班毕业，后来在南方外资企业做了几年白领。去年听说父亲得了重病，就回来了，之所以留下来放羊，就是为了照顾好老人家的命根子。如果没了这群羊，老人的精气神也就没了。

心酸，还是温暖、同情，还是欣赏，那一刻，我的心情很复杂。

在地头，我俩肩并肩坐着，递过一支烟后我问：“孤独吗？”

“孤独，刚开始的几个月，每天都失眠，和以前的生活反差太大，但为了父亲，我想值得。不过现在我的状态找到了，把羊再养多些，当个正事做！”说到这里，他的语气真还透着股兴奋劲儿。

熟悉后，年轻人让我叫他小迪，不知是不是终于找到了倾诉对象，接下来的聊天小迪主动说了很多，他最无奈的是——女朋友断然离去；他已习惯的是——林子里的刮刮蹭蹭和羊群刺鼻的膻臭；他最害怕的是——羊儿们得传染病；他最幸福的是——接生小羊。
“接生小羊？你吗？怎么做的？”

小迪呵呵笑了，他告诉我，第一次接生羊羔要感谢父亲，手把手地教他掌握了这个手艺，第二次接生就是他独自上手了。从羊妈妈开始反应强烈，到小羊羔露出湿漉漉的脑袋，整整几个小时，他都守在羊圈里，那份紧张和喜悦，就像是一个守护在产房外的年轻爸爸。小迪说，每一次顺利接生了小羊，他都特别想给已经断了联系的前女友打电话……说到这里，他和我都沉默了。

“看过《赤壁》吗？”我问。

“《赤壁》，是那个大片吗？没看过，听说里面有一段是说怎么接生小马驹的，是吗？”

我没有回答，因为不知道该怎么回答，难道要我告诉他，那匹小马驹的主人是一个意气风发的成功男人，他得意时四周永远围拢着一干英武的属下，他苦闷时身旁始终静坐着一位美丽的女人吗？……这样的比较和联想于小迪又有何益，尽管他已经稳定住了自己的状态，尽管他已经动手打开了另一个未来，但一个人乡间的夜晚，一次次孤单的接生，终究在快乐下藏着份苦楚。好在，羊知道，所有的羊都知道。

许多天过去了，我还是忍不住寄了张正版的《赤壁》给小迪，包裹留言栏里我写了这样一句——希望有时间能教我接生小羊。

致敬阿东

在台湾考察十天，回来了。朋友们扎堆儿凑在一起为我们洗尘，一脸的急切：“快说快说，最大的收获是什么？”

该说什么呢？日月潭湖水的静谧，101大楼的高耸，还是附庸一下梁文道白岩松们的风雅，表达一番我对“诚品书店”的推崇与肯定？但这些似乎都不是我渴望诉说的，重新坐在我们城市的消费场所里，不由得想起那个人——阿东先生，一个六十多岁的台湾老板。想他是因为总觉得他身上，浓缩了宝岛人的某种精神。

台湾之行的大巴上，我们一车的昏睡虫是被阿东叫醒的。忽然出现在大巴过道上的他，头发全白，嗓子沙哑，却激情十足：“各位大爷大妈大叔大婶大哥大嫂兄弟姊妹们，你们辛苦了，我叫阿东，来接你们下车！”阿东热情洋溢的开场白顿时雷倒了一车人。得，一个问候，各个辈分全有了。车上有人挠头说话了，这位叔是台湾相声界的？阿东的身后跟着俩姑娘，一人捧一托盘，放着满满的几十杯凉茶，阿东一一捧起来又恭敬谦和地敬到每人手上。然后退到车门口，悄声叮嘱起两位小姑娘：“下车时要搀扶好大家，小心磕碰了。”

小姑娘把我们引到了一间木屋里，屋内空间大，风情足，七八张方木桌错落有致地放满了各式各样的功夫茶碗。阿东说话了：“各位，我请各位喝茶，知道台湾的高山茶吗？高山茶，滋味醇厚，入口可是口舌生津哪……”——大伙全明白了，原来这位相声叔是卖茶叶的。

按我们熟悉的套路，品茶赏玩之后该是劝说大家购买高山茶了吧。果然，阿东开始招呼大家向里走。奇怪的是，里屋没了茶香，没了茶碗，只是一面各色大理石拼成的墙板。这时候的阿东，反倒没了适才的大侃大谈，只反复恳求每个人上前，伸手抚摸那大理石板，谁要出手慢了，他一定会拍你的臀部，批评你懒惰：“摸呀，摸了看看会有什么奇妙的感觉！”

我忍不住偷偷地问：“东叔，没见什么奇妙的事情发生啊？”

他把我拉到墙角，故作神秘：“有没有觉得很光滑？有没有想到女朋友的手臂？”

“呵呵，是这样。”我告诉阿东，“有点凉。”
“谁让你关心不够，当然凉了。”阿东批评我了。

原来奇妙在此。阿东转头过去，又恢复了麦霸般的声音：“各位，有没有觉得很光滑很亲切很舒服？这样的感受，不需要多少付出，一平方米只要180台币。有人需要，就告诉我，漂洋过海，送到您家。”

明白了，明白了，人家主业是卖大理石的。众人都笑了，原来适才喝茶只是东家的招待礼数，足足让我们喝了那么多，可真舍得！

再领进一个店门，主题扑面而来，大大小小各款各型的大理石艺术品塞满了房间。阿东把我们交给了一群销售顾问，由这些俊男靓女来“挑动蛊惑”客人的购买欲。他呢，坐在一旁的桌子边歇下了，看得出来，六十多岁的人了，真的有点累。

忽然，阿东跑进人群中拉回了一个姑娘，就在我的背后，他急切地教训起来：“不要再傻了，那个客人不会买的，你已经在浪费自己的时间了，马上换人！”姑娘爽朗地解释：“我再做最后一刻努力。”阿东的回答直截了当：“不可以，放弃，你要学会判断。”

我愣愣地看着面前的一幕，阿东似乎觉察到了什么，端了杯茶过来，与茶杯一起递给我的是他的名片，上面赫然写着——董事长。

阿东先生告诉我，他喜欢这样跑来跑去，也喜欢第一个去接触客人，只要他接触过了第一关，也就大概摸清这个旅游团队的购买能力了。

“你相信你的判断吗?”我很怀疑地问他。

“一个人，一个品牌，一定要让客人先了解你，接受你，否则顾客是不会买一个他不了解的产品的。”阿东先生说这话的神情，真的很像候机楼书店录像里的成功学讲师。半是一个测试题目，也半是我的真实问题，我问：“我要买个礼物您会推荐什么？”“告诉我，你现在想到了谁？”我回答：“父亲。”

“好样的，孩子，把他的情况告诉我，我来帮助你。”

…………

最终，我为一对大理石健身球买了单，虽然父亲的手边已有了类似物件。是阿东与父亲相仿的年纪触动了我，还是他的热忱和投入打动了我，我不知道。

就在我在台湾游来玩去的十来天里，《领跑》的团队正在上海酷热的世博园里忙碌着。直至共同回到放着冷气的办公室交流时，兄弟姊妹迷恋的是未来城市的科幻生活，我却又回忆起阿东先生的专注神情。未来的高科技固然美好，我却更愿意相信，不散的人情味儿才会让城市生活更美妙。

活着，能做点事，幸甚！活着，能为人做点事，缘份！能为人类做点事，本分！

他是雷哥

这个冬天的记忆，就是太阳直直地照着，北风呼呼地吹着，一天一天，一天一天，连孩子们都不去奢望能有神话般的雪花，会在某个睡熟的黑夜里降落到梦中。写字楼里感冒咳嗽的人越来越多，总能听到行政办小王家长式的提醒——多喝白开水，大口喝，取暖也防病。

推开窗户透透气，原本想着只会听到风声进来，却看到楼下小广场满满的一圈子男女老少，围着一个男人，圈子中那位主角又蹦又跳，似乎还在大声嚷嚷着什么。我想，不是口吐莲花推销产品的，就一准儿是痛说家史寻求捐助的。

一小时后，我在电梯间又听到了一对情侣的对话。男的说：那人绝对是神经了。女的说：我看没疯，人家说的有道理，那些毛病，你们公司就占了好几条。

呵呵，他们一定是在说刚才我从窗子里看到的那个“街头演说家”，莫非他还没走？

是的，他还在执着地说着跳着，似乎也并不在意有没有人在观察，或者议论他些什么。那些抑扬顿挫的演讲词却清晰地在冷风里穿来穿去：“各位，你有没有觉察到你不够敬业？你有没有觉察到你不够专业？是的，你觉察到了，但你没有尝试改变！所以，在过去的一年里，你毫无所获……”

搞传销的？精神有问题？匆匆路过的人们往往撂下匆匆的疑问就走开了。我停下脚步，想听听他接下来会布什么道。

“各位，我来解释你不够优秀的原因吧，你不够‘用心了解’，你不够了解你的城市，你不够了解每天走过的街道，你不够了解你的公司，你不够了解你的同事，那么，你当然不够了解你的客户需求，所以，你会遭遇拒绝。接下来，我会看到，脆弱的你，开始埋怨，开始推卸，开始解释，开始委屈。尝试吧，让心沉淀下来，在你追求结果的路上，别再丢失了我们内心深处美好的东西。”

这哥们，把我雷了！从现在开始，我就叫他雷哥。

雷哥三十岁出头，足足一米八的大个儿，一身写字楼里最常见的深蓝西服，眉清目秀，长头发，有些卷，标志性的动作就是把食指猛地伸向上方，那应该是争做第一的意思。每做出这个造型时，雷哥都竭力站得笔挺，衬着瑟瑟摆动的树枝和埋头赶路的行人，他特别像一个莫名其妙的指示路牌。

雷哥要走了，我让人端了开水给他，接下来便有了几句简单的对话。

“哥们，你正常吧？”
“我？正常啊。”
“真正常？”
“真正常！不正常早该去医院了。”
“我指的是精神，没说身体。”
“精神？我绝对比你正常！”

雷哥笑了，随即掏出了一张名片递给我——某某连锁公司副总经理。

雷哥说，他是负责人力资源培训的，但最近在给团队提升突破力的时候，总觉得自己缺少经历的支撑，恰好这段时间天干气燥感冒流行，他便想出这么个外练筋骨皮内练一口气的法子来……雷哥说，疑惑不解和嘲笑挖苦的人越多，他的内心就越突破越坚强。

雷哥走了，走得轻飘飘的，像是踩着青春的滑板，癫狂也罢，嬉皮也罢，另类也罢，反正他没疯没傻，折腾过了很满足，过把瘾后也没死。我相信，2011年第一个工作日的清晨，雷哥依旧会西装革履一脸严肃地走进属于他的那间玻璃办公室，似乎街头的一幕从没有发生过，一如平常。但真的会一如平常吗?

雷哥那天飘走的时候，似问非问地扔下一句话——我尝试过了，你呢?

人是地球上最强悍和最脆弱的动物。

酒保老王

“老板，门口这个空纸箱能送给我吗？”时间倒放回八年前的某个午后，那条树荫浓密的街道没有车也不见人，很安静，站在烟酒店门前，老王轻轻地向里面问，语气也很安静。

“我们不认识，为什么给你？”老板冒出头来，一脸好奇。
“我喜欢收集好玩的东西，这个纸箱进口的，印得很漂亮，再说你扔这儿也没啥用。”
“扔不扔是我的事儿，你要拿走总得给个说服我的理由吧。”慵懒乏味的夏日下午，老板好像要在老王身上寻找到某种乐趣。

老王给了老板一个交换选择，他说，自己刚从铁路局退休下来，可以给老板讲些铁道上发生的稀罕事，如果讲得好，纸箱子就归他。半小时后，交易达成。店老板告诉老王，开店的人多少都有些寂寞，他希望老王没事就来坐坐，喝点水聊聊天，店里好看的纸箱保证全给他留着。

一个星期后，老王接到了烟酒店打来的电话，告诉他隔壁的酒吧正招保洁员，店老板觉得老王身体板硬朗，精神头儿也足，不妨去试试。

放下电话，老王果真就去了，看到酒吧老板对他直犯嘀咕，他二话没说，拿起两个拖把并在一起，就自顾自地忙活起来，十分钟的时间，老王就把地面的脏乱和对方的疑问都打扫干净了。出门的时候，老王强调说：“给我三个月，行，就给我发工资，不行，我倒贴三个月的损失。”

“我这一干，就是八年啊！”几天前，久违的老王竟忽然出现在了我的面前，回忆起自己这段有点小浪漫的往事，他的笑声里依然透着得意。

坐在茶馆里聊天时，老王告诉我，如果不是家里发生了一些事情，他是不会放弃酒吧工作的，他希望自己能一直像杯子里的毛尖新茶，绿绿地香香地直直地，立在那儿。

我问老王，又忙了八年，除了挣份工资，有别的收获吗？

“享受热闹与孤独之间的距离。”在酒吧里耳濡目染久了，巡道工的痕迹已经再难找到，老王的言谈间竟透出了各种有趣的文艺范儿。

老王把回忆拉回到八年前，他一点一滴给我讲述着。那间小酒吧的员工一共就俩人，他和老板。老板到深夜热闹的时候才会过来，从下午六点开始，扫地、备货、迎客、酒水推荐、调制鸡尾酒，就是老王一个人照料着。他说自己身子累心不累，因为喜欢酒吧里认识和不认识的人聚在一起没理由的热闹忙乱，因为害怕一个人在长长的铁轨旁走几步敲一下的寂寞单调。

老王说，他最喜欢调制的一款鸡尾酒叫作长岛冰茶，似乎还很有名，需要七种口味的酒勾融在一起，加上冰块，那么地摇来摇去。老王喜欢这款酒，是因为他发现，许多客人喝了后反应都一样，兴奋，话多，坐不住。老王说，他不喜欢看到有人趴在吧台哭，他一直都搞不明白，为什么现在那么多的年轻人会有那么多的伤心事。

老王最怕家里人来看他，怕孩子们心疼他被客人呼来唤去，甚至恶语相加。

面对这些，老王能做的就是微笑，一直微笑。对六十多岁的他来说，微笑恰恰是唯一能用也最管用的应对。老王清晰地记得，几年前那个不付账的年轻人回来了，站在他面前连声道歉——当年的他太粗鲁，太年轻，今天回来，不单是为了结账，还为了告诉老王一个好消息，他结婚了，也有孩子了。他请老王拿出当年他寄存在酒吧的空酒瓶，指着瓶身上草草写下的他的名字，告诉身边的女人："媳妇儿，那时候的我，就是这样的……"

开心的回忆让老王忘记了时间，他说，八年了，小酒吧里人来人往，有的人找了伴侣，有的人散了家庭，有的人挣了大钱，有的人倒了买卖……看了太多的爱与哀愁，老王一再叮嘱我，很多东西都可以变，就是心态不要变，身体不要变，就像他一直保持着用算盘统计酒钱的习惯，有些东西看似平常，却能给人实实在在的幸福感。

我问老王："听了八年嘈杂的夜场音乐，现在耳朵还好使不？"老王笑了："那些音乐再大，能有站在铁轨边听到的火车鸣笛响？"酒吧打烊后，老王总是走路回家，那些个夜路无比地宁静，好像什么都不存在了，一切都归了零。老王说在和人交往时也要把自己归零，那样不用算盘都算得清，自己是零，别人是一个数，自己和任何人在一起相加，答案都会是对方那个数，都会是对方最舒服不排斥的那个数。

和老王聊天到深夜，他显得有点怅然，他说已经有几个月没去酒吧那条街了，很想什么时候再去走走，他希望自己可以再看见一个漂亮的纸箱，可以再给一个人讲铁路的故事，可以再得到一份推荐的工作，可以再开始一个忙碌热闹的八年……

自理能力强、健康且富有的男人是女人的炸药，多数极晚婚及独身。

敞开

“刘大哥讲话理太偏，谁说女子不如男……”——唱这出戏的是个男人，声音沙哑却高亢，就在我的身边嘹亮着。我唱一句，他学一句，唱着唱着，竟然被他带走调了。

从来没有想到，会站在郑州老城隍庙的戏台上唱《花木兰》，自己都唱不牢靠，还要教别人。不过我们两个的合作很愉快，他做学生的感觉很投入很认真。

台下很快挤满了人，大家很好奇平日里幕布紧闭的戏台上怎么冒出两个疯疯癫癫的男人，看着看着，忽然有人吆喝了——那不是赵传吗？

是的，是赵传。这是《领跑》五周年特刊为他拍摄专访照片的第三站，比起郑东新区和商城遗址来，赵传对这个地方似乎情有独钟。应该是这个老戏台给了他感觉，站在高处，站在众人面前，他很容易就进入熟悉的情景里，有大声唱出来的欲望。

赶到纬一路时，赵传的兴奋劲儿还没过去，站在与经六路的交叉口，他怀抱《领跑》，面对摄影师，又唱起了那支“小小鸟”，法桐树上的麻雀很快飞起了几只，来来回回，和着他的声线穿梭。赵传忽然说：“这就是酒吧一条街吧，能在酒吧里唱歌很好，只要不被老板辞退就是一种幸福。”

这话乍一听真让人觉得突兀，在赵传接下来的叙述中，我明白了他要表达的内容。或许太喜欢音乐的缘故，他曾放弃了原本很稳定的贸易公司的工作。赵传说，写字楼里他看不到照进现实的梦想，他隐隐约约感到他的梦想应该是在晚上，应该是在那些个大大小小的酒吧里。那些日子，只要夜幕降临，他内心沉睡着的细胞就会被一次次叫醒。赵传忽然明白自己想要什么，那就是找家酒吧去唱歌。

理想并不遥远，靠着极富穿透力、磁性十足又个性鲜明的唱腔，赵传很快圆了他的梦，成了一家酒吧的乐队歌手。赵传说，那段日子他很简单也很幸福，赵传渴望拿到第一个月的薪水，他说，他要请乐队吃地摊，吃顿好的地摊。结果是，当老板把薪水发到他的手中后，却对他说——下个月你不用来了。或许赵传不够帅气，或许不会讨女歌迷的喜欢，总之，他被辞退了。

赵传说，他很感谢自己的这段经历，很感谢后来的那些酒吧接受他和他手中的那把吉他，让他能够一直待在一个地方，让他能够保留住自己所喜欢的那份工作，没有他们的收留，就没有他后来摘取全台湾歌曲比赛冠军这个丰硕果实，就没有李宗盛有一天忽然拍着他的肩膀说："老赵，你的台风和唱腔都很跩，我这里有首新歌，你来唱！"这首歌就是——《我是一只小小鸟》。赵传说，那是他一辈子都要唱的小小鸟，说这话时，他的眼睛有些湿润。

我们请赵传在纬一路酒吧街上停留了很长时间，虽然只是拍照不需要声音，但他还是用录音棚里的标准声调唱完了"小小鸟"这首歌，他说他要把这首歌送给在郑州酒吧苦苦打拼着的歌手们，相信他们一定听得到，也一定听得懂。说完这话，赵传又指着路两旁排列整齐的法桐对我说："兄弟，《领跑》五年了，这五年你们种了一棵树，为这个城市搭建了一片绿荫，继续种下去。这棵树不一定是种给自己乘凉的，也可能是给这个城市，甚至是给我们下一代的人。"我听到这个比喻幸福地笑了，作为一只自诩飞了二十多年的"小小鸟"的赵传，他口中的"种树的人"应该是对我们一种最高的赞美和期许吧。

和赵传朝夕相处的两天，相互之间的感觉，就像老友重逢时的亲切，无酒作引，也能手拉着手有说不完的话，他的坦诚和真挚，成了我最大的收获。就在这期《领跑》里，您会看到，赵传这样一个成熟男人在郑州深处，留下一个又一个难得的身影。他拍照的样子很可爱，当然，也很敞开。

是的，很敞开。这个时候，我在想，如果非要用一个词概括《领跑》的五年的话，我很想写下"敞开"这两个字。敞开，是一本纸质媒体和读者沟通时的规定姿态；敞开，也是曾经走进《领跑》的所有朋友真实的生活态度。而赵传口中所比喻的那棵伸开枝干、敞开怀抱的粗壮大树，应该也是《领跑》对所有我们聆听过的众多"领跑者"的又一种准确的解读吧。

向上看齐

零点酒廊的静吧里，人影渐渐地散去了，空落的木椅还三三两两地聚在一起，好像继续着刚才主人们的交谈，桌上的烛台却已经不耐烦了，正一点点地闭上眼睛。坐在这样一幅画面里，就如同坐在一条漫无目的的船上。我想就这样坐着，一直等到某个或者叫安慰或者叫快乐或者叫灵感的鱼儿，在毫无防备、最不提防的刹那，嗖地一下从心底划过……

“啤酒！爆米花儿！啤酒！爆米花儿！”本以为在这个凌晨已过多时的钟点可尽情悠游这静的美妙，谁承想耳朵旁竟然炸出了粗粗的几声吆喝，像是有人拿石子打破了清晨湖水的熟睡，像是重载大卡在你身后忽然按动了汽笛，生硬刺耳，大煞风景。

叫嚷的是个十多岁的孩子，胖极了，光着个脑袋，圆圆的脸上架了副圆圆的眼镜，让人想到了中秋节的临近。他那过于宽大的白T恤上写着：你看我酷吗？男孩喝酒的速度很快，一口气儿喝了两瓶，让人无法阻挡又有点心疼。零点的经理在一旁笑着说：“这孩子是从四川来的，叫小瑞，今年十五岁，口技演员，出道快两年了。今天是他在郑州的最后一次演出，明天去上海发展，估摸着有点兴奋。”

我走了过去，坐在他的对面，彼此相视一笑。“郑州和四川哪个好？”我问小瑞。

“四川！”

“为什么？”

“那里有我家！”

“郑州呢？”

“也好！”

“为什么好？”

“这里给的演出费用高！”

“准备去上海哪家场子演出？”

“不知道！”

“不知道？”

“哎呀！哪儿有现成的机会等你捡，走着说着嘛！你不闯怎么知道你不行！”说完，他冲我打了个酒嗝儿，又对着我的脸吹了口气。还想再聊几句，他却有些烦了，抓了满满一把爆米花塞进嘴里，然后把头执拗地仰向了屋顶。

一样的执拗，一样的率性，小家伙儿的一句“你不闯怎么知道你不行”让我想到了一群人，一群生活在上海的河南人。2004年的8月，在驻沪河南企业商会的成立大会上，《领跑》看到了他们的面孔，写着成熟，写着收获，也写着尴尬与孤独。《领跑》问每一个人：“在上海，你是主人，还是客人？”也许这问题太直率了，于是他们的回答不免淡定中带着闪躲：“上海，永远是那么地近，又是那么地远，永远包容着你，又排斥着你，就看你用什么样的心态来理解。”《领跑》用心倾听着记录着亲人们在异乡攀缘的艰辛与疼痛、动摇与挣扎。《领跑》要向他们不懈的坚持致敬，走在这块名为“试试看”的跳板之上，他们不会像企鹅那样静静地伫立海边，翘首期盼机会的来临，而是像苍鹰一样不停地盘旋，执着地寻找。

因为天空的诱惑，因为飞翔的快乐，他们的眼睛和心灵会不断地、会永远地向上看齐。

生，是天的赐予；活，是自己的选择。

老宋的“票号”

“我喜欢这里的早晨，太阳还没出来，一条条街巷都清亮亮的，不知道是谁家的院门吱呀一声，不慌不忙走出来只大黄狗，睡意蒙蒙胧胧，东张西望，冲着远处扫街洒水的工人轻吠一声，算是打了个招呼。很快，老院子内大人的吆喝、孩子的吵闹就连成了串儿，再听，有了汽车的喇叭声，有了摊贩的叫卖声，新的一天就这么开始了……”

对我说这话的人叫老宋，是个从没离开过平遥古城的“土著”。我怀疑这一段文艺般的道白，是他从某一篇游记里抄来背下的。老宋说，从小生长在古城，点点滴滴的生活细节早已深入骨髓，描述起来或许有点文酸，但这就是他的普通生活。在他看来，这种生活自然舒服，对城里人来说，是不容易得到的。

老宋说他曾经有过一份非常稳定的职业，两年后，他发现，他不喜欢。他喜欢旅游，他喜欢走动，他喜欢在古城的小街小巷来回地游荡，连他自己也说不清楚，他莫名地在喜欢什么。二十六岁生日那天，他忽然对家人说，要辞去铁饭碗，去当一名导游，他喜欢看别人举着一面小旗，指挥着许多人向前走。

小旗子那么一举，就是十五年。老宋说，以前，他叫很多人哥，现在，很多人开始叫他哥。

老宋的孩子就要考初中了，这些天，他招呼完客人就着急回家陪孩子看书。老宋最近有件开心的事，几天前，在平遥古城十大金牌导游评比中，他名列榜首。捧回荣誉的那个晚上，他让媳妇多炒了两个菜，开了瓶好酒，借着醉意，肯定了自己一番，也顺便勉励了一下儿子。老宋对家人说，得不得奖不重要，他高兴的是得到一份认可，再带团走在那些老街上的时候，觉得自己还能对得起那些房子那些树，那些大院那些墙。

老宋带我们走古城，说得最多的就是古城墙。他说，做导游十几年了，看似对这座古城很熟悉，其实压根儿就没读懂，几千年的历史咋可能短短十几年就弄明白呢。常常，客人们去照相了购物了，老宋就一个人在城墙头走来走去，想着他慢慢老了，城墙也慢慢更老了，那时候古城又会再告诉他些什么呢。

喝茶的空当，我问老宋，十几年，有没有想过换一个行当或者自己创业。老宋笑了，当然有，各种各样的想法，就像夜晚一样随时都会降临，很多时候外在的诱惑也会连绵不绝压得自己喘不过气，但那些看似能让自己更好的想法总会在天亮时分彻底溜掉。当新一天的阳光透过院子里的枝叶照在窗边时，老宋睁开眼往往习惯性地去看那面三角旗，这种看，和责任和义务和承诺都没有关系，就知道今天自己有事情要做，知道自己该做什么，知道自己能把它做好，那样的感觉很不错。老宋说，他最喜欢看动物世界，看羚羊在阳光下快速奔跑，一直跑，不能停，一停就有可能被吞吃掉。

老宋经常会被派出去讲课，讲晋商的人物故事，讲票号的兴起衰亡。老宋讲得最多的八个字就是：坦荡从商，诚信立事。

“你怎么理解坦荡？”我问老宋。

“坦荡就是不献媚，不说谎，不绕弯，不耍滑。”

“你怎么理解诚信？”

“诚信就是，再难，也要把说过的话做到。”

老宋说，平遥古城内最吸引人的当是日升昌票号了，来平遥古城旅游的人中，有许多是企业主专程前来寻根问道的。了解了日升昌，他们唏嘘不已，他们感慨连连，似乎许多人在转悠了一圈后都对商道对诚信有了觉醒有了顿悟有了新知。但许多人离开了，或许就把日升昌的故事随风丢掉了。多年前的一幕，老宋至今难忘，一个老板在参观票号时，忽然接了电话，嘀咕半天，最终对着电话那端的人吆喝起来：“我不是不还，真的没钱，你看着办吧。”挂了电话，那人一脸春风，让老宋继续讲，他对老宋说，日升昌，真的太好了。

老宋无语，好半天。

老宋说，这么多年，他已经无数次讲起日升昌的故事，每次都会讲很仔细很用心，仿佛自己就是这老票号的一个伙计，迷迷糊糊地穿越到了今天。老宋自己没有生意，但他特想把“诚信立事”的店训转告给每一个游客，在那个时候，老宋真如同站在了百年前的柜台后，器宇轩昂，话语铿锵，一段极具仪式感的解说完毕后，老宋鼓足底气，大声地吆喝一声：咱家的票号没了，可咱家的道理永远在。

心有回甘

在“馍菜汤”吃饭总会伴生忆苦思甜的桥段，这一次也不例外。热腾腾的馒头一上桌，不同版本的回忆录便开讲了，各种割草锄地、喂牛放羊，各种上房揭瓦、爬树翻墙，唯独小伟没有吭声，一直闷头喝面汤。

很快，讲故事的开始狼吞虎咽。小伟吃饱了，放了筷子，他接了刚才的话题，淡淡地问了大家一句：“你们，谁在天寒地冻的凌晨，站在学校操场茅厕外的长明灯下读过书？”

长长的一句话，信息量真大。我的脑海立刻浮现的画面是，寒冬腊月，夜半微光，孤身少年，书声清亮。

“那样的生活我过了几年。”小伟端开面前的一小筐热馍，讲起了自己的读书生活。光着脚上学，用粗布片缝制的破书包，天不亮起床，走上五里地，饿了，就吃玉米饼子蘸盐水，连根咸菜都没有。

一个80后，曾经走过这样的经历，我们瞠目结舌。小伟却说，这些都不算是苦，烙进他记忆里的不是这些，而是学校操场上那盏昏黄的老灯。

那是最难熬的高中三年，当宿舍的同学都沉入梦乡后，小伟总是一个人蹑手蹑脚溜出宿舍，跑到全学校唯一的光亮处——操场厕所外，像个贼，东张西望后，从怀间掏出书本，就着弱弱的白炽灯亮，背起功课来。小伟说，他读书时的姿势是来回地蹦跳着的，为了驱赶夏天扑过来叮咬的蚊虫，为了抵抗冬夜侵入骨髓的寒冷，也为了打跑越来越强烈的困意。有许多次，即使满身紧裹被褥，后半夜的冰凉还是穿透身体，后来他才知道，那种彻头彻尾的畏冷是因为发了高烧。“三年，我就是这样过来的，到现在拿书的左边臂膀还落下一些毛病，抬起时会略微有点疼。”

看我们听故事听得直愣愣地发呆，小伟呵呵笑了，身体那点疼不算什么，心里充实着呢。他说，不是矫情，自己真没觉得那日子有多孤独，有三年的长明灯垫底儿，现在什么样的“飞蚊”和“飘雪”都难不住他了。

听小伟讲过去，忽然想到几句话。就在前几天，一位始终没把眼泪流出眼眶的姐姐对我讲的几句话：“每个人都会有一段修行期，而且最初我们往往还意识不到，这段修行期会有多苦，会有多长。”

多长？如果小伟抽到的时间标签是三年的话，那么，把眼泪又吸收回眼底的那位姐姐抽到的孤独与寂寞，是整整十八年。

姐姐姓刘，一位安分守己的上班族。她没有告诉我她的男人是为什么忽然离家出走的，她没有出门追赶，是因为屋里的摇篮里还躺着一个哇哇哭泣等待喂奶的宝宝。十八年，她记不清楚孩子得了多少次急病，她记不清楚那一次次夜半抱着孩子奔向医院的小路上跌倒过几次，她记不清楚输上液的孩子睡着后，自己蹲在急诊的走廊里恸哭了多少回，她更记不清楚，为了给孩子找个好学校，她曾多少次向人躬身讨好，强颜欢笑。用刘姐的话说，那十八年，她不敢有属于自己的任何梦想，她只有一种责任，就是把孩子养大，让他走上正道。

一晃十八年，真快，孩子考上大学了。就要送孩子远行的前几天，家里的门铃响了，打开门，足足有五分钟，她就与来人对视着，然后静静地走回屋内，叫来孩子，指着门口满面歉意不敢抬头直面的男人说：“叫爸爸，他，回来了。”

还记得我问刘姐，那五分钟，对你意味着什么？姐姐回答得很干脆，十八年都一个人扛过来了，还不能面对这五分钟吗？他回来了，曾经十八年深入骨髓的痛瞬间也就没了，毕竟，他回来了。她的回答让我的声音变得哽咽，我颤颤地又问她对“丈夫”两个字怎么看，刘姐轻拭了下眼角，呵呵一笑：“很简单，不管多晚，记得回家就行。”

没想到一顿饭吃得如此“酸甜苦辣”，喝在口中的汤不知道是热是凉。好在，新航哥的电话，把我从伤感中唤醒。半个小时后，我的身体和心境都转换到了他远在郊外的四季如春的生态庄园。

一见面，新航哥就把两本书递到我的手里，封面范曾先生四个题字锋利入心——《新航日记》，每本日记足足有几百页厚。翻开还有新墨香气的书页来，翻了翻，竟然是他持续三十多年的心情记录。我吃惊地问他：你的日记，坚持了这么久？

新航哥哈哈大笑：“是的，从1976年就开始写，已经攒了几百本，没有什么比这更让我有成就感的了，或许是我怕丢了过去的自己吧。有了这些文字，就有了丛林里的标记，不管什么时候我都可以循着记号再走回去。”

新航哥拉我坐下，开始烧水泡茶。他用力地嗅了嗅茶叶罐口，然后满足地对我说，人，挣足几个亿的财富不如留下几百万的感情和精神。就像这老茶，不急不躁地品上一品，它给你的作用绝对不是润喉解渴那么简单，更多的应该是人生的苦与乐、冷与暖。

那个下午，端着老茶不停地品着，每一碗的七分茶汤再次续上，我似乎都能从微微泛动的汤面上看得见小伟的灯下长读、刘姐的茹苦含辛、新航哥的日记飘香。

灵魂感恩，肉身惜缘。

哑巴叔

喝得有点多，想起了哑巴叔。

前些日子，回老家奔丧，和哑巴叔有了一场交流。

一群人来来往往的忙碌中，哑巴叔蹲在高高的蒸笼前，不紧不慢填塞着柴禾守护着炉灶。在我的记忆中，他似乎固定扮演着烧火的角色，家族中有了婚丧嫁娶，那个冒着炊烟的角落里一定少不了他黝黑的身影。村里的孩子们说，哑巴叔烧火蒸出的扣碗肉，最香。

每次看见我，哑巴叔表情都格外兴奋，两只手夸张地比画，嘴里呜里哇啦表述着只有他自己明白的意思。按着我坐下，哑巴叔跑回屋内，拿出一个热乎乎的大馒头，掀起锅盖，拿筷子从扣碗里挑出一块大肥肉，夹进馒头中，不由分说就递给了我。这一气呵成的动作，瞬间把我拉回了三十多年前，还在玩泥巴的年龄，我就是时常这样巴巴地站在蒸笼前，等着大人赏个夹肉的热馍，双手护着跑到墙后，一通狼吞虎咽。

一时找不到表达谢意的方式，我只好拿了本《领跑》送给哑巴叔。不知是被里面的哪个画面触动了神经，他把烧火棍扔下，拉着我的手就要往外走，我下意识地要挣脱，哑巴叔急得蹲下身就在地上写下四个大字——跟我回家。

哑巴叔会写字？站在一旁的父亲看了也是一脸诧异。他的记忆里，这个兄弟是从没进过学堂的，他曾经做过一段木匠活，后来还是因为聋哑的缺陷被迫辞了工。父亲还说，哑巴叔早年也娶过一房媳妇，但没几天，女人便卷了他所有的值钱家当跑了，那以后，哑巴叔的那“家”就没人进去过。

站在自家老院子前，哑巴叔拿出钥匙，打开了一个拦路的矮栅栏，其实那栅栏个儿高的人迈腿就能跨过去。搬开栅栏，哑巴叔像个五星级酒店的门童般，略倾腰身，右手直直地伸着，把我们让到院内。那个时候，哑巴叔的脸上除了皱纹，还爬上了满足的笑意。

院子很简陋，一溜三间老房子年头不小了，发黄的旧门板前放着把破藤椅，上面趴着只肥肥的老黑猫，见哑巴叔归来，闷闷的一声喵后，便又继续趴着呼呼了。哑巴叔拿小手指冲着黑猫比画了几下，撇着嘴哼哼了几句，可能是在说它没礼貌吧。然后，他又伸出两个大拇指，轻轻地碰了碰，意思是，黑猫和自己是好朋友。而我，对这个手势更多的理解是——相依为命。

哑巴叔异常兴奋地把一块大塑料布撩开，我们的眼前露出一个大大壮壮的树根，根须四面伸展，像是只要飞起来的大鸟。哑巴叔站到树根的前方，开始手舞足蹈地描述起来，他的动作，像是砍树，像是切菜，又像是挖红薯。见我紧眉不展，哑巴叔急了，他跑进屋里，拿出了一本书和一个盒子，书是《中国当代根雕艺术》，盒子里面整整齐齐，码放着一排崭新的刻刀。

那一刻，我明白了，哑巴叔要做根雕，那个大树根应该就是他的第一个作品，只是还没有开始。

哑巴叔又用树枝写字问我——我该做什么？我拿手机写字回复他——你想做什么就做什么，喜欢做什么就做什么。哑巴叔又回了段地面短信——不，你帮我想，这个树根难找，不能刻坏。

我拿起根雕书翻看了起来，最终我的建议是——雕刻只凤凰。哑巴叔愣怔了一下，他继续在地上问——达摩？我用手机回道——这个材料雕刻达摩有点难，不如就雕凤凰，它能把你的愿望都实现，带到远方。哑巴叔想了片刻，连连点头，笑了。

其实我根本不懂根雕的原理和手法，只是本能地希望哑巴叔的第一个作品能有意义，他沉闷的生活里不缺少达摩的冷峻和寂寞，也许雕刻凤凰的时候，会给哑巴叔带来点这村庄之外的想象吧。

临别时，我掏出几百元钱塞到哑巴叔的手里，想表达一下晚辈的心意。没料到，他一把将我推出足足一米多远，愤怒地指了指门头木板上写着的四个字“概不赊账”，然后又在地上留下了我们这次见面的最后一句话——我会配钥匙，能养活自己，你的钱我不要。

最后，哑巴叔专门要了我的手机号。回来的路上我就在想，他会亲自给我打电话吗？打通电话又怎么“说”呢？

或许，哑巴叔这样做只是想告诉我，他心里藏了好多话，想要找个人来听。

亲情血浓于水，既爱又恨，但有根。

冬梅

“我害怕，怕不能活着出来。”这个男人话音未落泪先洒，妻子急忙把他搂住，轻轻拍打着他抖动的肩膀。稍后，他平复下情绪，定了定神，再抬眼送给我的就是一个坚强的微笑，那笑容，颤颤的，很短促，让人看了心酸。

他的臂膀看上去还很坚强有力，只是两只眼窝深深地陷了下去。聊天的过程中，他的右手一直和妻子的手死死相扣，距离他们双手不到一尺远的桌面上，静静地躺着一份面无表情的医疗报告——尿毒症晚期。

他叫惠纪伟，三十有三，妻子小她六岁，名叫冬梅。冬梅说，这份报告，她看了无数次，从最初的山崩地裂到现在的坦然面对，她付出的代价是——再也没有泪水了。

“女人比男人内心强大，现在我才体会到。”从纪伟的口中，我知道了冬梅的一些故事。

结婚后，冬梅的选择是相夫教子，做一个宅在家中的全职太太，直到那一天，她看到了纪伟的医疗报告，她和丈夫照顾与被照顾的角色骤然间转换。滴水成冰的马路边，她哭了整整一夜，天亮时她回家抱起被窝中熟睡的孩子，交给邻居，然后消失了……后来纪伟知道，她是回老家卖房卖地找亲戚朋友磕头作揖了。冬梅抱回来四十多万元救命钱后，又踉踉跄跄地跑到了医生的办公室，拉着医生的手，告诉院方一个惊人的决定，把她的肾摘下一个，安在丈夫身上。

“那一刻，冬梅让时间都停止了。”纪伟说。

没有人能够改变冬梅的这个决定，无论是鼓励的还是反对的，冬梅总是喃喃自语道，不给他肾，他的一条命都没了，我给他一个，至少我们还都有半条命在。上天终归是眷顾好心人的，型号竟然神奇般地配上了，但接下来的手术费，又要几十万元，这钱，从哪儿来？

很快，郑州国基路与中方园路交叉口的附近，一个小小的干果摊儿冒了出来。和别家不一样的是，这个摊位后面，一块短短的条幅被竹竿高高撑起，上面写着八个字——患难与共，捐肾救夫。在流着眼泪满街吆喝的日子里，冬梅几乎忘记了，架子车的轮子上边，还有一个害怕走失而被绳子拴着的孩子，尽管孩子一次次饿哭，冬梅却不曾舍得把摊位上的干果给他剥上一个，邻摊儿的人实在看不下去了，直接把孩子抱回家，做了顿红烧肉吃。

纪伟讲到这里，冬梅忽然把头埋下去，我瞧见，大颗的泪珠在往袖子上滴。我问冬梅，卖干果的这段日子，最难熬的是什么？冬梅说，是耐心，她不知道该怎么招揽生意，也喊不出声来，怕被人看不起，又渴望别人来帮助自己。最终，她喊叫的声音越来越大，她知道，只有喊，才能多卖钱，卖了钱才能给纪伟看病。虽然她把价格放到了最低，但还是有看了就走的，那个瞬间她真想跑到人前跪下来，磕个头，喊上一句：求您，买点吧。

冬梅每一次回到医院，都是笑着的，病床前她说得最多的一句话是“不怕，有我”。所以他每一次去做透析，都会把头抬得高高的，直到门关上看不到冬梅的鼓励。纪伟很害怕在哪一次透析后，就永远闭上了眼睛，所以，哪怕是冬梅出门几分钟去买个苹果，他都会紧张地打电话把她找回，然后跟着一起去。他说，他很幸福，也很感激，每一次他苏醒过来，都能看到冬梅趴在他的胸前，静静地抚摸着他的额头，然后轻声地问上一句：想吃什么？

吃什么？什么也吃不了了，做了多年厨师的纪伟一声长叹。

刚刚过去的这个除夕，纪伟坚持从床上爬起来，重新把围裙系在腰间，他给老婆孩子做了自己最拿手的酸菜鱼，一家三口吃了一年中唯一的一顿团圆饭。纪伟含泪给我重复了那晚开餐前他对妻子说的话：“媳妇儿，来，碰一个。你的委屈，你的承受，老天知道，我知道！”

治好了病想做点啥？我问纪伟。他说，他想要开一家最地道的家庭小餐馆。他的招牌菜有很多，鲤鱼焙面、酸菜鱼、炸八块、回锅肉，等等。我又问，回锅肉怎样做才算好吃？纪伟立刻放足了精气神：“肉，一定要用一层肥一层瘦的那种五花的，然后把各种佐料拿布包好了扔在锅中，然后把肉扔进去，开始煮，过不了多久，你会闻到那个香。这个时候，你拿筷子扎一扎肉的生熟程度，然后翻过来，继续走柴火。切记，千万别煮过头了，然后捞出来，切薄片，准备炒菜的佐料。辣椒一定要正宗，多多的……”

那个瞬间，纪伟一定是重新看到了自己在炉灶前长勺善舞的那种神采……而一旁的冬梅，就在纪伟的讲述中安静地坐着，笑着，那笑，恬恬的，淡淡的，像极了她名字的那种花，在寒冷里坚定地开着。冬梅说，她自己也有一个愿望，希望纪伟的病好后，能带着她去一个阳光特别多的地方生活，做什么不重要，只要能温暖地依偎在一起……

朋友就是把你看透了，还能喜欢你的人。

闲人六哥

“兄弟，快看，我给你逮了条野生的！”

六哥叫嚷着跑过来，兴奋得一脸灿烂。他双手高高举着的，是一条丰满健硕的大鱼，饱满的鱼肚子像一个事业成功的中年老板，白里泛黄，黄里透红，像是一抹闪亮的金粉，沿着它的小腹一直延伸到长长的尾巴梢，漂亮极了。

六哥说，这是他能给朋友最好的美食了。每一次有人要来，都会提前几天给他电话，接了通知，他就驾着自己的小游艇出河撒网了，不过现如今生态环境不好，已经很难捕捞到纯种的野生黄河鲤鱼了。他记得小时候，跟着父亲没少撒网捕鱼，一网下去怎么着也能逮小百十条的，而现在忙活一整天，网上来的不是枯木就是水草。

当然，也有意外收获，就像今天这样走运，收了网，里面有四五尾扑腾腾的，那可是乐坏人的事情。六哥像得了宝物似的，小心地把它们收拾妥当，包裹好放进冰箱，除招待尊贵的朋友外，也留给自己解馋，或红烧，或清炖，或油炸，来个野生全鱼宴，胜似满汉全席。

别墅的大院子里停了五六辆豪车，我问六哥，最喜欢最常开的是哪一辆。他呵呵一笑，沉默不语。稍后，他长长地舒了一口气，告诉我说，再好再贵的车子，都无法赶上记忆中的那个车轮，那辆飞鸽牌的二八式自行车。六哥说，这段日子，春天来了，他经常躺在自己的院子里望着黄河发呆，原本就想懒懒地晒着太阳闭目打个盹，可每次闭上眼睛，满脑子的儿时回忆，都会像不远处的黄河旋涡，连绵不断地涌出来，一旋又一旋的。那辆旧自行车，就是这些回忆里出镜率最高的。他清晰地记得，十三岁那年开始，学会了蒸馍炒菜，然后把饭盒往车把子上一挂，推着它出门，然后找个慢下坡，左脚踩实了脚蹬，右脚斜拐进大跨，然后就是用尽全身的力气，一蹬十几里，把饭送到责任田地头，递到辛苦劳作的父母手中。

“十三岁你都会蒸馍馍了？”

“从小会蒸馍，啥事没经过，哈！我没有选择，总不能把爹妈饿死在地头。”六哥说，他从小接受的家庭教育就是要多种地，多种地就可以有饭吃，多种地就会有钱攒，攒了钱就可以被人看得起。所以那时候，他家在河滩里种的地就特别多，父母几乎没日没夜待在田间，拼命地干，做饭送饭这些家务，自然落在了十几岁的孩子身上。直到今天，六哥每个月还会蒸上一大笼屉的馒头，送给朋友们吃，自己也再过过做饭的瘾，只是现在蒸馒头时，渣头不好找了。

渣头？

对，渣头。六哥说，这个物件对年轻人来说，绝对是陌生的。渣头就是，每一次蒸馒头时，剩下半斤左右的面，放上几个小时，让它自然发酵，跑出酸酸的味道。下一次再蒸时，把它揉在新的面中，这样的话，蒸出来的馒头才会又实又香。六哥说，小时候，他特别能吃馒头，一顿轻轻松松三四个，吃撑了，就跟着父亲打兔子去。

打兔子？

一个问题又把六哥拉回到了三十年前，他说，父亲当年反复给他交代打兔子的技巧，至今还在脑子里刻着呢——“打兔子，一定要晚上，尤其是刮风下雨的晚上。兔子的胆子小得很，一有风吹草动，就会往没有遮挡的空地上跑，你拿手电照一下，它就会傻傻地站起来，这个时候，拿钢子枪打也行，下手抓也可，绝对不跑。”靠着父亲传授的这个手艺，出门打猎的六哥回回都是满载而归，最多的时候，整整一大麻袋，全村家家户户的厨房，第二天都飘起兔肉香。

我问六哥：如果时光穿梭，让你和我做个游戏，会选择什么？六哥哈哈一笑，随口便出：“藏老闷儿。”（编者注：捉迷藏）他说，这是他最喜欢的游戏了，只是后来，没人再和他玩了，因为他“坏”极了。原因是，该他抓人的时候，人家藏好了，他直接回家睡觉，害得藏在犄角旮旯的小伙伴们等啊等；轮到别人找他时，人家一捂上眼睛，他连藏都不藏，也直接回家睡觉，害得人家那通找得辛苦。六哥的放声大笑，刺激着旁边铁笼里的三只小猴窜来蹦去，吱哇乱叫，他忽然感慨，人啊，不能像这猴子，总被关着，在差不多的时候需要把自己释放一下，哪怕是去找一些过去的简单的快乐。话毕，他大喊一声：“来人哪，放猴儿！”

春风轻轻吹着，柳枝柔柔摆着，小猴懒懒逛着，时间就这么静静流着……六哥说，跟时间赛跑了半辈子，终于不想较劲儿了，心甘情愿“投降”了。其实你不紧紧张张地追了，时间也就不慌里慌张跑了。现在他就想这样做个散漫的人，无人时候发呆，有人时候聊天，相看彼此不厌，唯有大把时间。

缺乏人格，衣冠哪能楚楚。

种瓜得瓜

午后的黄河滩，温度计爆表的节奏，人踩在沙地上，和烤全羊之间真是一撮孜然的距离。老欧就这么领着我，弯腰行进在他的瓜地里，远远望去，绿油油的瓜秧上，两个冒着蒸气的灰影，飘过来飘过去。

终于，老欧高兴地叫起来，手里举着一个XXL号的黑皮瓜："知道吗，这种瓜，又沙又甜，你们城里人已经很难吃到了。"跟捡了宝物一般，他带着我快步走出了瓜地，来到树林后的一口老井旁。老欧不慌不忙把井绳一点点拉出，取下铁钩上的竹篮，把西瓜放置妥当后，又放开绳子一点点放回井里。坐在树下等待"冰镇西瓜"的时候，老欧时不时诱惑我一下："兄弟，冰手的井水泡着甜嘴的西瓜，想想吧，那是啥滋味。"

老欧说，自己眼瞅着就七十岁了，这一辈子只做了一件事，那就是种西瓜。他家的西瓜不仅总被人夸，还总被人惦记，口感、甜度、品相，都没得挑，一到了夏天，很多人都会找上门来。

"其实，我应该感谢这条大河，不知道是不是托它的福，让俺的瓜每一年都能早早地卖完。也是啊，俺的瓜是喝了黄河水的，黄河水从哪里来的？从天上来的啊。你想想，天上水喂出来的瓜，能不甜吗？"

老欧的一番话，一下子把我扔到了黄河对岸，扔到了八十公里外的那个叫延津的地方，扔到了三十年前那块宽宽的瓜地，扔到了一个高高瘦瘦的汉子面前。

“俺地里种出来的瓜，能不甜？”这是儿时，四舅给我记忆最深的一句话了。

翻开我的记忆，姥姥家的族系非常壮观。她生了七个子女，再加上大姥姥遗留下的五个孩子，整整一打儿女生养成长的重任都落在了她身上。后来看着大一统的管理着实有点乱，姥姥便召集大家动议分家。我母亲平日里和四舅最对脾气，双向选择的结果自然把我们两家分到了一起，也就是成了对口亲戚。意思是，以后逢年过节，除了姥姥和四舅家，我们不用再赶场似的一家一家串门子了。后来，我们全家迁到了郑州，或许是父亲怕我在城里贪玩学坏，每年暑假，他总要早早地把我送回老家，交到四舅的手里。

在县城最喧闹的汽车站，大个子四舅和他的大个子骡子早早就守候在大门口了。等我和父亲下了车，他便一个箭步冲过来，把我抢到手，欢天喜地地抱到骡车上；然后从褡包里变魔术一样掏出个西瓜来，“咣当”一拳砸下去，掰开一大牙儿就塞到我嘴里，好几次，我都差点呛过去。回四舅家的路很长，但我、四舅和那头骡子，都不着急，因为一路上都有西瓜吃，我们仨各吃各的，不争不抢。吃饱了西瓜，大骡子的脚步也随之变得轻快，还左右摇晃起自己的脑袋，很像后来我自己在慢摇吧里喝多了陶醉的模样。

每一次见到舅妈，都会看到她的双手在一个装满水的大瓷盆里洗啊淘啊，后来我知道，她是在洗面筋，做胡辣汤给我喝。那碗胡辣汤，让我回味了很多年，以至于我现在有个毛病，只要在街头买了胡辣汤，总会先挑剔碗里的面筋，如果不是手工洗出来的，再有味的汤，我也只能给七十分。

那个时间，喝饱了胡辣汤，我就做一种作业，陪四舅去拾掇瓜秧。每一次去，四舅都会把我塞进瓜棚，再拿稻草把棚顶压得严严实实，生怕毒日灼伤了我。而我，则像条午后吃饱了慵懒的狗狗，伸着舌头，让风吹。记不清楚多少次，吃了睡，睡了吃，吃了再睡。天黑时，四舅总会把我抱回骡车，躺在一堆柴火和西瓜的中间，和满车的田野气息一起，回家。

后来，我上了学，又上了班，不再好嘴，不再贪玩，骡车和瓜地也不再能成为诱惑，去四舅家的次数也就越来越少了。两年前，忽然有一天，姐姐告诉我："咱去看看四舅吧，他，好像不行了……"

再见四舅，他依然那么瘦，只是个头明显矮了，蜷缩着蹲坐在院子中央，看着我们，默不作声。舅妈说，他糊涂了，农村话，就是傻了。大家正说闲话的当口，四舅忽然恸哭起来，像个被人夺了奶瓶的孩子，歇斯底里哇哇大哭，鼻涕眼泪满脸流淌，任凭舅妈怎么哄劝，哭声都没有丝毫减弱。姐姐也大哭起来，她告诉我，一定是四舅看清楚我们是谁了，他知道，我们来了。最后，是我上去为四舅擦脸，他才慢慢止了哭泣，淡淡浮起一层笑意。然而这笑，只在他的脸上挂了四天。

送舅舅走的那天，很多人趴在地面上狠命地哭着，我听不懂那些嘶哑的哭声，也听不懂唢呐里吹奏的悲情。我能做的只有一个动作，直直地跪在地面上，直直地看着四舅的遗像，用眼睛向他反复地说着一句话——你起来，带我摘瓜去吧。

十年前，也是瓜熟蒂落，满城瓜车的时节，《领跑》开印了第一期内容。我不知道，这十年的纪念，怎么就从一个西瓜开始，成了一片瓜田的记忆。是"种瓜得瓜种豆得豆"的自我鼓励，还是"捡起芝麻丢了西瓜"的自我检讨呢？又或是什么暗喻也没有，只想用辛苦快乐的瓜农来激励自己，汗水滴下，便是甜蜜。

笑是人与人之间最短的距离。

东来哥

“兄弟，你来许昌了？快说，现在搁哪儿哩？”电话忽然响起，里面自顾自地跑出一长串厚厚的急急的声音。

“您是？”我诧异地问。
“我，你东来哥！”
“东来哥？啊！东来哥！你……你怎么知道我来了？”

再次得到确认后，我不免有点小兴奋。圈里的人都知道，要想见于东来一面，很不容易，胖东来这个企业，在商业江湖已经快被讲述成了神话，作为这神话的主角，东来哥却越来越深居简出。据说，他没有手机，经常自己出门去放羊，或者骑个自行车漫无目的地瞎溜达，外人找他，很难。用他自己的话说，想知道的东西都在商场摆着呢，要学习，应该自个儿到那里去。

东来哥亲自跑到路口的加油站，把我们接到了胖东来的地下停车场，然后开心地对我们说，来吧各位，到家了。或许因为考察心切的缘故，刚刚跑下车，我们便把两个细节收入心底。一个是地面干净得令人发指，套个俗气的比喻，真是能照出人影来，拿手狠狠地擦拭一下地面，有浮尘，但手指绝对不发黑。站起身抬眼望去，停车场的四周墙壁上，整齐地悬挂着上百幅精心装裱的名人警句，从宇宙洪荒的认知，到文化血脉的传承，再到东西方思维的碰撞……我问东来哥，这个挂法的意思是？他呵呵一笑，没什么，就是让大家没事琢磨琢磨咱们生存的这个世界，然后怎样在这里找到属于自己的精神归属。

东来哥没有带我们直接上楼，而是曲曲折折地把我们领到了院子中的一个角落，角落里站着十几个工人，戴着口罩，不紧不慢地正忙着手里的活儿。离我们最近的，是四五位正在拿着洗衣粉清洗拖把的保洁大姐，她们不厌其烦地涮了又涮，还反反复复地把拖把头伸向鼻尖闻来闻去。大姐们说，一定要把拖把上的异味彻底清除，否则留在商场的地面上，那味道会熏了客人。东来哥在一旁笑着补充了几句，一个商场，一定是以净为基础，地面净了人心就静了，人们购买的心情就会更加放松和愉悦，而且呢，保不齐公共场所的整洁还能刺激和滋养一些懒惰的人，让他们回家后也养成随时随地打扫卫生的好习惯。

跟着保洁员，一起进了商场，大姐们一动手开始忙碌，就又把我们给震住了：只见她们两两一组，前面拿着墩布卖力拖，后面举着扇子不停扇。大姐们又说话了："刚拖过的地面难免湿滑，所以要在最快的时间内弄干，不然容易使顾客摔倒，而且地面的味道也不好闻。"这番话，让听到的人感慨不已。

"哥，悠呢？"一个挂着胸牌的工作人员和我们碰面，这样和东来哥打了招呼。接下来，我们听到的似乎都是这一句，莫非这是他们见面的通用语？我问东来哥，悠是啥意思，东来哥哈哈一笑："悠，就是瞎转悠。"说罢这话，他顺手拿起了身旁收银台上放着的一台iPad，玩儿了几下，然后问收银员，咋样，那姑娘回答得快："好，不赖，可开心。"我很诧异，这上班的时间，可以玩这个？东来哥拍了拍我的肩，他告诉我，这里的收银员每个人都有一台平板电脑，活不忙的时候，就用这个放松一下紧张的大脑。

东来哥从来不装，他的真实甚至有时让人不能适应，比如正走着，他忽然对我说：“兄弟，咱去解个手吧。”

去卫生间的路上，我在一间贴有残疾人专用的房门前停了脚步，直觉告诉我，这里面大有文章。推门进去，结果，我看到，七八个大小高低不同造型迥异的马桶，还有横竖交错的便于手臂拉扶的各式栏杆，静静地等着主人的到来。这些细节的设计，我能见到的少之又少，而每一次见到，都会在瞬间心生温暖……

走马观花逛了两层商场，东来哥建议我们中场休息会儿，去楼上喝杯咖啡。路过餐饮区的时候，他破例把我们领进了一个厨房的操作区。东来哥没有介绍设施的先进和菜品的丰富，只是指着天花板让我们瞧，一个个悬在厨师们头顶的摄像头，把整个后厨看得清清楚楚。东来哥说，我们进来能看见的，外面餐厅挂着的电视机里都能看到，经营上有很多东西，必须让人看得明白，吃得放心。许久，房间坐定，一杯热咖啡过了嘴瘾，我开始给东来哥抛问题：都来学习胖东来，究竟能不能学得会？东来哥呵呵一笑，他的回答淡淡的：“当然学得会，只要你把该给员工的都给到了。”

忽然想起再过两天我就要出发，去给北大国家发展研究院北大国际的六十多位企业家讲述中原商道的故事，这次讲课是我接受的比较高级别的一次，所以心有怯怯之余，我赶紧求教东来哥，假如讲他，应当讲些什么。东来哥哈哈一笑：“啥都不讲，啥也没有，会生活就行了。你会生活了，员工就会生活了。员工会生活了，顾客也就会生活了。顾客会生活了，和你一起生活的时间，也就更长了。 ”

人都是过客，无论功过。

唯有珍惜

洪福叔走了，一场酒醉后，失足淹死的，被人发现时，他已经在不深的水底，躺了一夜。

父亲闻讯泣不成声，连吃了两次速效救心丸。就在几天前，他还在家宴上跟我念叨，你洪福叔，早晚会让酒精夺了命，六十多岁的人了，只剩一个肾，每顿饭还要喝下七八两白酒。

洪福叔不是父亲的本家兄弟，只是一个村长大，辈分一样，打小两人就合得来，关系黏糊了几十年。每每我和父亲聊天的时候，他都会说起，他这一辈子，只有两个真正的朋友。这两个人之中，他亏欠最多的就是洪福叔，只因为三十年前，我母亲心脏病突发西去的那个秋天，囊中羞涩的父亲收到了洪福叔急匆匆送来的几样重礼——一副上好的松木棺椁，用来安葬母亲；一架子车的酒肉蔬菜，用来招待亲朋；一个白色信封，里面装了五百块钱。洪福叔对父亲说，孩子们没有妈了，办完事儿后，你自己再添些钱，给他们买个电视机看吧。

我和父亲、姐姐们很快赶到了洪福叔在县城居住的那座老院，灵堂就设在这里，花圈已经摆满了整条街。父亲没有停步，径直扎进内屋，紧拉着我洪福婶子的手，虽然手上不断加着力气，却又几次张嘴发不出声音来。婶子把头埋在父亲的怀间，拼命地抽搐着，不过，她始终没敢哭出响。

那一刻，在麻绳和棉被包裹的玻璃棺前，姐姐们撕心裂肺的哭声早就连成了一片，我蹲在门后，给洪福叔烧着元宝钱，一边撩着火，一边喊着“洪福叔”，喊着喊着，也就把自己喊回到几十年前。

我对洪福叔最牢固的记忆，建立在八岁那年。进城工作的父亲终于分了宿舍，便委托洪福叔把我们都接了送到省城去。如果记忆还可信的话，出发的前夜，我就住在这个院子里，一盆炖鸡，一盘牛肉，四五个芝麻饼，几大碗胡辣汤，从未有过的丰盛晚餐，吃得我们姊妹几个惊喜交加，只能用连串的饱嗝迎接着城里人的新生活。整宿，我都没睡，看着墙角晃过来晃过去的钟摆，幻想着未来的模样。

如今，这个院子，它竟然还在，一别三十多年，只是，再回来，洪福叔没了，想到此，眼泪滴湿手中的纸钱。我立起身子，拉了拉蒙在玻璃棺外裹着的棉被，试图看看他的脸，结果，只看到一张大大的黄纸，盖得满满严严。父亲拍了拍我的肩，把我叫到院子外的电线杆子下透气，然后噌的一声划了火柴，把戒了多年的香烟燃着。我无意间一抬头，也是奇怪，怎么这路灯也如此巧合，偏偏洪福叔家门口的这个，坏了，兀自黑着。

父亲几句话就把洪福叔的一生总结了。从学徒到司机，从司机到车间主任，从车间主任到收购酒厂，他用了整整二十八年；然后借钱，改制，投资最好的生产线，开始创办属于自己的品牌。晃眼，又十年过去，这一路，洪福叔始终没丢下一些人：和他曾经一起工作的乡里乡亲，整整上百人，也一直跟到现在。

洪福叔的儿子没少向我发牢骚，说这个酒厂，成也父亲，败也父亲，许多不该来的人，也全被洪福叔安置到了厂子里，这些人，像是一只只……洪福叔知道孩子们有情绪，他总是这样回答，权当酒厂就是片果园，大家路过了，摘个果子吃，如果高兴，摘就摘吧。

前来吊唁的人中，有一个躬身驼背不修边幅的老汉，点了挂小鞭，便趴在洪福叔的遗像前哭了。酒厂的人说，老头是收废品的，经常来厂子里收些纸箱编织袋之类的东西，洪福叔最喜欢和他聊天，一聊就是好半天，然后，分别时，迅速跑回车间，拿上两瓶好酒，塞到老汉的手里。

老头重重几个头磕下，擦着眼泪一斜一歪地走了，迎着他来的，是黑压压的几十号人，那是酒厂建地那个村子的村民。和他们聊天，才明白，除了该给的租金，只要是村子里遇到婚丧嫁娶，洪福叔必定拉着几十件好酒前去赠送，春节到了的时候，整个村子，再每人一瓶，免费的。

洪福叔能喝酒，喝多了就给父亲打电话，或哭，或笑。父亲总在电话里吵他，他的理由反复只有一个，自己的酒自己不喝，又怎么证明给别人是好酒呢。或许是听父亲说了我的状况什么的，去年早春的一个夜半，很少和我聊天的他忽然来了电话，醉醺醺的，说着说着便哭了。他对我说，如果我再这么不结婚一个人凑合下去，有一天他就是闭眼了也不得安生。后来，我得知，就在给我打电话的前两天，他刚刚去医院摘掉了一个肾。

似乎一切都有预兆，婶子说，洪福叔的身体在最近这一年忽然脆弱，晚上常常八点不到就呼呼大睡了。这一年，他说的最多的话就是，好吃的也都吃了，酒也喝了那么多了，就是掉进水里喂鳖，也值了。

“结果，他就真的淹死了，而且，那个池子，还是他自己亲手挖下的。”说完这话，父亲终于哭出声来。他对我说，孩子，明天上路时，咱爷儿俩给你叔抬几步棺材，他还醉着呢，可得扶好了。

送别洪福叔是2014年我做的最后一件能记忆的事情，用这样的心情来收尾，让我顿生一种无力感，再去努力翻开2015的时候，疲惫与紧张，已然大过了欢快与张望。虽然我不愿也不信有什么预示，但心中早被说服，将来，或许会有更多的失去来临，更多的失去终将超越得到，而我，唯有加倍珍惜，别无他法。

第3章

一人一个马拉松

我的延津

我是延津的，八岁来的郑州。

电影《一九四二》讲述的逃荒故事就是从延津县王楼乡开始的，我出生的地方离王楼只有十里地。坐在放映厅里，看着1942年的延津在大屏幕上被讲述，1982年的延津也在我的记忆里苏醒了 。

记忆中，那一年冬天的雪是最大的，也是最多的。不歇劲儿落了几天几夜的雪压折了村里的很多树，压塌了村里的很多房子。我家西屋也塌了，厚厚的积雪连同屋顶的灰瓦整片整片地掉下来，好在那个屋子是个杂物间，没住人。

屋塌的那天大姐接到口信，让她赶紧到县里邮电所给父亲挂个长途电话。那个时候通电话不叫打，都叫挂。大姐顾不上收拾砸坏的家什，慌忙给几个弟弟妹妹做了红薯汤早饭，就深一脚浅一脚地出了门。等大姐那一路脚印又被新雪覆盖住，二姐领着百无聊赖的我们继续爬上床睡觉。

不知过了多久，睡梦中忽然被推醒，大姐大声吆喝叫我们全都起来，还让我们规规矩矩地坐整齐了。她两个脸蛋红彤彤的，不知是冻得还是兴奋成那样子，她手里攥着的两包香草饼干吸引住了所有人的眼神。大姐说要宣布一个好消息，但许久，却什么话都没说出口，瞬间就哭成了个泪人。最后，在我们傻呆呆的注视下，她自己平复了情绪，一字一顿地喊道："我们要去郑州了，我们要去大城市了！”

那个下午，大姐领着我们就在院子里做了两件事：吃饼干，堆雪人。那天晚上，大姐把我洗了又洗，然后翻箱倒柜，让我把那几件旧衣服来来回回试穿了几遍。

县城的亲戚先把我们姊妹几个接到了他们家做中转。那一次的待遇尤其好，杀了鸡，炖了汤，一锅汤喝完了我还恳求亲戚加些水再炖。大姐打了我的头，直骂我出门没出息。睡觉时，我们使用的被子褥子床单枕头都是新的。我和小表哥挤在了一张小床上。

小表哥和我一样激动得睡不着，关灯后他忽然下床从抽屉里摸出个香蕉，偷偷递到了我手里。

“能不能带我也去郑州？”
“那得问我爸。”
“你爸在哪儿？”
“在郑州，没来。”
“咋没来？”
“我妈病了，我爸来不了。”
“唉，你看，香蕉都让你吃了，我都放了好几天呢。”小表哥把身子扭过去，不作声了。

那一夜，我睁眼到天亮。让我无法入睡的原因除了对未来的幻想，还因为我瞧见墙角处放着一个高高长长的木柜子，那个木柜子里吊了个长长的铁家伙，悠过来荡过去的，不时还会发出咚咚的声响。后来看电视我才知道，那个东西是有钱人家里才会购置的落地钟。那个年代的农村人对时间只有两种辨别方法，一是看天色，二是听鸡叫。

离开县城动身去郑州的那天早上，亲戚们招待的早餐是油条胡辣汤。那是我生命里第一顿丰盛的早餐，所以很自然就吃撑了，然后就得了第一场富贵病——闹肚子。

已经记不清楚当时乘坐的是怎样一辆奇怪的客货混装车了，只记得那天遭遇了一场漫长的等待。由于老黄河桥路面狭窄又是交叉放行，所以足足有几十里的拥堵。桥面上站满了等着赶路的人，埋怨声，吵骂声，孩子的啼哭声，像极了《一九四二》中某个让人心焦的逃荒画面。大姐说，那是她第一次看到那么多汽车，恐怕也是这一生中难再遭遇的堵了。河面上的老铁桥寒风刺骨，我拉肚子的次数开始增加，每一次抱我下车方便，大姐都会脱下棉袄裹紧我的头和肩，生怕再冻出别的毛病来。那天，大姐对我说得最多的一句话就是："孩儿，别哭，就快到了。"

铁桥的南岸，站着同样心急如焚的父亲，那天，他站在桥头等了整整一天。我记得，下车见到父亲时，天已黑透了，父亲一把将我们揽在怀里，急忙打开了车把上挂着的黑色提包，从里面拿出几个烧饼跟鸡蛋，塞到我们手里。看父亲急匆匆地把拉链拉上，有心的大姐把包抢了过来，重新拉开，里面是半个吃剩的馒头和一块冻得近乎结冰的咸菜疙瘩。稍后，看我们把东西吃完，父亲开始推着车子带着我们往远处有霓虹灯的地方走。走到了半夜，终于站在了他刚刚争取到的宿舍门前，父亲的那句话里满是骄傲——孩子们，咱郑州的家到了。

呵呵，整整三十年过去了，没想到会有一部电影讲到小小的延津，这一部《一九四二》的影片让我的记忆奇怪地回拨到了三十年前离家的那一天，就在前两日，刚看完这部电影的一位朋友打电话约我喝茶聊天，喝茶的由头来自他心中一个模糊的记忆："哥们儿，我记得你的老家是？"

"我是延津的，八岁来的郑州。"

走着回家

李涛从广州回来了，听说是步行回来的，已经走了七七四十九天。

和许多人一样，起初，我是坚决不相信这件事的。我了解李涛，他并不爱动，说他无缘无故徒步走上一千多公里，想想都觉得奇幻。接连几天拨打他的手机核实真假，结果都是关机，渐渐也就淡忘了此事。直到那天，来电显示里冒出李涛的名字："阿健，我现在走到新郑机场了，晚上到郑州。明天早晨你有时间吗？我们黄河大堤见，走开封。"

李涛的话语简短、坚定、沉静、平淡。到现在我都清晰地记得接了这个电话后的心情，忐忑、震动、冲击。要知道，虽说李涛去了广州多年，我却一直觉得他未曾远离，但这个电话，却宣告了我们之间的精神差距。李涛让我有种被迫分离的感伤，就像是几年前自己那把心爱的紫砂壶，被保洁大姐一个不小心碰落了下来。

第二天赶到约定的地点，天黑黑，百十号人集结在了雁鸣湖黄河大堤的入口处，独独不见李涛的踪影。他先走了？还是睡过了？各种猜测都有。深秋的清晨寒气逼人，尚未穿上秋裤的这群兄弟姊妹实在挨不住冻，许多人一蹦一跳地向前跑了。而我，刚一抬脚跟上，就被人拉住了衣角。

拉我的人蒙头裹脸，带了个马虎帽，背上的行李袋鼓鼓囊囊地高过了头。他贴近我的身体低声私语：“阿健，千万不能跑，一会就得趴下。”

“你是——涛？！”

“嘘——是我。”李涛把我押到队伍最后，拉下了面套。嗬，真的是他！瘦瘦的，黑黑的，壮壮的。简单地拥抱过后，我俩也开始并排往夜色里走，这时我注意到他的左腿是瘸的，猛地紧张了起来，他嘿嘿一笑：“没事，脚上的水泡又感染了，已经习惯了。”李涛压着步子走得很慢，他说得最多的话是，慢慢走，慢慢走，才能走得长，走得远。

“为什么会想到这样一次行走？”

“好几个朋友的身体都出了大事，刺激了我。”

“你只是为了锻炼，需要走这么长吗？”

“想看看自己的耐力，从来没有测试过。”

“结果呢？”

“挺过来了，其实很多事情都是挺过来的。”

“这一路上，有什么总结吗？”

“钱多，房多，千万不能病多。”

“走着回家的感觉很特别吧？”

“当然，找回了丢掉的很多东西。”

“什么东西？”

“行走。”

“行走？”

“对，就是行走。”

我始终没有弄明白，李涛说的“行走”两个字是身体层面的还是心灵层面的，但我明白真正的答案是询问不出来的，那需要自己在八千里路云和月的陪伴下去慢慢领悟。李涛说，这一段行走，是他几十年来说话最少的日子，无人可说，无话可说。他从未想到自己有一天会露宿街头，鸡窝边的稻草堆是那么地松软舒服；从未想到自己会敲开陌生人的家门，像路口敲车窗的乞丐一样要吃讨喝；也从未看见过那么多场婚丧嫁娶，悲欢承接，阴阳无常。整整五十天的黎明和午后，李涛就那么淡淡地走着，放空着，发呆着，胡思乱想着。

最后，我像个实习记者般又抛出了一个大路货的问题——最感动的一件事是什么？李涛说起的是一碗养伤的鸡汤，在一位陌生的老妈妈家里，看着李涛脚上的血泡和袜子模糊地粘连在一起，老人家心疼不已，当场宰了自家的老母鸡炖了一锅汤。第一勺刚入口，李涛就落泪了。那个时间，如几万年般的时空穿梭，他想起了自己的那个村庄，那条小路，那个老娘……这一千多公里走过来，远离的这些似乎都又找回来了。

原来，无论往哪走，无论走多远，只要用心走，走得直，就会走回家。

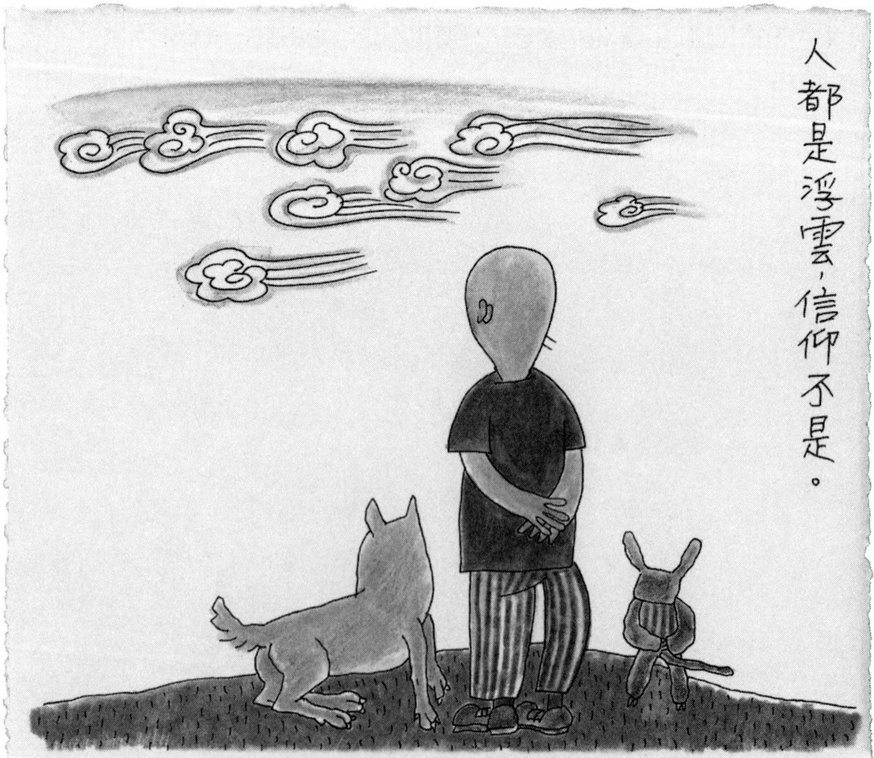

人都是浮云，信仰不是。

掌柜的，请了！

有媒体约我写一篇关于郑州消费感受的文章，我遵命做了功课，给他们提供的照片是摄影师孟娜女士在山西平遥古城为我拍的那一组。过了几天，有位编辑打电话问我："平遥好玩吗？" "不，不是好玩。"我回答她。"那是什么？""是厚重。"

去了平遥两次，我意识里的厚重，其实更多缘自平遥县委宣传科王科长的一再叮嘱，他说：想要了解平遥，你需要住下来，慢慢地走，慢慢地读。

事实的感受似乎就是这样，我的第二次平遥之行记忆就要深些。这次，我们认识了一个叫张飞的平遥人，开电瓶车的小老板，没有环眼和扎髯，却有着十足生意人的精明。他直接站在县城的入口把我们截了下来，推荐业务时清楚简洁：一天租金五十元，一对一服务，绝不拉第二家，先坐后付款，而且还免费做导游。

我们认可了张飞的真诚，这一认可不打紧，拉到生意的他不知道怎么表达自己的喜悦了，浓重的山西话整整说了一天，而这一天，我只记住了三个字：掌柜的！

"掌柜的！来平遥的人一般都不住酒店，住的是这种宅院，别有风情。我带你们去一家，那儿的面饦儿做得最好吃，我还可以有提成。"

“掌柜的！这条街就是平遥古城的主街了，也是咱中国的第一条华尔街。”

“掌柜的！这些个门面就是票号，现在叫银行，那时候票号为了证明实力，各家的银库都是可以参观的。”

“掌柜的！把您的高个子朋友叫过来吧，他手里拿的那个东西是假的。那些商贩有很多不是我们本地的，您的朋友就要上当了！”

“掌柜的！您睡了吧？我从门缝里给您塞了张我的名片，下次您来还让我为您服务吧。”

…………

说实话，这“掌柜的”叫得我很受用，也很得意，可是最近看了一部讲述晚清山西票号故事的电视剧后，这份从国庆长假延续过来的受用和得意却戛然而止了。我真想有机会去提醒一下那位张飞老弟，在平遥做生意却弄不清楚“掌柜”的身份含义，有些说不过去了。掌柜的不是东家，不是老板，用现在的词儿说就是“职业经理人”。在那部名叫《白银谷》的连续剧里，打动我的一个看点就是票号里大小掌柜们的职场辛苦，他们伺候东家打理生意的谨慎忐忑，他们抛妻别子开拓分号的辛酸寂寞，他们整饬内务经营外交的干净利落……是平遥张飞的暗示，是《白银谷》故事的启发，更是对今天职业经理们的尊敬和期待，我们选择了这样一期专题。

总有一种想象，觉得我们所创办的《领跑》，就是一间纸面上的茶楼或者酒楼，熟悉和不熟悉的朋友们都可以来这里休息、交流，编辑们是店里忙碌的伙计，我就是招牌下迎送宾朋的小老板。而最新一期的专题《他们的力量》所关注那么多的职业经理人，也有点主题聚会的意思，那我也该站在扉页的这置上，半躬下腰，浅堆起笑，清亮地喊上一嗓——

掌柜的，请了！

快乐不远

《领跑》的编辑部主任郎麟小伙远行了，和一群朋友举起那面印有“走西口丝绸之路”字样的旗帜远行了。他出发的那个上午，我正坐在重庆大田湾体育场里，被张学友《雪狼湖》的彩排音乐包围着。我把现场的歌声通过手机远远地直播给了他，权且算是送别的礼物吧。郎麟很年轻，充溢着一种让我又羡慕又担心的激情，所以，尽管那晚的《雪狼湖》宏大凄美，百转千回，眼前的雪狼传说终还是不及我对千里外一支行进车队的牵挂。直到深夜里他从西安发来了“一切顺利”的短信，我才安心地睡下。

郎麟每天都要给我一个满载平安和收获的信息，他的声音总是荡漾着激情和希望。但5月3日的那个通话，年轻的话语却低沉悲壮，矛盾极了：“老张，我要进入罗布泊了，祝福我吧！我刚才给父母和编辑部都打过电话了。”郎麟的声音近乎于真正的告别，当时，我和我的车停在喧闹的路旁一直沉默着，就仿佛也是那支挺进死亡之海车队中的一员。

“帮我带包罗布泊的沙子回来！”

我没有听到郎麟的回答，手机里只有旷野的风在吹……

《领跑》新的一期就要印刷了，依然没有郎麟的消息，每天我能做的只是关注《郑州晚报》和“直播郑州”所勾画的示意地图上那条红线的曲折延伸，想象着只属于他和同伴们的寂寞与坚强。还好，还好，5月10日《郑州晚报》关于走西口的特别报道里，我看到了郎麟从罗布泊飘来的长长的胡须还有顽皮的笑脸。我知道，他是快乐的，快乐来自他自己写下的那句话——罗布泊，不仅仅是地理上的穿越，更是精神的到达。

精神的到达，我不知道和郎麟同行的丁建平先生是否也看到了这句话，他从高处纵身跃下的那些个瞬间也应该有着和穿越戈壁夜色的郎麟一样的颤栗快感吧。从属于今天城市的快乐越来越类似越来越物质，以至于我常怀疑丁建平郎麟们的快乐，是不是只能成为铅字供我们欣赏而不是分享。一位最近常泡在郑州单行道酒廊的朋友偷偷告诉我，深夜以后从酒廊幕布后面响起的那些老歌，其实常常是他酒酣时的放声大唱，由于唱歌的水准极高，客人们往往以为是背景音乐的播放。素日里一贯羞涩的他说，那些个夜晚，偶有幕布忽然飘起与台下客人对视的片刻，让他一瞬间飘起的高音也禁不住发抖，既紧张又兴奋。

我不知道，他的这份快乐是否也含有郎麟所说的精神到达，我只知道，他的这般偷欢让我对这城市的夜晚多了些喜欢。

超级夏天

没想到在霓虹照耀的热闹酒吧间会碰到喜欢安静思想相对保守的她，按照我对她的了解，在这样一个喧闹的环境里她应该算个异类。

我用惯常的玩笑方式向她打了招呼，但是，伴着酒气回过来的声音却是：“阿健，我只想一个人待着，拜托了，请你离开。如果把我当大姐的话，顺便帮我拿些酒喝！”

服务生说，这个女人来得很早，一进门就吆喝着上酒，那口气似乎是谁欠了她什么，但之后就很安静了，不怎么抬头看，没有人敢打扰她，有人去整理桌面，也被她那锋利的带有仇恨的眼神“撵”走了。

我在她和我的桌子间五分钟一趟地来回跑着……

她忽然就哭了，不再让我走，她告诉我的信息是：“孩子考大学错估三十分，报考志愿严重失误，意味着所有的大学都上不了了。”

我给她递了厚厚的一沓纸巾，一直把我视为“隔代人”的大姐，接下来近乎决堤的泪水一起裹挟来的就是她近乎决堤的倾诉……

“守寡十六年！这十六年，我面对了父亲的癌症，面对了母亲的瘫痪，面对了饥饿时自己走进医院去卖血！”

“这十六年，我不再结婚，怕孩子不能得到善待，怕我没有力量去承受下一次的情感变故。”

“这十六年，我没有朋友，却有严重的忧郁症，快垮掉时，我总是告诉自己：不放弃，还有孩子，孩子将来一定能给自己舒心的回报……”

我和她碰了一杯酒，然后从牙缝里挤出了安慰她的话：“让孩子再复习一年吧！”

“复习一年？假如再失败呢？假如在这一年中我的精神忽然崩溃呢？”

她的这三问，让我彻底成了哑巴！

“你走吧，我累了，只想一个人待会儿，我知道这一夜的酒对自己有多么重要！”

她没有起身送我，还是那样斜躺在红色沙发的角落里，光着脚，蓬头垢面，酒瓶满桌……

大姐的话语、大姐的姿态让我无法不想起去年夏天曾经遇见的一幕。同样和孩子的考试有关，结果却不同，去年故事里的主角是位父亲，一个五十多岁的汽车专卖店的掌门人。

按照我对他的了解，他是从不说粗话的，但他却把我骂了，他骂我不接电话，他骂我不陪他喝酒。

我带着怒气去了那家酒楼，非要让他给我赔礼不可。可他却在摇晃中大声地吆喝着：“你知道吗？我女儿考上重点大学了！考上重点大学了！阿健，你没有孩子，你不会理解！我想告诉你，人生最大的一件事，就是孩子，把孩子安排妥了，才算圆满啊！”

一个大悲的母亲和一个狂喜的父亲，同样发生在七月里的两张典型性的面孔。七月可真是特殊啊，每年的这个时候，在我们身边都会听到相似内容的喜悦和悲伤，就仿佛这夏天的气候一般，喜悦如烈日，悲伤如暴雨。而左右着阴晴变化的，就是那些个孩子。

2005年的夏天，高考过后的父母们似乎依然紧张得很，那些今天走下考场的孩子却又忽然走上了超级舞台，喊着要唱歌了。写这些文字的时候，电视里的超级女声“安又琪”“张含韵”们的年度总决赛已经开始了，也许纯属偶然，这些超级女声的年度大考也选择在七月。听她们飙歌，看她们PK，不知为什么，我却总要关切地去注意另一侧的亲友团，他们似乎很期待，又似乎很担心，等着看到那里的烈日和暴雨。

要电倒一个人，首先要能电一群人。

海边的她

“喝吗？”她拿着一瓶急支糖浆问我。

“哦，不！我喝这个！”我举了举手中的酒。

“不要生病哦，一个人会很可怜！”她有些委屈地说。

“嗯！”我拿酒杯轻轻地碰了一下她手中的药瓶，算是对她的感谢。

“为什么总一个人来？”她又问。

“不为什么！”

“为什么你的回答总是‘不为什么’？”她似乎已经厌倦了我这样的回答。

我跑入吧台，找到了自己的那瓶存酒，四年多了，它还是一点没少。我从没打算去喝掉它，我喜欢把它一次次翻弄出来，晃动一下，给它生命的苏醒。它在我的晃动间像个顽皮的孩子，拼命地来回跑着。就像它知道自己也有个小小的使命，去唤醒我的一些记忆，这种唤醒对我来说，极度渴望，欲罢不能。又一次控制不了自己的情绪。这种控制不了，就若深夜袭来的浪花，诱惑着你，脱得光光，一个猛子扎进去。

是的，又“扎”了进去！扎进了一年前的这个时间，扎进了那个美丽的异域小岛，扎进了一个人旅行的路上。

“我还是不敢相信，不敢相信自己曾经在夜的深处赤裸裸地扑向奔腾的大海，不敢相信自己曾经拿出过一个男人全部的力量去和浪花比拼速度，不敢相信我在下水时，竟然没有去想能游多远，要到哪里停止。

我也终于明白，没有人可以征服海的呼吸，它在黑暗中吞吐得是那么强烈，强烈得像个妖魔，似乎你再向前挥动半个臂膀，它都会让你消失得干干净净。

依然还记得，是内心那个激烈的向后撤退的信号，拉着我狼狈地逃离混沌一体的夜之海。

没有伪装，没有应酬，没有人认识自己的感觉真好，就那么裸露着自己的全部，就那么瘫瘫软软地躺在异国的沙滩。那种光光的裸露我是从来没有过的，忽然觉得坦白地面对自己有多么地重要。

——仿佛又听到了那“砰”的一声，那个我所熟悉的开启橡木酒塞的声音。仿佛又躺回到了那个属于自己的海滩，仿佛又在借着昏昏晕晕的月光，偷偷地瞧着那个喝着红酒的女人的身影。我没准备拿沙子把自己掩盖，哪怕不远处的她打着长长的电话来回走动着。感谢这夜的漆黑，让我们都自自然然地存在着。大海的呼吸一小口一小口，不急不缓，刚刚好，融化着那个女人的身影，也融化着我的不安……

她是谁？从哪里来？也是一个人的旅行吗？为什么这么晚独自喝酒？她也会像我这样地躺着吗？她的心情是快乐，还是悲伤？是绝望，还是忧郁？在哪个词语下，我们的心情可以重叠在一起？

她的声音真的很媚，柔柔滑滑，撒在人的心头。打了足足三十分钟的电话，我不知道，她会“情”漂何处，但我相信，电话那端的人，再孤独的心，也会被这半小时的柔声细语所抚平所舒展。至于我，已分辨不清，这个时间，是海浪的轻轻拍打把我吸引，还是眼前这个不断扭动身躯的女人把我裹挟。

她终于合上了手机，我也再没了对她的张望。她出奇地安静着，安静得似乎不曾到来。她是在欣赏浪花的舞动，还是在感受一个人的孤独，我的猜测在潮起潮落中一再被刷新着。

真想向她讨杯酒喝，顺便也让她知道，这样的地方，这样的夜，这样的时间，有一个男人和她一样，也在与海与自然与自己的心灵交谈。

我最终没有发出任何声响，只是嘴唇在微微地颤动着。

她忽然跑过我的身旁，然后用力地把手中的瓶子甩向了远方，吓坏了我。她站在那里一动不动地发着呆，她是要把某些不愉快立刻扔掉？我小心地用沙子把自己埋得只剩下了一张脸。最终，她还是躺下了，就躺在我的前方不远处，白白长长的浴袍遮满了她的身体，能感觉到，她在紧紧地抱着自己，像一座刚刚堆砌起来的沙滩城堡，等待着大海的收留。
…………

忽然想起一位朋友的提醒，冬天，不管有没有雪花，有没有风暴，有没有远航的船，你一定要到海边去，去看海的寂寞，像看望久别的朋友或者远方陌生的情人，牵着她的手，共同给海一点小小的安慰，不要让冬日的海在孤独中感到忧伤。
…………

“嗨！”终究我还是朝着她横卧的方向颤颤抖抖轻喊了一声。空气凝固。
“嗨！”如几万年的十几秒后，我听到了她淡淡的缓缓柔柔的回应。

我的心忽然燃烧，像奔腾的海水升腾起了火焰。我不知道，她，是否也感觉到了湿润的海风再扑来时已夹杂了一份灼热。
…………

就那么一前一后地躺着，就那么忽弱忽强地喊着。那一声声“嗨”，究竟是在问候着对方，还是在呼唤着海水的寂寞，或者仅仅是自己内心独自奏响的琴声。

“嗨——想什么呢？”酒吧的女孩儿又拿急支糖浆碰了碰我的酒杯。
“噢，没什么，把酒再存起来吧。”

八个小时

又是一夜的雨，在窗外细细地哼着腻着，我不知道又醒了几次，醒的时候又都是稀里糊涂的，总觉得是哪儿漏了。

这场秋雨下十来天了，没个停的意思。刚来的头几天，街头还会有几声喇叭响或者孩子们戏水的打闹，现在都没了。城市的夜在雨水极耐心的催眠中越来越静，静得连楼下保安巡逻的脚步声也听不到了。然而，我依然会在最沉静的时刻莫名地醒来，摸摸房子里的物件儿，像是被水泡过又没晾干，黏黏潮潮的，房间里还有电视屏幕在无声地闪着，F1赛车的冲刺会让我把失眠的时间拖长。

想到了一个人，黄金叶越野车队的队长杨逵。琢磨着，这个时间，他会不会也在醒着，在看雨。呵呵，我敢打上一赌，杨逵定会反复念叨：雨啊！求的时候不来，不该来的时候却赖着不走。

把时间拨回到9月10日，就又会看到杨逵在2005全国越野锦标赛的得意神情。八十多辆赛车排成一列，大多比杨逵的装备好，可几个赛段下来，他却跑了个领先。杨逵说，姜，还是老的辣，辣的是经验和技巧。

“点首歌儿吧，我给你唱！”沙漠赛段的飞驰中杨逵对领航员喜山说。

喜山睁大了眼睛斜视着杨逵，没有作声。

“最难的障碍都通过了，该放松一下了。”杨逵用力撑了撑四点式安全带，晃了晃身子，对喜山做轻松状。

听杨逵吆喝《当兵的人》，喜山想跳车。他说，那一声声比赛车跑得还远的曲调，杨逵竟然说自己看到了生命的活动、地球的旋转、江河的奔流……

被车轮翻卷起来的沙石飞快地旋转，与杨逵的嘶鸣纠缠在一起。一股浓浓的黑烟从车的底盘下跑了出来，这个细节被杨逵和喜山一再忽略……

“老杨！不对！怎么会有这么大的狼烟？”

喜山的叫喊瞬间让杨逵的大脑停止了活动，地球停止了旋转，江河停止了奔流。赛车，由于在沙漠地带高负荷工作导致助力泵油管破裂起火！

坐在呼和浩特的地摊儿上，喜山说，大火是被一捧捧的沙子盖掉的。杨逵一直在沉默，也许他不愿再回忆那些个激烈和揪心的画面，只是望着天空飘飘洒洒的毛毛细雨，轻轻念叨上一句：当时有场雨该多好。

等待救援的过程杨逵对喜山说得最多的一句话是：“人，不可以得意得太早！”而喜山下意识打动赛车电机竟然还有声响的这个小小发现，让杨逵做出了一个重大的决定：放弃救援。这个决定后，他俩神奇般地完成了一次伟大自救，把燃烧后混为一体的线路一根根剥离，把自动灭火器和喷水壶的管子接起来替代油管，把身上的T恤衫撕成碎片包在发动机进气管上替代空气滤芯。

八个小时后，杨逵和喜山相拥而泣，车子，又启动了！

喜山的讲述让人的心里热热的，就连饭店的小老板和送羊肉串的内蒙姑娘也停下了手上的生意。那八个小时仿佛还没有过去。杨逵和喜山说，最后的比赛成绩还有什么意义，有这八个小时我们就是最后的胜利者。

是的，愿望实现了，便是光荣；愿望实现不了，人生也会因这一路的风雨跋涉而变得丰富和充实。杨逵和喜山，不虚此行！

雨滴一个又一个睁大了眼睛扑到我的窗子上，似乎还想我把故事接着讲下去，但无论如何，比赛还要继续，生活还要继续，故事总要结束。我得睡了。

预备，开始！

星期五的早上，行政办主管忽然把一个信封放在了我的面前：“去丽江的机票，昨晚您交代我订的。”

呵呵——明天去丽江——那只是我借了些酒气随口说出来的一句，没想到他还真的买了回来。好吧好吧。我决定就这样出发了，为了掩饰自己的随意之失，更为了真的“放纵”一下自己。

六个小时后，我已经梦游般地站在了“丽江欢迎你”的宣传牌下。一路上，发涨的脑袋里依然排列着满满的工作计划。我想，自己的神情一定不像个游客，应该更像一个谈判代表。

“古城到了，祝您愉快。”司机师傅把车停在一个十字路口，临走时说的这句话倒是把我的状态刷新了一下。

忽然就转换了空间。忽然就站在了古色古香的丽江街头。

可是，人呢？想象中喧嚣拥挤的游人呢？

我就站在原地愣愣的，都说丽江有艳遇，怎会这样？别说美女了，连男人也没几个。我被忽悠了？街边凉粉店老板给了我解答——现在是淡季，不过来的人也不少，他们都玩得很晚，这个时间应该还在梦里呢。

我看了看手机，时间是下午两点钟。

就这么一个人百无聊赖地走着，路边有家布行，放的是庞龙的《两只蝴蝶》，这个时候听上去多少有些心酸和孤独。《领跑》曾做过一期专题叫《一个人的旅行》，现在明白了，敢于独自上路的行者是很可敬的。因为一个人在路上，真的会有种莫名的不安。

丽江古城有很多曲折悠长的小巷，安安静静的如同山里的女孩子，你不知道她是在午休还是在发呆。想要找个住处，就信步走进了一家四合院，看样子男主人刚刚练完书法，此刻正坐在一堆花草植物间喝茶养神呢。见有客到来，赶紧安排落座沏茶。关于丽江，他只和我说了两个字——舒服，就又闭上眼睛神游了。院子里睁着眼的只剩下我和地上趴着的一只藏獒，看着心慌，我便悄悄告辞了。

小城街街有桥，桥下便有清亮的溪流淌过，有水定会有鱼，是游客们买来放生到里面的。或许真的不应该一个人来，否则这种着迷的点点滴滴就可以有人分享了。不相信自己会在石阶上坐那么长的时间，也不记得自己曾那么有耐心地观察过鱼儿的游走。忽然觉得自己就像那些鱼，属于张雨生歌里一天到晚游泳的鱼，不过不是在游泳，而是在发呆。

忽然飘起了小雨，把街巷的石板路滋润得柔软发亮，踩上去绵绵的，舒服得让人想躺下来。

悠悠地躲进了一家咖啡馆，远远坐在了一个女孩子的对面。女孩捧着手提电脑，正噼里啪啦玩着游戏，她脚边趴着的那条“腊肠”乖乖狗似乎已经睡去了一个世纪。服务生告诉我，那是老板的女儿，叫阿美，在昆明学了三年舞蹈，毕业后一直在这里帮父亲招呼生意。我让服务生把阿美请了来，整个下午我们都在闲聊，阿美很漂亮，似乎是个混血儿。

阿美不喜欢我记录聊天的内容，她说那样不放松。于是我乖乖收起了笔。阿美说，既然选择来到这里，就要自由自在，谁也不要约束谁，最好。

阿美说，她喜欢古城的柔软性格，喜欢人们赋予这里的浪漫气息。阿美说，她喜欢坐在店里观察来来往往的游客，看那些男人的帅，那些女人的美。阿美说，她很欣赏日本的女人，她们出门，穿得简单，打扮得自然也漂亮。阿美说，她最不愿意看到的就是脚步匆匆的游客，即使人来到了丽江，心里也是沉甸甸的。

忽然就和阿美说起了生活方式，这个二十岁出头的女孩淡淡地说，她喜欢懒懒的生活，害怕紧张的奔波，就像现在，即使店里没有多少客人，她也不会站在街边招揽，一切随着感觉走。阿美说，其实，什么样的生活都可以更好的，无非是用更温存的眼睛，更柔软的心，去抚摸身边的一切。就像一本书里写的，不要让好的生活永远在你的隔壁。

我听得出来，阿美是想告诉我，生活其实无需做过多的准备，只要学会迈步，它就会在你的脚下延长，就会走出“趣”来，就如同我这次毫无准备的出行。

那就，预备，再开始！这是我和阿美分手时的告别词。

问问自己

从西安一路跑回来时，正赶上傍晚的车流高峰，北环路又堵了，首尾相连的车流密集交错，我们的车只能加入这蚂蚁队伍里，一点一点往前爬，每向前一小步都会很有成就感。

朋友海滨开车，把音乐开得很大，说是要给自己提提神，一时间车厢里满是张学友悠长的《楚歌》——千里，关山，风雨，他乡……歌词的意境还真和我们的这次出行搭调。我把椅背往后放了放，然后闭目养神准备打一场“持久战”。几分钟后，海滨忽然停掉了音乐，急切地问我听到了没，我漫不经心地告诉他——刚才的音量够大了。

“不，我说的不是这个！你没感觉到我们的车子嘭的一声在响吗？”海滨纠正了一下他的说法。

“该不是别人把你‘吻’了吧？”我急忙起身下车查看。

跑到了车尾，后面与我们的车距至少有一米多远，海滨所说的声响是从什么地方发出的呢，难道是轮胎碾压了石子？

“着火了！”忽然有人大嚷了一声。

我们的车，是我们的车！翻滚的白烟从底盘下方飞快涌出，瞬间弥漫了车头，夹杂着某种漏气的声响，大量液体随即开始流向地面。

那一刻，我和海滨都蒙了！

一阵空白后，海滨猛然警醒，取出了灭火器，匆忙拔掉铁销后就准备打开引擎盖。

别动——海滨瞬间被我叫停。

叫停是因为自己不知什么时候获得的那点可怜的消防常识——假如真的着火，盲目开启，火反而会借着风力和空气中的氧气燃烧得更加激烈。

可不开引擎盖又该怎么办呢？总不能眼睁睁看着它继续燃烧吧，海滨急得快把头发拽掉了，他以前曾无数次说过，车就是他的孩子。

短短的几秒钟，似乎有太多的事情要去做，马上灭火，打报警电话，寻求他人帮助。临街商铺的老大爷端来了满满一大盆水，气喘吁吁问我们——往哪儿泼？

我没做任何回答，我需要五秒钟来做出一个判断，一个不是着火的判断。

假如着火，车子跑出的烟雾一定是黑灰色，而不是这么纯白。假如着火，空气中闻到的应该是焦煳的味道，而不是扑面的水蒸气。忽然把眼睛放到地面，那一片红色的液体似乎让我找到了答案——问题应该出在发动机冷却箱上，也就是汽修师傅口中的防冻液箱突然爆裂。

引擎打开了，是的，那个箱子内空空如也。

维修站的救援车很快赶到，他们给出的诊断是——发动机冷却系统橡胶水管老化导致的爆裂。那个声音也是它爆裂时所发出的。

海滨忽然猛拍脑袋，他告诉我，几个月前，维修厂曾提醒过他，这个部位有所老化，建议更换，虽然只有两三百元，但他放弃了。
我盯着海滨的眼睛看了足足十几秒。

一场虚惊就这么过去了，夜深时，我却怎么也睡不着，反反复复就是在想一个问题——假如真的着火了会怎样？那该是怎样一个画面，会发生什么样的事情，越想内心的恐惧就越积累。一位4S店的维修站站长在电话中对我说，车在路上跑，发生什么都有可能，坐在驾驶座上的你最重要的工作就是问问自己，你有多久没有关心过这辆车了。

在挂断电话前，站长就像王小丫一样对我重复着一个个问题——学会换轮胎了吗？高速行车做到三个小时进服务区休息了吗？遇到紧急情况及时把车断电了吗？你的灭火器够用吗？气压表买了吗？……那一夜，最后怎么睡着的我已经记不得了，只有这些问题似乎扎根在了我的记忆里。

遛肥狗如提着肥肉，吃狗肉的“坏人”都会留着口水不怀好意地问：“这狗真肥。”

繁华背后

“大家只有三个小时，巴士不等人，请您遵守时间！”喊话的是我们的领队林sir，站在银座的入口处，他大声叮嘱的样子也很日本。

踏上这岛国已经六天了，赏了和服，品了清酒，泡了温泉，也登了富士山，旅行社很体贴地知道，到该满足大家购物欲望的时候了。

银座街头的休闲椅都是空空的，极少有人会把时间浪费在这里，触目所见都是拥挤的匆匆人流，以至于闲逛的我会不断地被碰到胳膊。这个瞬间，对面那副陌生面孔一定是虔诚点头，微笑致歉，那种含蓄的笑，自然生成毫不做作，即使是再见挥手，也让人看了舒服。

就这么随着人群漫无目的地来回飘荡，或者望人，或者望楼，或者望天。晃了没一小时，我就不得不跑进了身旁的一家咖啡馆——不争气的肚子开始闹“情绪”了。

从卫生间扶墙走出，我要了开水服药，然后半是刻意半是无奈，享受起了我的咖啡时光。也许是触景生情吧，忽然间想起朋友曾给我聊起过的一家日本咖啡馆，说那家高端昂贵的不是咖啡，而是杯子。咖啡几十美元一杯，而杯子却大有讲究，清一色的英国骨瓷杯，一个少则几万日元，多了则要上百万日元。

该不是我坐下的这家吧，不由得拿了这家的杯子端详起来，除了款式别致，质地和我办公室的杯子也看不出大的区别，便又放下了。

这一拿一放，却招来了服务生，虽说自己的英文很烂，我还是弄明白了她要问的——先生，有什么问题吗？

我回答只是随便看看，她大概是没听懂，便客气地把那个空杯子拿走了，不一会，她又拿了一只新的，里面是一杯冒着热气的新咖啡。

哦，NO！我急忙解释。五分钟后，我终于结结巴巴让她明白了真相，女孩儿开心地笑了起来，然后快速跑回柜台，正在洗杯子的两个男孩也开心地放下手里的活，一齐跑到我面前，深深鞠躬——先生，这杯咖啡我们送您。

哦，NO！最终我还是坚持付了双份咖啡的价钱，为了付得开心，也为了付得有尊严。

该离开了，不好意思还要借用下卫生间，还是那女孩领着，还是同样的时间等待，还是那么客气地又把我带回来。沙扬娜拉的时候，负责开门的那位长者急忙端了杯开水走过来："Are you feeling all right？ You may have a rest here，sir."（先生，你确认你的身体没问题吗？你可以在这里继续休息。）

在银座的最后时间我给了大名鼎鼎的松屋百货，一如适才那家咖啡馆，我的记忆大多又给了卫生间，在这个银座最著名的百货店内，只要你在问："Excuxe me,where is the toilet,please？"任何柜台的任何一个人，都会热情地把你领到那个自己很难寻找的拐角处，然后他候在门口静静等着，然后把你领回，一如咖啡馆的那个女孩，耐心而亲切。

应该是心情使然吧，我在松屋买了一件意大利的CP白色体恤。喜欢CP的V领款式，自由而不受约束，更喜欢那个百问不烦百拿不厌的销售先生，我对他说：就冲你的服务，我一定会买。他的回答是：不，先生，买衣服一定要合适的，否则就是浪费了。接下来，他帮我刷卡，帮我打包，把我领向地下一层退税，把我送出大门，深深一躬，然后目送我离开。

走出松屋百货，一下子被抛进了夜幕下的银座，缤纷霓虹包装起来的商业都市开始绽放出更加迷人的光芒，似乎八小时外的日本人全都聚到了这里，也似乎全世界的时尚先锋都涌了过来。一个传媒人的习惯不禁让我思量起来，究竟是什么力量才能够长久支撑起如此的繁华和喧闹呢？是那一个个炫目的店牌？是那一张张谦恭的笑脸？还是那一声声弯下的问候呢？最佳的答案，我想应该是刚才那些接力赛似的一位位服务者吧，被他们默默地如火种般呵护着传递着的，是一种怎样的被共同珍视的精神和意识呢？

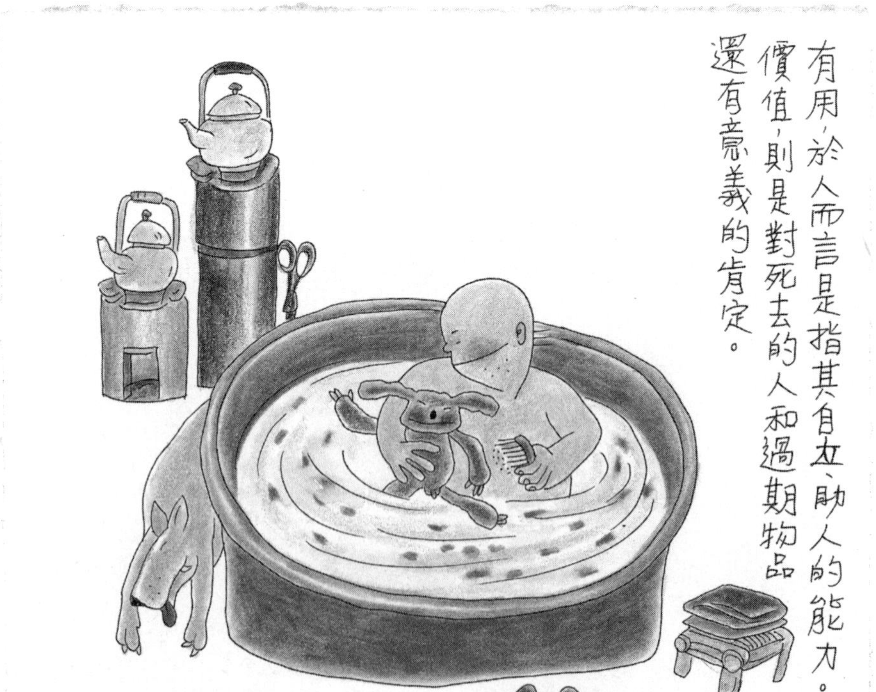

有用，于人而言是指其自立、助人的能力。
价值，则是对死去的人和过期物品还有意义的肯定。

苦修养生

北京时间零点，满满一车酣睡的“梦中仙”，忽然被朋友施老板的福建普通话唤醒了。

“这是哪儿？”
“华山脚下。”老施低沉的回答透着一丝诡异。
“华山？不是要去西安市区吗，怎么停这儿了？”
“就到这里，我邀请大家这次出来的目的就是夜登华山，担心有人怕苦怕累，这才拉了个游西安的幌子。”

一车人全醒了。上当了！什么大唐芙蓉园订好的客房，什么老孙家泡馍掰好的烧饼，上车出发前老施同志声情并茂的种种描绘，不知哪来的一阵风，全给吹得无影无踪了。树欲静而风不止啊，老施这边还继续“吹”风刺激大家呢，他从车上拿下来一堆手套手电登山杖，然后对司机说：“你们去西安住吧，明天下午来接我们。”

几个小美女立刻拉着我的胳膊悄悄问：“哥，这事儿你先前知道吗？咱能不能坐缆车？”

“缆车晚上不开！”老施硬邦邦地撂下一句话，自顾自就上路了。

无边夜幕下的山脚寒风瑟瑟，偶尔还有说不清是狼是狗的嚎叫声传来，司机跑了，老施跑了，我们一群“被遗弃的孩子”追不上汽车，只能沿着山路追老施去了。

“华山真高啊，伸手都快够得着天上的星星了。”
不知道谁的一句感慨把卖茶叶蛋的大姐给逗乐了：“那不是星星，那是山灯。”
忽然心里就敲了小鼓，忙问那头顶的灯具体有多远。大姐说，几十里吧！几十里？有人立刻蹲坐在地，然后冲着大姐就吆喝——给拿几万个茶叶蛋来，我走一步吃一个！

呵呵，说来也是，自打上了山路就一直吃，一直吃还一直饿。不知道是红牛的推销做得好还是这功能饮料真能补充不少体力，从第一个摊点就能看出，整座华山的饮料似乎都被它包圆了。我们第一次歇脚，整整干掉了一箱，每听十五元。小贩说，山顶的卖二十元。

走了两小时后，终于明了老施准备手套的用心良苦了，爬山爬山，真要开始爬了。一比较就看出区别来了，平时我们那所谓的爬山应该叫登山更准确，真正的爬山是这样的——首先放下你的身份和尊严，伸出双手按实眼前的台阶，不管男女，高高撅起臀部，后腿用力下蹬，攀上一个台阶后再继续不间断地重复以上动作。

接近垂直的石阶，因为夜的漆黑让我们浑然不觉悬崖峭壁的威胁，华山的天下险，似乎很清晰又似乎很模糊，险在何处，陡在哪里，是千尺幢？是百里峡？除了死死拉紧两旁粗粗的铁链，在那样的路上想什么都是多余的。

终于躺下了，就那么直挺挺地躺在冷飕飕的石板上，一个挨着一个，一动也不想动，一动也不能动，那种欲将此身全抛下的心境，只有你也在某天深夜身处华山深处，也那样无奈又无力地躺着，才能体会得到。那时，作为背景的黝黝山体，仿佛一位长住此间的老者，目视着每一个来者的激动，也接受着每一个去者的平静。

就这样，三十米一歇，五十米一躺，起风了，适才湿透的衣服显得冰凉，想温暖，就只有继续向上爬。稍慢几步，前面的人就没了踪影，这个时刻内心就又添了一丝害怕。怕了就要加快步伐，一提速就会觉得更累。最让人心疼的是三位60后的老兄，以前竟然没发现自己有关节炎的病症，此刻痛得龇牙咧嘴了。或者拄着拐，或者让人搀，一步一挨地，说得最多的话是——让我歇会儿，再歇会儿。

也是在这一天，我知道了自己的右腿关节同样有问题，好在还算年轻，好在还有常泡维体的底子。纵然这样，凌晨时分“挣扎”到了观看日出的东峰，我还是一下瘫软在了地上。这一倒，再没起来，睡死了。从来不会想到，许多年来最投入最幸福的一次入眠如此之快，睡得又如此之高，睡眠质量又如此的亚克西！

我没有询问那天华山顶上的日出之美，除了老施，这一行人还有谁看到了，我甚至不想知道那几十里长长的山路，又有哪些人坚持到了最后，因为这些都不再重要了，返程的车厢里，偶尔还有疼痛的低吟和疲惫的短叹，但听不到一声遗憾和牢骚。

一夜的摸爬滚打，身体在行进的时候，心灵也在奔走，身体已停歇的时候，心灵还在思考。说不清楚是顿悟还是渐悟，有一瞬间似乎就明白了，所谓养生养心的方式方法，不一定是安详平和的富贵式，也许跋山涉水的苦修，更能换来身体的通泰和心境的澄明。

春天了

小镇一夜

编辑部的美女主任彭晶结婚，是《领跑》的大事。以前就给自己立过规矩，只要不是飞在别处，我就一定要见证兄弟姊妹们的最大幸福，很庆幸，这一次也没有错过。

彭晶和她的先生把拜堂的地点定在了南阳西峡的群山里，两人初相识的那座小镇。一个浪漫的仪式背后总有不浪漫的辛苦，小两口的这个选择可苦坏了他们的粉丝，朋友们需要连续五个小时的高速再加一百公里山路的奔波。车队走得战战兢兢躲躲闪闪，但凡有宽阔的地方，就有人下车弯着腰做痛苦不堪状。我出主意幻想恐龙可防分散注意力防止呕吐，结果是，有人直接喷在了车上。胆小的说，天色沉沉的不敢下车，怕哪个山坳里真蹦出条恐龙来。

昏昏沉沉就被招呼下了车，昏昏沉沉就被塞进了包间，还没等食欲指数恢复到正常值，新郎新娘长辈们洋溢的笑脸已经盛开了一屋子。他们是来敬酒的，有人把酒倒满，举到脸前，我怯怯地问，多少？对方朗朗一笑，不多，二两。我声音更怯，怎么喝？对方笑声更朗，一口干。再往四厢一瞄，后面还有七八个捧碗的……

酒醒的时候，自己是躺在床上的，屋子里黑乎乎的。这是哪儿？不知道。怎么来到床上的？也没有任何记忆。忽然一束光从右侧亮起，直愣愣地打在我脸上，一瞬间的错觉，像是进了电影里的牢房。

“张总，你醒了，还好吧？你醉大了，吐酒的时候真吓人。”说话的是《领跑》的总策划俊高，能感觉得到，他在隔壁床上应该一直睁着眼守着，不会担心我醒不过来吧，呵呵。

俊高说，小镇停电了，连根蜡烛都没有，这盏矿灯是店老板送来的，搁下就走了，本想再要些开水，谁知那人跑得太快，没有追上。

忽然感到胃酸心慌，估计刚才出酒出空了。强撑着起来想去买碗康师傅，刚拉开窗帘我就万念俱灰了。外面黑得那叫一个瓷实，不留一点缝隙。没有风声也没有狗叫。小镇睡死了。只有我、俊高，还有老矿灯暖暖的光束，静静地陪着这个我至今都记不住名字的山区小镇。

莫名其妙地，竟然不适应这种连偶尔的行车声都听不到的深夜，难道自己已经被驯服成了一个标准的城市动物？无论是站在窗前，还是躺在床上，这个时间，没了路灯微光，没了电视伴音，竟然也没了睡眠。迷迷糊糊的半醒半梦，每一次辗转，同样就能感觉到俊高在另一张床上的反侧。我每次都会问，你还没睡着？俊高的回答每次都是一个字，嗯。就连这个“嗯”字他都说得细细的不敢大声，生怕惊扰了什么。

天泛白的时候，俊高问我：您一天有几次发呆？我琢磨半天，给出的答案是没概念，能想出的理由是太忙了。俊高说，不发呆也好，一鼓作气，把咱的企业再发展壮大。

我没有再接俊高的话头，只是在想，如果把发呆当作一张碟，AB两面唱出的会是对当下问题的捕捉，还是对未来有计划的思考，还是一种莫名的担忧和无眠？我想，更多的人靠近的应该是后者。一天的赶路应酬，不应该只换来整夜和天花板的面对面，就像是按了快进键的播放器，听到的是一首首听不清楚的歌曲，看到的是一段段看不清楚的影片，最后戛然而止，竟是长长的空白。

安静，思考，未来，它们之间就像是好极了的哥们儿，谁也丢不掉谁。我想，做企业应该也是这样，我们不缺起伏蜿蜒的跋涉路，不缺觥筹交错的庆功宴，同样，也不应该缺少独对深秋的静夜思吧。

春天在哪里

这一个清晨静静走来的时候，睁眼看到的不再是那盏熟悉的水晶灯；急匆匆推开窗子，看到的也不再是街道上总也散不尽的雾霾。一院子密密的竹子，一院子透亮的绿色，都在兴奋地提醒我，这已经是千里之外的凤凰了。

古城，又见面了，距离上一次的亲近已经过去十年了。十年之后，我们还是朋友，还找得到拥抱的冲动和理由。沱河、苗寨、腊肉、麻糖、吊脚楼……应该有太多的牵挂都值得我早早地来看你，可竟然一别十年，这十年，我连个电话都没有，呵呵，凤凰莫怪。

在凤凰溜达，不知不觉就会走到沱河边，河水依旧像当年那样不慌不忙自顾自地流淌着，我的记忆也在这固执的水流中缓缓浮起了——十年前在河边捶打衣裳的老妈妈，曾是我端着相机频繁按下快门的一个画面。有人说一双脚不能两次踏进同一条河流，此时我却自恋地记起了十年前在这里写下的一段文字：“她们很麻利地在水中涮洗了几下，然后铺在脚边的青石上，拿起棒槌，一打就是半天，偶尔抬头张望一眼，不知道是累了活动活动颈椎，还是心里惦记着什么。我猜想，一定是渴望看到旧时在身边玩耍的那个小孩，那个哭着喊着要姜糖吃的小孩，但小孩长大了，进城去了，何时归来，谁也不知道。妈妈只是不停地张望着，盼望穿梭往来的游客中有一个熟悉的身影，可以再像当年那样，缠在她的身边要糖吃……”

跨过了沱河上的石板桥，我果然又见到了两个蹲在岸边搓洗着什么的女人。走近了细看，原来是在洗腊肉。母亲一边洗一边仔细交代着，听得出来，她是在手把手地传授要出阁的女儿，浸泡多久，拿什么清洗，然后拌什么炒，放多少辣椒。呵呵，辣妈妈和辣妹子的对话提前了我们的午餐时间。

吊脚楼的饭馆比原来热闹了许多，同行的人都跑去看挂着的菜牌了，我却托着下巴有了另一个回忆。十年前，就是在这个地方，我听到有人讲："很早很早的时候，吊脚楼里大多住着单身的女子。这些女子中有不少是做着青楼的生计，女子有情，常常就对沱河的船工和纤夫动了真爱。每当小伙子们拉着大船走远了，她们就坐在吊脚楼上等，日日夜夜地等，布鞋做了一大堆。但她们等来的往往是伤心，那些苦命的男人就像河水一般，流走了就再也流不回了。"

店老板听我再次讲起这些似乎他都已经忘记的故事，即兴拉起了二胡助兴，曲子选了《二泉映月》。几分钟后，有人说话了："别讲了也别拉了，就要哭了。"

老板换了首曲子，是汪峰的《春天里》——"还记得许多年前的春天，那时的我还没剪去长发，没有信用卡也没有她，没有二十四小时热水的家，可当初的我是那么快乐，虽然只有一把破木吉他……"老板说，春晚之后，这歌就成了凤凰古城的主题歌，对面的十几家酒吧，晚上几乎都有歌手在卖力唱《春天里》。

吃饱了腊肉，喝足了米酒，摇摇晃晃的一群人，走上了狭窄湿润的石板小道。不知是谁起了头，一行十几个人便疯了般地唱个不停——如果有一天，我老无所依，请把我留在，在这时光里……

那几个夜晚，我们就转着圈儿泡在十几家酒吧里，一首歌二十元，几天下来，我们唱了上千块钱的《春天里》。凤凰应该见多了这般的游客，也听得懂他们纠结的心情，虽然这些人此刻喊破了嗓子，凤凰知道，天亮了，尽了兴的他们就会悄悄地离去。

返程发车的那个清晨，我们又来到沱河边，一字排开，坐在长长的岸边。我请大家每人写下一封漂流信，写给自己，也写给春天。几分钟后，我看到有人这样写下——别忙着挣钱了，这么多年你都没有好好地过上一个春天。

这一句话，足可以摧垮我的泪腺。莫名的压力，让太多人淡忘了季节的转变，即使又一个春天的走近，心情也无法约会楚楚动人的烂漫绽放。奔跑在路上的领跑者们，春天在哪里，在窗子之外，还是埋藏在内心深处，太久了，丢失了对春的体验，也太久了，没有去觅没有去找。

回郑州的一千多公里路程，没有一辆车里再响起《春天里》这首歌，虽然窗外飘过的就是大片大片的新绿，虽然我们就疾驶在又一个春天里，可就要离开凤凰古城开始新的忙碌了。我能感觉到，一群赶路的男人那一路脆弱得不堪一击，多么想在春天里，多停留一会儿，哪怕一小会儿。

山阴路上

几个朋友相约着爬山，一场突然而至的山雨却比我们的脚步要快。站在山脚望望天，望望山，又彼此望了望，最后还是决定不逞强，先躲进农户家里避避雨再说。

山里人朴实，大妈端来清早自家吃剩的烙饼，一见有人要掏钱包，真生气了，端着盆子转身就要走。大妈家的烙饼油水很少，葱花很多，嚼起来别样地香。

山风山雨的空蒙里，几个人听大妈讲起山里的人和事，主角是住在半山腰上的一位孤独的刘老汉。老汉没儿没女，和老伴相依为命，村里人的记忆中，那老两口很少下山来。两年前老伴去世了，老汉的身影就更少看到了，只听说他还要天天上山砍柴割草，这要是哪一天忽然栽倒独自去了，也没人知道……大妈说到这里，鼻头就有些酸了。末了，她从里屋包了一袋子鸡蛋，嘱咐我们捎上山去，看看老汉。

雨后的山路我们走得很慢也很小心，怕摔了自己，也怕摔了手里的鸡蛋。

两小时后，找到了，云深不知处的那三间土房应该就是。土房很矮，房顶铺满了厚厚的茅草，房檐下拴着一头牛，几只鸭子就在牛脚边踱来踱去，见有人来，它们慌张跳进了屋前的水塘。小小的一畦水洼，竟然漂着几朵荷花，为粉粉的荷花做背景的，是一排细细密密的竹子。有人开玩笑说，这是仙境啊，难不成这刘老汉是个仙人？

主人不在家，我们不敢贸然进屋，便站在这小小的风景画里等。老汉的门前蹲着两只柴狗，很瘦，腰身很长，精气神很足，我们不走近，它们也不叫。

苦等半天，终于远远的一个身影向这里走来，肯定是刘老汉回来了，因为牛开始扯着绳子挪步，鸭子们开始跳出水面，那两只卧在地上的柴狗也呜呜地叫嚷起来。

背着一捆柴火，一手镰刀一手竹杖，老汉走路还算麻利，见了我们的第一句话是，你们来了，呵呵，像是认识许久。

老汉今年八十一岁了，须发皆白，眉眼间总含着淡淡的笑意。老伴去世两年多了，他就一个人守着这几间土屋过日子。我们问大爷，孤独吗？他弄了半天才搞明白孤独的意思。末了，刘老汉说：不孤独，有牛，有鸭子，有两条狗，都是我的伴，没有它们，我可能也活不了了；反过来，我也得养活它们啊，它们就像是我的孩子，所以我要去砍柴，要去割草。

听了我们的来意，老汉又重新拿起镰刀，说：走，我带你们上山。这边说着话，那边就径直上了山坡，我们只好跟上。

我问大爷，在这山里可曾遇到过危险？老汉呵呵一笑，见过野猪、蛇，前些年还见过狼。狼？这里有狼？有人马上警惕。老汉呵呵一笑，举了举手里的镰刀，怕什么，有这个。人群中有人拉了下老汉的胳膊，学着小沈阳的口气说了句：“哎呀妈呀，大爷，您真敞亮。”

或许是好久没这么和人说话唠嗑了，刘老汉显得精神十足，他告诉我们，最多时自己一天要爬两次山，夏天里有时候走累了，就找个草丛眯着睡了，也有一觉睡到第二天的。山里空旷，不回家的夜里，他总能听到家里那两只狗从远处飘来的叫声。

坐在山石上，我忽然问了刘老汉一个很傻的问题：大爷，您的梦想是什么？话一出口我就后悔了。梦想，嗨，这不又是一个要给老人解释半天的生词？好在老汉很快明白了：我的梦想嘛，就是天天走，天天能走，只要还能走，心情就好，身体就好，就能活着，那样的话，家里的牛啊狗啊鸭子啊也都能活着了。

告别的路口，老汉向左，我们向右。默默地走了一会儿后，山那边意外传来了曲剧《卷席筒》中的一段戏文——小仓娃我离了登封小县，一路上我受尽了饥饿熬煎……本是悲戚戚的一段唱，竟让刘老汉唱出了几分欢快的味道，就伴着老汉有点RAP感觉的戏曲背景音，我们一行人的脚步也变得轻快起来。

欲望是动物前进的动力。

机场问茶

“先生，请稍等。”一个姑娘忽然出现在我的面前，气喘吁吁，看样子是一路跑着从后面追上来的。
“您是？”我有点迷糊，眼前这张俊秀的脸庞在我的记忆里搜索不到。

“先生，您这是去哪儿，还有多久登机？”姑娘并没有回答问题，只管自顾自地追问。好在她的语气要比适才缓和轻柔了许多，表情也松弛了下来。旁人眼里，就像是两位朋友在候机楼偶然相逢。

“您还没有回答我的问题，您是？”
“哦，对不起先生，忘自我介绍了，我是某某品牌的茶艺师，刚才看您拉着行李路过，看着脸熟，想请您喝杯茶，不知是否方便呢？”

原来如此，顺着姑娘手指的方向，我果然看到了一个熟悉的店铺名字，是的，我是这家店的常客，目测了一下，姑娘刚才追了我足有十来米。

“走吧先生，到店里喝杯茶吧，那儿安静。”姑娘说着便拉起我的行李往回走。

拉凳，落座。姑娘一边忙着烧水润杯，一边解答起我内心深处的疑问——她怎么会记得我？呵呵，姑娘告诉我，她们在公司总部培训时，有一个科目，就是要求记忆顾客，然后在方便的情况下，见到顾客主动邀请喝杯好茶。

“先生，您平时爱喝什么茶？”
“铁观音、红茶，都喝吧。”

姑娘转身从货柜上取下了我所喜欢的那个品种，一个剪刀开合就打开了崭新的一盒茶。我赶忙伸手相拦，不必开新茶，就喝招待茶好了。

姑娘乐呵呵地告诉我，她家喝茶没有所谓的招不招待，即使招待，也要泡上客人喜爱的口味。

煮水，润杯，赏茶，醒茶，泡茶，最后倒上七分，然后起身齐眉敬上，姑娘丝毫不受机场广播的种种信息干扰，气定神闲，悠然忘我，航班延误带来的烦恼也让她的从容安静一点点赶走了。忽然我有些纠结了，姑娘的这番服务，难道就是传说中的感动式营销？

我问姑娘，最近有新茶上市吗？她马上来了精神，当然有，回答得干脆果断。我故意停顿了一下，等着姑娘顺理成章地跟进介绍种类价格。她却自己打住，转换了话题——先生，您是不是休息不好，看您挺疲惫的？

得知我的睡眠质量不高，姑娘的专业话题彻底打开了。先生，人再忙碌也要注意身心的修整调理，喝茶的最大好处就是能够静心养性防病。姑娘口头给了我一个茶谱，起床一杯白开水，上午一杯好绿茶，下午品品铁观音，晚上再泡一壶现在很流行的信阳红。呵呵，听了她的话，敢情一天什么都别干，就剩喝茶了。

抬手看表，就要登机了，但能空手走吗？当然不能，你来我往，相信是很多人的好习惯。“妹子，来斤新茶！”我开始往口袋里掏钱。不承想，姑娘快步蹦到了我面前，按住手一再说，先生，不用，真的不用。

练了一番太极推手之后，姑娘让步了，先生，您真要买，就买一罐吧，一罐六泡，正好够您出差喝，一斤太多了。

最终，我强行消费了三百多元，钱不多，但花得身心愉悦。姑娘把我送到不能再送的位置，挥手告别。那个画面，竟有点机场大厅常见的亲友分别的小清新意味。来机场很多次了，这种异样的感受还是第一次。

登机关闭手机前，我给这个茶叶品牌的中国董事长发了条短信，内容很简单——“今年你们的全国年会，我推荐一个姑娘去发言。”

医者自己

景德镇市区没多大，出租车生意却出奇地好，师傅告诉我们，不是因为出租车数量太少，而是这两年外来的客商太多，一待就是十多天，东奔西跑地淘瓶寻杯。

出租车在一个破旧的巷子口停下，师傅摇下玻璃往里指了指：“喏，一直走，就是你们要找的青花瓷艺术馆。”

小巷子坑洼不平，雨后的泥泞让人不得不扭秧歌般一蹦三跳，一大段笨拙的秧歌扭完，才寻到一处类似于煤窑的所在。我们刚刚站稳，一条大黄狗忽然夺门冲出，同行的大崔吓得回头就跑，边躲闪边疾呼：“这是啥艺术空间？”一个中年妇女的呵斥声从门里传来，大黄狗立即息声卧地。这时站在面前的妇人就是我们此行要拜访的主人，这家青花瓷艺术馆的老板娘。

老板娘让我们叫她李姐，或许是觉得自己的作坊干的也是艺术活儿，她很排斥听到“老板”这个称谓。她说，养狗就是为了防贼，这院子里面的东西随便丢上一件，都能让她伤心许多天。

车间内很安静，进门便见到两个拿着毛刷子的女子，对着一堆白白胖胖的杯子又是吹又是扫。李姐说，这是七十多道工序里的一个——找黑点，去浮尘，否则最后出窑的成品会有瑕疵，那样的杯子摆不上台面，更卖不上价钱。见我们拿手机要拍照，两个女子立刻面带愠色，我们的视线往上抬高五十厘米，就看见了货架上的木牌，大红的字体很醒目——严禁拍照。

李姐呵呵一笑，她说，如果不是熟人引荐介绍，这个车间我们是断然进不来的，就是景德镇本地人，也很少知道藏在这个小巷深处的青花瓷作坊。

我问李姐，拒绝外人参观究竟担心什么。她回答得很干脆："抄袭！"在她的眼里，原创是决定青花瓷价值的最重要因素，大家的作品千篇一律，市场就失去了优劣的判断。一个好的作品被抄袭并不可怕，可怕的是有人偷窃了你的创意，却生产出最烂的产品。那样的话，创意也就随着死了。

再往前走，就到了画室，李姐一再叮嘱我们要轻声。放眼望，长长的画室像一个正在进行紧张考试的考场，每个台案上都夹有一张高清晰的打印图片，或梅兰竹菊，或禅佛人鸟。画师们有的对着图片端详，有的端起杯子构思，有的拿着画笔正细细描图，间或会有人忽然放下手中的物件，径直走出门外，长吁短叹，踱步徘徊。大姐告诉我们，这种情况，大多是画师内心乱了阵脚，要调整思路从头再来。画师们都是计件收入，画得好就收入多，画不好，就返工重做，有的时候辛苦了几天几夜，一个比例把握得不小心，全部心血一下就归了零。

征得李姐的同意，我们和一个二十岁左右的小姑娘画师聊起天来。女孩很活泼，压着声音告诉我，上班的时间，让她停下手里的活儿陪人说话，最划不来了，因为每多说一句话，都会影响她的工作进程，影响她的现实收入。我问，这份工作除了挣钱还带给了她什么，女孩笑笑："记得《功夫熊猫》里有句功夫口诀——让心静下来。这两年，我收获最大的就是这些，内心静了，许多事情就不再和自己较真儿了。"姑娘还开着玩笑对我说："如果你的心感到浮躁，那就一起来画青花瓷吧。"

我问李姐，画图应该是青花瓷整个流程里最重要的一环吧？李姐连忙摇头，不，七十道工序，每一道都怠慢不得，买泥，拉坯，立坯，补水，素烧，上釉……直到最后的烧制，烧制后的检查，是否人物少了眉毛，是否釉面起泡或者变形。一窑下来，能有一半相对完美就算烧高香了。每一次干完活儿员工都下班走了，她常常要一个人静静地留下，走来走去，查对数量，抽检品质。那些孤独的夜晚，灯光大亮的车间里，她就像一个体检的大夫，在为每一批青花瓷做体检，也在为自己小小的生产团队做体检。

参观的最后一处是窑炉。摸着尚有些温度的炉门，李姐说，这扇门对她来讲，只有两种结果：要么满心欢喜，要么心痛欲裂。民间有句话，一窑穷，一窑富。火候掌握得不好，烧坏了，上百人的心也就烧碎了。李姐永远难忘2011年春节前的最后一窑青花瓷，她满指望一把好火候能够开启一窑的好瓷器，给自己的新年献份礼讨个彩，却不曾想由于温度过高棚板断裂，整窑的青花瓷全部散落碎裂。那个除夕夜，她和烧窑工人是流着泪在听一城的爆竹响，伤心的不单单是十几万元的经济损失，也愧对之前几十道程序中那一张张忙碌而辛苦的面孔。

从那以后，再烧窑时，李姐一定待在烧窑师傅的身边，因为她相信，一定还会有新的问题和病症忽然间出现。她是作坊的主人，也是作坊的医生，所以，她必须在场，虽然更多时候只是一言不发，就那么安安静静地站着。

一人一个马拉松

这是两张一眼就看进心里去的照片，回望2012年，它们总会在我心情烦躁时，一遍遍从面前跑过。

最早让我看到这照片的人叫刘斌，几年前，就是他，在刚刚完工还稍显寂寞的郑开大道上召集了一群人开始起跑，用一步步一年年的坚持成就了今天让两个城市为之骄傲的国际化时尚体育运动品牌——郑开国际马拉松。“2012年的马拉松，整整三万多人参加，2013年4月的半程和全程赛，几天时间已经报满了。”刘斌没想到马拉松会有如此魔力。在他的记忆中，这条宽阔的城际公路上，因为马拉松留下了许多故事，像是一部筹备很久的大片不断地搜索着拍摄的素材，比如照片上的2270与3003，就是这部“公路片”中的两个如此美丽的角色。

刘斌告诉我，长期关心2270的人们会发现，他在比赛中很少喝水，甚至滴水不沾，不是不渴，而是喝次水的时间成本太高了，他怎样拿起瓶子？几次才能拿起？是他自己喝还是需要别人的帮忙？听刘斌讲2270的故事，我没办法也不忍心去揣摩一直咽着唾沫向前冲刺的他会不会在某个瞬间因为脱水忽然晕倒，如果栽倒，失去了前臂支撑的他又会栽伤何处。而面对这些由旁人设想出来的担心，照片中的2270似乎能够给我们的答案只有六个字——继续跑，一直跑。跟意志无关，跟坚强无关，从他十三岁那场意外开始，他就懂得了，在人生的长路上坚持跑下去，就是全部的意义。

3003，来自肯尼亚，除此之外能了解到的她的资料不多。之前我听人讲过，那个以干旱著名的国家，为什么盛产长跑运动员，除了体能的优势，除了运动的习惯，更主要的原因恐怕是多挣些钱养好家。全程42.195公里的奔跑不是一般人能够面对的，但对于肯尼亚人来说，只要有耐力，一双鞋子足够。

那个上午的郑开大道上，3003就那么跟着2270，死死地跟着，没有人能够明白她的心思和目的。注意到这个画面的人们都还记得，在一个补给站前，3003忽然大步冲向左前方，迅速从补给站拿到属于自己精心准备的专用水，然后快速退回到2270的身旁，拧开瓶盖，递到了2270的嘴边。同一瞬间，两位省报的优秀摄影记者陈晓东和洪波先生接连摁下了快门，他们的长镜头里，两位选手的交流淡定从容，如同一双相伴多日的姐弟。

右图让我发呆更久，一边发呆一边想象当时的情景，2270是怎样接的水，接了几次，在奔跑中，他仰面朝天的喝水姿势会不会影响他前进的节奏，会不会忽然绊倒在地，那近乎贪婪的狂饮会不会呛着他。把眼神往左边挪一点点，我们就会读出，3003似乎知道这一切的可能，她的眼光就那么静静地看着他，像看着某一时刻的自己。

这两张照片之后，我知道的结果是，最后一段路，3003暂别了2270，最终她拿了女子组亚军，离冠军的成绩只差了一分多钟，奖金却少了一万多美元。没有人去问这一万多美元对于3003是个什么概念，也没有人会去问她，如果再来一次，争抢冠军的路上又遇上2270，那瓶水她还会不会递，那段路她还会不会陪……

像是一场马拉松，2012年就这样跑完了。这一年，听到太多的朋友喊苦叫累，似乎过去的一年怎样努力，收效都是甚微。想起了一位朋友，由于投资不慎，企业进入谷底，面对众多员工，面对外债高垒，他的精神深处，像早已断掉了双腿双臂。在外借钱的日子，我不知道，他有没有可能接到一瓶补给之水，他是不是也会遇到他生命中的3003。这个新年，好像谈论愿望都显得有点奢侈，但我真想拥有一个，那就是，祝福这位朋友好好地存在，再苦再难也要跑过终点线。

爱从不理智，因为没有理由。

1800米

嘭——车窗外一声巨响，紧接着是两道闪光从眼角边急速划过。

“什么声音？”有人大声问道。
“会车呢。”看报纸的中年男士淡淡回答。
“会车的声音应该是‘嗖’地一下，怎么会这么响？”立刻就有了质疑的声音。

我急忙把视线转移到了车门上方的LED屏，每小时270千米、240千米、200千米、150千米、90千米、30千米，然后静静地归零了。

一分钟后，广播响起——车辆暂时发生故障，请旅客朋友耐心等待。

不幸的是，这趟奔跑了近2000公里的高铁偏偏趴窝在了隧道里，大瑶山隧道，很深很长，据说居世界铁路隧道排行榜的Top10。我把脸贴住车窗向外张望，黑暗给了我一双黑色的眼睛，我用它瞧见了一块泛着荧光的提示牌——前方1800米，隧道南出口。——1800米，仅需要二十秒就可以飞驰而过的距离，却将一车赶路人困在了黑暗里。

微弱的应急灯显然无力抗拒黑暗的躁动，密闭发闷的车厢里，人们开始游走，或寻找通风的缝隙，或传播无端的消息。随即，一位年轻母亲哭了起来，她担心缺氧会伤害到怀里的宝贝，而那孩子，已经在用力踢闹，发出了最先的抗议，撕心裂肺的哭声像小刀一般，一下下划拉着周围人越来越脆的玻璃心。

急脾气的人没了耐心，大声吆喝着要列车员解释事故原因告知停车时间，聪明人则纷纷跑去餐车，买水买干粮准备打持久战。隧道里手机信号全无，这一车人，似乎从现代通信世界里被强行隔离了，远方的亲朋无法联系，身边的面孔相视无语。

不知过了多久，乘务员拿来了一副副担架摸样的东西，竖起来，两边螺丝扣紧，中间是线绳，把车门给罩上了，我知道，要开门通风了。由于工作人员不够，害怕有人跳车，列车长紧急征集临时安全义工，我刚举起手，就被分配到了四号门。

隧道里忽然变得嘈杂，一队头顶矿灯的工程人员从车外跑过，肩扛各种管线，抢修应该开始了。广播很快再次响起——“全车停电”，然后“嗖”的一声，我们的世界彻底黑了。场面有点瘆人，车厢内飘起一朵朵亮着微光的手机面板，背景音乐是孩子忽高忽低的哭泣，让人不免心生几分寒意。

人们纷纷向车门拥挤，想要呼吸口新鲜空气，经过一番讨价还价的辩论，我们达成了协议，先让孩子和母亲们站到门前。一位上了年纪的大爷嘴里骂骂咧咧嚷着要抽烟，招来了黑暗车厢里“侠士”的一声呵斥：“你敢，小心我把你扔下车去！”这时，另一位老人拿出包里的薄荷糖分发起来，那清凉的气息稍稍安抚了大家上火的心。

对面忽然有动车呼啸驶来，给我们带来了最意外的收获，一股强劲的凉风压迫进车厢，人群中飘扬起各种欢快的语气词。这下好了，来吹风的人更多了，我计算了下，大概二十多分钟一趟，每当听到对面的动车逼近，人们都会集体倒数，三、二、一——爽！趁着大家情绪好，一位戴着眼镜的老师开始做心理辅导："相对于地震，我们太幸福了，假如我们被埋在废墟里，假如我们身体流着血，假如我们被埋得很深，心情会怎样？所以，这样一个小小的电路故障，真的不必过分紧张的。"

抢修工人似乎开始陆续撤回，由远及近，一点点照亮人内心的希望："大哥，修好了吗？真的修好了吗？"人群中发出欢呼，那是听到了他们想要的答案。

整整过去了四个小时，车厢的灯亮了，脚下的凉气有了，周围的陌生人都笑了。我从洗手间前的长队挤过去，找到了那位抱着婴儿哭的年轻妈妈，她高兴地告诉我，车一开，孩子就睡了。

感谢各位有耐心看完我啰里啰唆的这段经历，和种种可意会不可言传的体会一样，那四小时，那1800米，带给我的感触和认识，虽不能明说，却深藏其里。我同样知道，你也曾经有过相似的收获和欣喜，有过你自己的某个四小时，某个1800米。

继续走吧

“师傅，这儿离郑州还有多远？”
“还没出开封呢。”

已经记不清是第几次向路人问询了，风里飘来的回答匆匆而过，越来越让自己感觉晕眩烦躁。从包公祠直着奔西走，不歇气五个小时过去了，我怎么还在开封的地界？强忍着脚踝的疼痛在路沿上坐下，满满的都是后悔，怎么就一冲动答应来参加这么一次行走呢？阿斌兄弟，你可算把哥领坑里了。

阿斌是谁？一个兄弟，三十岁刚出头，生意一大摊，还都做得风生水起。我们这些年长的之所以喜欢和他来往，除了坦诚和秉气，更看中他骨子里那份自我颠覆的洒脱。这次，为了拉练管理队伍，他要办一场公司自己的郑开马拉松，起点放在开封。他说，他想让大家跑起来有一种回家的幸福感。

我是阿斌邀请的行走嘉宾，呵呵，这称谓很有点诱惑性，有点功勋演员和特别贡献奖的意思。直到出发前，我的心情都是健康阳光的，积极向上的，因为自己很早就有步行一次郑开大道的想法，拿洛阳张国贤先生的话说，我们，太需要在一次有距离的行走中，去思考一下各自的通与不通了。

可是，现在的我，能思考的只是疼上加疼。

不得不说自己体能严重下降了，本以为那些个只顾抢跑的小年轻会很快掉下队来。结果是，我紧赶慢赶追了五个小时，一个背影也没瞅见。孤独的人是可耻的，掉队的人是迷茫的。事后常常梦见自己直愣愣站在郑开大道上的那种无奈，浓浓的雾霾弥漫进五脏六腑都是阴郁的，手中握着根儿路边捡来的糟木棍，杵着，斜斜地站在那里，然后，然后就吓醒了……

还记得那天最让自己尴尬的行为，为了排遣寂寞，坐在路边我把徒步的消息发到了朋友圈，想请大家监督，结果发送键一按下去，我的后悔马上就大了：提示音一声接着一声，大家回复得真欢实——加油啊，英雄啊，看好你啊，可不能放弃啊——我知道，除了走到底，我没有别的选择了。

又一个小时后，我搂着一根铁棒子躺下了。抬眼望去，是个公交车牌，眯着眼数了数，从开封到郑州，城际公交一共十一站，我搂着的是第四站，好在数字不会说话，不然真怕站牌都会劝我放弃吧。一辆出租车温情地驶过来："哥们儿，上车，走吧。"那个瞬间，我只是直愣愣地瞪着司机发呆，不是不好意思，而是害怕，一旦我拉开车门钻进去，就等同于一个偷东西的贼。

送餐的来了，师傅说，找到我可真不容易，不用细问就知道，我这队掉大了。食品袋里是平时最不爱吃的甜面包，还有两根火腿肠。我问师傅，能不能给个肉夹馍，师傅说，如果包里有他也想吃俩。好吧，有他这份幽默当配菜，我就凑合一顿午饭了。低头硬嚼面包时，瞧见了地面慢慢蠕动的一条黄色毛毛虫，一点一点地踊着向前走，车流喧嚣，雾霾重重，它都无视无睹，兀自前行。

这个画面，忽然让我想起《领跑》创刊时写下的那篇《虫子，爬吧》，这一程下来就是九年，只有跑的浮躁却无跑的轻盈，只有爬的艰难却无爬的淡定。难道，眼前这只毛毛虫在给我一种暗示？——来，再次出发，我，给你带路。

那好，继续走……

下午四点的时候，我终于瞧见了曾经熟悉的那些画面，路旁，一辆辆小面包敞开车门排列着，车轮旁堆着一个个拿棉布蒙着的塑料筐，筐的前部都竖着块醒目的木牌子，上面大大咧咧地写着“雁鸣湖大闸蟹”。

阿斌就在一堆塑料筐边站着，不是买蟹，他是在等我。一个深深的拥抱后，他一再劝说我上车先走。阿斌说，活动是他组织的，不能脱离队伍，就是爬他也要爬到终点。我把袜子轻轻地从粘连的脚底揭下，换了一双，然后郑重告诉阿斌，我是你哥，我陪你走！

就这样，我和阿斌，一左一右，摇摇晃晃地搀扶着，走进了夕阳里。其实，我有几句话特别想对他说，比如，以后再做行走培训，可以选择全封闭的真正的马拉松道路，或者有山有水没污染的地方去。但这些话，我最终还是没能说出口，因为我知道，80后的他，或许少了几分沉稳和理性，却有着我们已经丢失的说干就干、说走就走的干练洒脱。

第 4 章

生活，你好！

空中花园

策划师老聂从北京回来了，约我晚上八点到经八路上一个名叫“空中花园”的地方相聚。

空中花园？那是个什么所在？这个似乎只属于《一千零一夜》的地方应该一直远远的，远远地留在曾经的想象中。

接我的人有小三十，清瘦，牙大，头发遮着脸，穿着通身的黑，走路一跳一跳的，轻盈得很，真想给他配把利器，好去加入《功夫》里酷酷的“斧头帮”。

“我叫阿东，是做设计的，老聂的朋友，楼上还有七八个人，都是地产、广告和书画界的朋友。噢，对了，还有一位开酒吧的姑娘，她是来我们这里看猫的。”
“看猫？”
“是的，我们这里养了十一只猫，五白三黑两黄一灰，灰的是猫王，它很厉害，没事就和人一样闲坐在椅子上琢磨点儿事儿，其他的猫只能来回转着圈干看着。那姑娘很喜欢它们，带了许多煮好的小鲫鱼，正在楼上喂着呢。”

随着设计师轻飘的脚步，我爬上了七楼楼顶，也就是老聂所说的空中花园。探身进浓浓的夜色里，我看到的只有一盏马灯。灯离得远，但还是能看出来，是一根弯弯长长的什么东西从墙边挑过去吊在那里的，楼顶有微微的风，但灯内的火苗却直直地瞪着不眨眼睛。我猜想，应该是一盏马灯，马灯一晃一晃，让人想起某个小镇宁静的老街或是在轻风细雨中停泊的渔舟，有些诱惑，有些不太真实……

灯下的人影慢慢真切起来，握着小茶壶的人看起来挺傲气，非常有节奏地品上一口如同在修炼什么功法；玩着百折扇的一直走来走去，不知是想扇走暑气还是莫名的烦；攥着高脚杯的却是只闻不饮，静静地让酒香停留在每个人身边。呵呵，喂猫的姑娘在那儿，即使再深的夜也遮盖不住她的漂亮，所以原谅我把第一声招呼递给了她。她说，她叫丹丹，隔几天来一次，她在等着猫儿们赶快下崽，好让她抱走一只养着。丹丹说话的时候，旁边始终有只肥壮的大猫在瞄着我，弓着背，眼神冷峻，嘴里跑出来的全是咕咕噜噜的声音，我细看了一眼，果然是灰色儿的，赶快走了。

不知谁的提议，握茶壶的人忽然吆喝了一声，就把所有的人叫进了一间二十平方米的玻璃房，又不知谁的提议，其中的几个人忽然集体唱起了《渴望》。唱得正欢，一个名叫建英的中年男人“啪”地 一下就把手中的毛笔按到了早就铺好的宣纸上，笔走龙蛇写下了一幅“老骥伏枥，志在千里”。写完后，他说要上卫生间，有人马上为他让了路，可刚出门，他又发疯般地跑了过来，吆喝着：“坏了！坏了！”我以为他没带手纸，他却又拿起笔，在“志”字的下部点了一下，然后狂喜着说：“少了一点，差点把心丢了，现在好了，终于又全了。”说完又蹦蹦跳跳地出去了。老聂说，他是故意的，要的就是这种疯癫的状态，都好几年了，他很快乐。这时有人接过了案上的毛笔，随即宣纸上开满了牵牛花，随即玻璃房里也溢满了笑声和掌声，屋子外的猫儿们和楼顶围墙上的爬墙虎们，却不为所动，自顾自地休息、生长，想着自己的思绪，理着自己的心情。

从“空中花园”回来后的几天里，我不时都会恍惚进入那夜的情境里，很幻想地，就让自己成为那里面的某一位主人，甚至是花园里某一株健康旺盛的爬墙植物，就隔着一道围墙，驱赶走尘嚣和浮躁，看护起心灵和性情，想着明天，想着远方。

再过几天后，在这个城市西南的一个宽敞空间里，会有人以“雪狼湖”的名义搭建起一个“空中舞台”，赴这个约会的朋友会很多。我不知道，张学友的歌声是否也会成为一道围墙，让更多的朋友就像是植物或猫儿一样，卧在围墙上，沉进歌声里，想着亲人，想着爱情。

自己PK

“舍不得你走，但现在，你真的要暂时离开这个舞台，对不起了……”

说这话的是《超级女声》里的一位中年男性评委。就这样简单的几句话，他哽咽着说了几分钟。在周五晚上直播中的这几分钟，没有剪辑，超级漫长。坐在一旁的歌手顺子只有不停地用手抚摸着他的后背，似乎是要给他一些坚强，望着裁判台前那张青春的面庞，鼓励他把该说的话一定统统讲完。

“我知道了，是我唱得不够好，我还需要努力，我不会放弃。明年，我还会再来的……但现在，评委老师，您，您别哭了，好吗？”说这话的人是刚刚被淘汰的小女孩儿，她不会超过二十岁，却像个再懂事不过的乖乖女，安慰着眼前这个和她的父亲一样年岁的善良评委。说完这话，快步跑了出去，身后的舞台上她没有洒下眼泪。

几分钟后，屋内的人又听到了姑娘的歌声，这歌声是从门缝里跑出来的。“感恩的心，感谢有你……”歌儿是抽泣着唱完的，听到的人都可以判断得出来，适才姑娘是怎样的一场大哭。那段清唱，是一晚上我听到的最美的声音……

第一个分赛区50进20的晋级赛，就让人看清了2006版超女的温情与残酷，相形于评委和观众的脆弱，“想唱就唱”的女孩们在新的一年悄悄长大了。继续的人，不再是过去那样的狂欢呐喊，她们有些疲惫，她们变得安静；而要离开的人，也难见到伤心地被人搀下舞台的画面，年轻的面孔虽然湿润却笑意盈盈，仿佛一夜之间，泛滥的选秀PK让她们读懂了生活，学会了面对。

看超女一直到了子夜，厉娜、党宁们的欢喜悲伤竟让我早就钝化的心情也几度起起落落。这个时候，我很想这个城市的东南角，那个名叫妞妞的妹子的电视屏幕上，也泛着蓝蓝的荧光，让正被莫名的恐惧折磨的她也能听见那些“响亮”的歌声和坚强的表白。

妞妞该二十五岁了，大学毕业后她和同学合住了两年，现在独居在这个城市寂寞的一隅。感觉上，倒是挺符合她平面设计师的职业特性。

前段时间，忽然发现妞妞的状态不对，眼圈越来越黑，精神萎靡不振，走路都好像是飘着的……

“我睡不着，我害怕，我总是看到一个穿红衣服的小女孩站在卧室门口望着我。我总觉得她要突然拉起我的手，跑向森林，森林里有盏点着的灯笼一晃一晃地，来回走……”面对我的询问，妞妞竟然给了这样一串有点奇幻的答案。“已经许多天了，我都是坐到天亮的，严重的时候，想从楼上跳下去。”

是什么让一个年轻的女孩子夜不能寐？独居的黑暗中又究竟隐藏着怎样的神秘？请原谅我在这里借用央视科教频道的叙述手法，因为接下来问题的解答真的很像是《科学·发现》的一期节目——由于担心女儿被大孩子欺负，父母曾长时间把年幼的她锁在屋子里；小时候父母深夜看热播《聊斋》，惊恐的画面吓着了起夜的她；如今独立工作的广告创意设计，也常常让她不知不觉走进冥想的迷径……

妞妞说，她现在有了洁癖，不可能也不想再去找个人一起住。她想选择自己面对，至于怎样面对她不知道。她只希望有一天自己不再枯坐到天明，她更希望有一天，再“看”到那个红衣女孩的时候，可以大胆地走过去，用勇气和信心告诉自己，那些东西是不存在的，只是自己的胡思乱想而已。

我努力想安慰妞妞，总会告诉她：“无非是忍耐，努力吧，如果睡不着，可以给我打电话。”

“不，谢谢你，我想自己熬过去。”羸弱的她语气很坚定，就像一个要去聆听评委判词的超级女生。那么，在面对黑夜这个评委时，妞妞听到的是“离开”还是“晋级”呢……

坚持和妥协都是心力，都是智慧。
弱者能坚持不易，要妥协更难；强者坚持能更强，会妥协更让人敬重。

偶尔，狂欢！

北京后海的那家酒吧，据说一个月前就让小刚给包下了。

小刚，是北漂一族的老前辈了，长年坚持混在酒吧为底层民众歌唱，因为生活的不规律以及烟酒过量弄得嗓子跟杨坤酷像，也不知道是不是这个原因，他近两年的人气和物质都有突破性的进步。2006年的生日，他说，自己要过得像模像样，于是接到热情电话的朋友怕有一半都要坐着飞机来北京赴约。

怕迷路，我赶去后海的时间早了点。刚推开酒吧木门，却被一个女孩堵了出来："包场人交代过，他不来，谁都不可以进去。"

什么意思，小刚学会摆谱了？

那女孩，嘻嘻地笑，又是抠手指头又是拿脚搓地的，掩饰不住的高兴劲儿，该不是又换男朋友吧？来祝贺的人，陆陆续续又到了二十多位，结果都像我这么的被请在了外面。

半小时后，寿星小刚来了，瞧见我们都站着呢，他也挺诧异："嗨，怎么都不进去呀？"
一堆人的嘴撇着，歪向把着门的女孩。

“呵呵，小敏，干吗呢？”小刚又给我们一群人介绍，“这是咱亲妹妹，电台主持人，北京的，关系铁好！”

小敏赶紧说话了：“对不住了哥哥姐姐！让大家久等了。接下来还要请哥哥姐姐们配合一下，咱大伙就在这儿围个圈对着门行吗？”

围吧，给咱亲妹个面子。
门被小敏用力地推开了，里面，黑的！
停电了？
“阿拉丁，打开你的神灯吧！”小敏忽然一声尖叫，那声儿大的，头嗡！然后，她又做了个让众人停止呼吸的手势。再往里瞧，嘿嘿，有点意思了。

蜡烛，31支，被酒吧的服务生托着从屋子的深处缓缓移来。就要靠近你的时候，一亮一摇的烛火忽然又转过身去，引着我们带着好奇的眼睛一起向前走。再走，有声了，唱歌的声儿；再走，就听着了，祝你生日快乐……

“阿拉丁！打开你的神灯吧！”小敏再一次呼喊，没人再觉得刺耳，只有好奇，只有渴望。

哇！几乎是同一个时间，几乎是同一个声调，几乎是同一种夸张的表情。阿拉丁的神灯打开了！红红的玫瑰花，铺满了房间里的每一个角落，场景很像张艺谋正在拍摄的《满城尽带黄金甲》的外景地，只是菊花换了玫瑰，玫瑰丛里还藏着一杯又一杯红酒，和着玫瑰花，映红了狂呼着的姑娘小伙们。似乎被暂时麻醉的音符们，再也不愿藏在花丛中了，它们激光般地窜出来，“Happy birthday to you！”又从每一个角落同时响起。

谁也没想到如今的小刚发言时喜欢扛把扫帚在肩膀上：“不管你有多少烦恼，今夜必须打扫干净；不管你会不会玩，今夜都必须放纵；不管你是否会喝，今晚都必须大醉！女士们，先生们，现在是狂欢时间！”

乱了，一切都乱了！

小刚开始演唱唐朝，开始翻版崔健，他把杨坤彻底扔到一边，他说今夜不要忧伤，要的是“快让我在雪地上撒点野”！乱了，又乱了，小个子说他叫哈里·波特！大块头说他叫施瓦辛格！这个说，要重拍《魔戒归来》，那位就开始发表诺贝尔获奖感言。那一夜，场子里所有的人都忽然转型做到了自己所向往的职业，当主持人，当地球人都得知道的主持人！做房地产，要开发全国最大的住宅小区！收购汽车，除了德国奔驰不考虑！太空冷啊，我要先回地球加两床被子！再回来！

呵呵……

转眼一个多月过去了，现在回忆那个狂欢的夜晚，我怎么也想不起来自己发了什么巨誓许了什么宏愿，像我青春时常有的烂醉之夜一样，很多细节都是清晰的，可我后来却怎么也串联不成整体的画面。这样的日子似乎也没有什么意义，可是在复印机一样的平静生活中，我却对这样的偶然变化充满了期待，正如我时常想回到十几年前的年少轻狂。

不能替天行道，总应为人有道！

为谁而变

“都不回家，住澡堂！”每次和几个好友聚会后，都会有人这样大声地吆喝。

还是去了那家在郑州属于第一梯队的大型洗浴中心，我经常会自己来，喜欢宽宽敞敞的房间，喜欢那里暖暖柔柔的装修色调。虽然它的服务质量有些摇摆不定，但总的来说，尚在谅解的范围之内。

自己都说不清怎么养成的习惯，喜欢睡大厅，做上个足疗，来回地切换手边的小液晶屏，不知什么时候就伴着电视声音睡去了。虽然第二天醒来腰酸背痛腿抽筋，也依旧不改睡休息厅的嗜好。

“有什么需要吗，先生？”服务员见我愣愣地站在休息大厅的门口，走过来问。
“能给她们换个地方睡吗？”我指了指沙发尽头地毯上躺着的两个女人，由于没了沙发床她们就那么不讲究地躺着，而且怀间还都抱了个小宝宝。
“对不起，先生，我听不懂您什么意思。”
“这样躺着实在太不雅观了！”
“哦，刚才人多，她们就在这里睡了！”
“现在不是有空了的沙发吗？”
“对不起先生，我们不能打扰她们，如果小孩子哭了会影响客人。”
“你不觉得地毯上不卫生吗？再说了，高档洗浴中心不应该让客人睡在地上吧？”

“生意好，我们也没有办法，您还有别的事情吗？”

和服务生的对话有两分多钟，最终以我的无趣草草收场，适才在酒吧间的快乐和过瘾忽然跑了个干干净净。记得这家洗浴中心的老板反复讲过的一番话——来这里消费，你会享受到绝对高质量的人性化服务！

忽然觉得有点讽刺，忽然就想打电话给他，之所以最后没有按下拨通键，是怕落下个“斤斤计较”的名声，尽管许多时候文明的提升就是被计较出来的。

不知道是什么时候睡着的，却很清醒地知道自己是怎样醒来的——两个服务人员，在休息厅的门口旁若无人大声说笑着，一个兴奋地说喜欢上那谁谁谁了，一个又狠狠地说他又恶心上那谁谁谁了。

对着他们说了句“能不能小点声”再躺回原处后，邻座的中年胖子开始了重量级的呼噜声。观察了他在睡梦中的若干“危险”动作后，我害怕他在梦里追谁结果却拿烟灰缸把我砸了，就赶紧掂起东西跑向了另一个休息区。

还没进门，出来三个女孩儿，摇头晃脑地说：“走吧走吧，太受不了了，以后别来了！”临走的时候，她们又狠狠地扭头瞪了屋内一眼。我一进去，明白了，这屋比那屋更热闹！我还看见，在远处传来的那些高低起伏抑扬顿挫的鼾声刺激下，除了三个女孩的无奈，还有昏黄的灯光中许多个翻来翻去不安的身体。让人忍不住琢磨，这几位晚上都吃什么了？

“能不能请示你的头儿，给那个呼噜声最响的先生开个免费房？”我走到服务员面前。

“不行，我们也没办法，总不能管别人打呼噜吧？”

“这么多人都被吵醒了，不能当作特殊情况处理吗？”

“对不起，没有办法，要不你再找别的位置吧！”服务员的脸开始显示不悦。

“一个人重要，还是被吵醒的一堆人重要呢！”我又问她，得！这妹妹装没听见，转身要走。

“有领导在吗？”我把脸贴着她的耳朵问。

“我就是！”

去四楼要了个房间，睁眼睁到了天亮。有个问题我弄不明白，是我错了，还是这个地方错了？

开车走在清晨还很通畅的街道上，郁闷的心情慢慢平复了下来，抬眼看见招商银行广告牌上“因您而变”几个字，忽然就有了特别的紧迫感……不自觉想到了自己，想到了《领跑》。我和《领跑》的兄弟姊妹面对面谈话时有没有语句生硬？我们对客户的服务是否到位？客户的稿子修改细节是否落实到位？该安排的一些小事是否被我疏忽？……明天的自己和明天的《领跑》应该做哪些改变？一觉之间，我似乎明白了许多。

人的欲望是建造和毁灭人的动力，速度为正比。

谁能给“我”六十万两黄金？

清朝末年的某一天，两个过了而立之年的男人跪在了祖辈的床前，面对奄奄一息的祖辈拉手起誓：一定要把百年“丰德”票号经营得更好，一定会把晋商诚信的美名发扬光大。

这两个男人，一个叫马洪翰，一个叫许凌翔。两家是亲戚关系，从早几辈儿就一起合着伙做事。马家的祖上一直占着大股，他也就自然成了“丰德”第十三代的CEO。遗憾的是，接下了祖辈留下的大笔财富，他和同伴面对的却是一个兵荒马乱、内外交困的经营环境。

许凌翔的儿子留洋归来回到了家，他告诉父亲：“我现在是国家银行筹备处的，政府希望我们‘丰德’牵头组建国家银行，否则，‘丰德’将被市场淘汰。”

“别说了，爹懂！”许凌翔一把拉起儿子就往马家大院跑。

马总经理会采取这对董事父子的建议吗？听听这马家大院吵的——“大哥，票号危机是中国整个经济危机很重要的一部分。我们必须顺应世界潮流，立志革新，建立新的银行制度，才能走出泥潭！”许凌翔说。

“呵呵，是吗？那我们就来回忆一下历史！——光绪重用几个秀才搞改制，成立户部银行，结果怎样？有名无实！上一回袁世凯当了北洋大臣，要成立大清银行，结果又怎么样？这一次共和了，又是袁世凯！袁大总统，我压根儿信不过他！”马洪翰一说话就带着火气。

“大哥，咱们先把袁世凯抛在一边。我认为，票号和钱庄终将被银行所代替，这是大势，就像大清的帝制要被民国的共和所代替一样！票号钱庄再好，它也像是摆地摊儿的。”

“哎，这你就说错了，别小瞧了摆地摊的老少爷们，我们马家当年就是推车挑担走西口发的家。”马洪翰的声音带着扬扬的得意。

“可咱现在不是推车挑担走西口的小贩！你去上海滩看看那些国外的银行你就明白了，这么好的机会，你就不能牵头当这个国字号银行的行长吗？”许凌翔也有些急了。

“国家银行是大，是有优势，可福祸相倚。这世道，人心不古，把我架到炉火上去烤。我马洪翰没那么傻！”

“大哥，晋商者，‘进’商也，不进则退。晋商数百年的辉煌，是从走西口走出来的，西口、南口、杀虎口，阳关、韶关、山海关，先人们咚咚的脚步声，踏进了北京、天津、上海、汉口、广州，踏进了东京、首尔、彼得堡……先祖们不畏艰辛、甘冒风险、开拓进取的创业精神不可丢啊！可今天，也许是我们背负的东西太多，太沉重了，就像这厚土高墙，重重城门，压得我们透不过气来……”许凌翔说着说着便落了泪。

“‘丰德’取消；所有的分号统一使用银行的名称；银票将被存折所代替；我们个人的身股和学徒用人的空股一切按照银行的规定来执行。但‘丰德’的实力至少可以保存下来啊！”

“什么？！‘丰德’要像大清朝一样，没了？成为历史了？这绝不可能！自明清以来，长城内外，大江南北，晋商称雄于中国商界数百年，凭借的不仅是财力雄厚、经营有道，而且有恪守信誉的美德。海内无人不知山西票号之诚信，海外交口称道山西钱庄之忠义。丰德的字号是天，是地！如果将它都丢了还谈什么实力，道什么现代，真是笑话！祖宗的招牌不能丢，丰德不能死在我的手里！这就是我的底线！我的底线不能动！”马洪翰呐喊着……

争吵的结果我们都猜得出来，许凌翔和其他股东撤走了资金。由此引出的马洪翰的结局我们也不难想象，面对大量前来挤兑银子的客户，他个人无力应对。瑟瑟的秋风中，马洪翰木讷地坐在院子的一隅喃喃自语，问天，问地，问古，问今，问自己——我到底输在哪里？

故事原本该结束了，让人猜想不到的是，马洪翰的老母亲走了出来：“孩子，知道错了就好。去吧，咱们祠堂的香桌下面，有我们马家十三代传下来的六十万两黄金！”
六十万两？！

在所有人的呆傻中，马洪翰的老母亲怀抱拐杖又躺倒在了那张发黄的老椅子上，安静地离开了这个纷扰的世界。除了六十万两黄金，她给马洪翰的，还有被她找回来的许凌翔，还有那若干个被儿子激走的大小掌柜。走的时候，老人似有不甘。

谢谢读者你能容忍我如此大段地复述《立秋》的故事梗概，这样的啰唆是因为《领跑》和十几个商界大佬在河南省人民会堂共同度过的那一晚，投入地看完了山西省话剧院这部轰动全国的大戏之后，老板们一反常态的反应给了我不小触动。在春天看秋天的故事，在今天看前辈的悲喜，大佬们却呈现出了自己内心的感叹、惆怅和欣喜。一位跑到后台握着两位主演的手不松开：“荣幸啊，《立秋》反映的是过去的银行，而我是河南第一个现场观看这个话剧的银行家。我要把《立秋》的故事带回行里，要把晋商的精神带回去。”一位连锁饭店的掌门人与团长商量，要请全剧组的演职员吃顿饭，不管有多少人，一定要借机表达一下河南商界的敬意。一位品牌汽车的总经理给我打来电话：“看戏时我在哭，现在开车给你打电话我依然想哭，我要请几个搭档也来看，让他们了解过去，了解那个时代的商业精神”。

我可以理解又无法深切体会，每位老板被《立秋》触动的缘由，那一定是他们创业时、彷徨时、危难时、转折时的一峦起伏，一湖涟漪，那一定是属于他们自己的、只可意会不可言说的苦乐心绪。不想再去妄加猜度了，我自己还愿意重新进入《立秋》的故事里，是因为想到了一个人，一个因为仗义借给朋友八百万后再也要不回，最后不得不卖掉个人产业还债后躲藏在大山再也不愿露面的兄长。他在信号微弱的电话中告诉我，他一直在想着，为什么落下的是这个结果。

而我在想，如果在卖掉企业之前，有人能给他“六十万两黄金”，该有多好！

信任何价

我要去韩国待几天！——这段日子我重复最多的就是这句话。

行政部主管被叫进来时还一脸迷茫："怎么忽然想到去韩国？"我说我喜欢金志爱。"金志爱？金志爱是谁？""《五星大饭店》的女主角。"

小主管就这么晕晕乎乎走了，办签证的时候我不知道她对签证官说不说得清金志爱。

电脑的屏幕上依然保留着有关金志爱的搜索，一边翻看，一边怀疑——究竟是这个清纯的韩国女孩魅力太大，还是《五星大饭店》里贴身管家的故事触动了我？

电视剧演绎的是海岩最拿手的言情故事：一个韩国女孩忽然成了巨额遗产的受益人，为了躲避蛇蝎皇后般继母的追杀，她被迫来到中国，住进了一家五星级酒店；酒店为这位尊贵女客专门配了个贴身管家，年轻帅气的潘玉龙，所有的情节就在两个主角之间展开了。

"志爱小姐，您的早餐准备好了，这样摆放您满意吗？""志爱小姐，该用下午茶了，窗帘要不要再打开一些？""志爱小姐，您的晚床铺好了，要不要替您调暗灯光？""志爱小姐，我就在19楼拐角处，有事请及时叫我，您在这里永远是安全的……”这些话这些服务都是潘玉龙每天反复要做的，他只能做这么多了，虽然他看得见超级富家小姐的满腹心事，闷闷不乐。

金志爱自打开口和潘玉龙说话，就是一个字——潘。潘玉龙服务的时候，她很少说话；等一切准备妥当了，她总会问他几个问题：“潘，你快乐吗？我们是朋友吗？你是我值得信任的人吗？”潘玉龙能给的唯一回答就是暖暖的笑。

金志爱每天都在重复着这样的问题，潘玉龙也在重复着相同的微笑。他始终不能够明了，为何她要这样地发问，她所指的信任到底是什么……直到有一天，忽然从酒店失踪的志爱被他从偏远的尼姑庵找回，他似乎捕捉到了志爱小姐内心真正想要的东西。或许，她只是想从一位可以读懂她的心声，可以陪伴她聊天的朋友那儿，得到一种她身边脆弱的信任环境中的坚实依靠。

一个是饿过肚子的高级服务员，一个是身价几百亿元的阔家千金，两个人两种出身，两样命运，怎么可能会成为朋友？潘玉龙很清楚自己无法进入志爱小姐的内心世界，也不应该是他这样的一个人去抚慰对方娇弱的心灵。在他至高无上的意识里，他只是一个贴身管家，他能给志爱的回答永远都是微笑，真诚的微笑，他用这种微笑告诉志爱——你的感受我知道。

金志爱表现出了我们常见的属于韩国人的那份执拗，她被那么多的危险包围着，还是把潘玉龙带到了雪山。于是我们看到了一个贴身管家所付出的远远超越他本职的一切可能，要向酒店及时报告行迹，要躲避不知来自哪里的跟踪，要取得性格变幻主人的信任，潘玉龙艰难地维系着平衡。

直到在那个破旧牧民家的屋檐下，志爱忽然抓住他的手说：“潘，我的一切都在你的手里了。”就在这一刻，之前所有关于信任的询问都轻轻翻了过去。

受志爱的委托，潘玉龙历尽千辛万苦，从北京找到了可以解救她的那个国际律师团。直升飞机离开的那一刻，只剩下自己一个人愣愣地站在孤单的机场，他不知道这时离开的究竟是一位顾客，还是一个爱人。忽然，潘玉龙笑了起来，也许是因为明白，作为一个贴身管家，他已经收获了这个职业的最高奖赏。

我的一位朋友曾经和作家海岩几年前有过一面之缘，那是在郑州一家酒店他下榻的客房里。身为中国旅游饭店协会的最高领导，他享受的是那家酒店总经理亲身侍立房门外等候召唤的超常规服务，当时我的朋友看得出年迈老总的谦恭周到显然不是海岩的本意。那么今天，管理昆仑饭店集团多年的海作家是不是也在用这部戏，捎带着给我们普及一番管家级服务的本义和追求呢？

如今我是无知的孩童心，压力的中年纪，脆弱的老年身，不经恐吓和折腾。

天鹅在飞

EMBA年会上要给我颁发“特别贡献奖”的奖状，拆阅邀请函的那一刻，我清晰地感觉到自己心里响起了一种久违的笑声，记得上一次听到它已是遥远的学生时代了。

铺向领奖台的红地毯厚厚的，每一步似乎都担心崴脚了，像有一种无形的力量在阻挡着我的前行。从座位上站起，我就一再叮嘱自己尽可能走得慢些。不长的二十几米，我眼前快速跳跃着读EMBA两年来的种种画面，我曾做过什么？为谁？怎么做的？有结果吗？疑问就像乱码的碟片，都是跳来跳去的。

还是主持人高亢地主持词把我拽回了现场。但在射灯下站定后，我脱口而出的却是：“请原谅，我不能领取这个奖！”

说了这话，我在乐队弹奏的音符中呵呵地笑了，笑得很平静，很过瘾。坐在台下的兄弟姐妹们，却像是走错了房间的赴宴人，突然间，眼球有点鼓，表情有点呆。

为什么拒绝？我给大家讲了一个故事。

就在年会开始前，曾让我们大家羡慕的大老板常青兄长，也来了。这爷们儿从车上给年会现场抱下了高高一摞子水果后，转身就要走，我就在停车场狠劲儿地拉住了他。常青兄竟然用哀求的神情对我说：“阿健，我得走，不能让同学们看到我现在这个模样。”

模样？什么模样？2005年就要走完的时候，他一个决策的失误让几千万元打了水漂，你猜他会变成什么模样呢？

常青这爷们儿倔强地走了，走得很仓促，有点吃力，有点狼狈，有点心酸……

停车场上的风显得有点急了，我把手插在风衣的兜兜里往会场赶去，每走一步都觉得自己是安全的，幸福的。

又忽然觉得自己可怜，我是断然拿不出那么多钱赠予常青的，甚至说不出一句精神鼓励的话。我怕常青对我说，“洗洗睡吧”。就是在那一刻，“特别贡献奖”这个称谓开始让我心生畏惧，它的含金量不是一般人能捧得起的。

年会过后，在班长的召集下，几个朋友专程跑到了常青生活的那个城市。他还是不愿透露关于那几千万元损失的任何一个细节，只是说，想带我们去一个地方。

那是三门峡西边一湾名叫“深秀”的湖水，湖面还冰封着，空气也凝固着。一路上常青不说话，我们都闷闷的，然而打开车门的一瞬间，我们竟同时听到了白天鹅的叫声。

一只两只三四只，五只六只七八只，只只雪白肥壮的白天鹅，在寂静的湖面上自顾自飞着叫着，让人惊叹着激动着，常青说：就是这些白天鹅，把我的心叫回来了，当他们飞起来的时候，我的眼睛就跟着，然后就看见了太阳，看见了光亮……

呵呵，这个瞬间，白天鹅们似乎是听到了常青的夸奖，又一轮地快速游离，又一番地扭摆身姿，又一阵地齐声高歌，又一次地集体飞翔……

服务如画

“不等了，再等去机场的时间就紧张了！”

在这家以排座和服务同样知名的火锅店里，朋友渐渐坐不住了。呵呵，说来也是，尽管店家又是虾片又是瓜子地安慰客人的焦急，可水果吃过三盘，柠檬水喝了两扎，肚子已经半饱，前面还排了三桌人，这么等下去恐怕谁都要打哈欠了。

“先生，等等！”就要走出大堂时，身后突然一声呼喊，着实吓人一跳。回头，是位男服务生，他两个大步，挡在了我们面前：“先生，别走，马上就排到了。”说这话时，他的手不知有意还是无意拉着了我的胳膊，眼神里却满是真诚的歉意。

得知我们真有人要赶飞机，男服务生猛然挺直了腰板：“先生，给我三分钟，我去给您找位置，一定等我。”话刚说完，人就消失了。

好聪明的服务生，他语言与动作间衔接之紧密，连给我们拒绝的时间都没有。大家停下了脚步，感觉上还有点蒙，吃过了那么多的地方，还是第一次遇到如此的“拦路挽留”。

小伙子很守时，应该不到三分钟就回来了。他的身后还跟了个女孩，看着有些眼熟，哦，想起来了，适才在一楼忙碌的那个，倒水，擦桌子，领着客人孩子玩耍。女孩子长得很清纯，干起活来却是麻利干脆。

“先生您好，我是店长。真的很抱歉，知道您出差，本想把您提前安排，但最快也需要十分钟左右，您看您能等吗？”女孩说话了。

店长，你是店长？这么年轻的店长？

“呵呵，是的，其实我们没有什么店长不店长的，大家都是店长，也都不是店长。您看，那边忙的两个人还是我们的主管呢。”

顺着女孩的手，我扫了下整个大堂，同样的普通工装，同样地忙个不停，还真看不出谁和谁不一样。

“先生，我能给您发出个邀请吗？——参观我们的厨房。”女孩儿把男服务生推到前面，大概是让他带我们去。参观后厨？这倒是一个打发时间的选择，就这么又稀里糊涂地跟着进了地下室。服务生说，邀请客人参观厨房是他们这里常有的事。既然敢把客人领到这个要地，想必里面一定花了心思，大有讲究。

结果是——没有高档的装修，没有动听的音乐，整个厨房只有两个字适合描述形容，那就是“干净”，绝对的干净！

服务生一边走一边介绍，通风设施是怎样的，川粉是从哪里来的，羊肉又是怎么切出来的，等等。这种感觉，忽然间让人想起了曾有过许多次的商务旅行，不同的是，这个考察来得突然，并不在我们的计划内，而且一旁做介绍的也不是什么总经理，而是一名普通的服务员。

终于坐到餐桌上了，服务生又来了个近九十度的标准鞠躬，他说，为了感谢我们的等待，他将送给我们一份赠品——只要是菜单上有的菜品随便挑一样，免费！他还说这不需要请示，每个店员都可以在自己觉得恰当的时候行使这样的权利。

我拉住服务生好奇地问了一个问题——你觉得你们的服务为什么这么出名，为什么那么多的同行又学不到呢？他的回答很干脆："店长告诉我们说，服务就是一幅画，我们就是这画里的山和水、草和木；店长还告诉我们说，只有这画里山水美，草木青，才能吸引更多的游客来。"

呵呵，听懂了，又似乎没有听太懂，围着眼前火锅里升腾起的热气，我们一行人还在尝试参悟服务员话里的玄机。在他们狠命地擦拭桌面时，在他们飞舞起手中的烩面时，在他们似乎永不停歇的奔跑中，到底是什么力量在支撑着呢？当这些近乎夸张的忙碌成为一种习惯一种标志后，这群年轻的员工是在自我陶醉，还是在期待欣赏呢？如此想来，他们的服务还真的就像一幅山水风景画，画外的人醉了，画里的人也醉了。

大着肚皮容物，立定脚跟做人。
录弘一法师嘉言集之妙胜

吉屋有竹

说到居住，总会记起爱默生的一句话——“每个人都希望为自己造个窝，有了窝，就有了一个世界；造了世界，就等于造了天堂，之后，这个世界便真正属于你了。”

窝，许多人都已拥有或正在拥有，或大，或小，或宽，或窄，或高，或矮。可要说有了窝就有了一个世界，就等于造了天堂，恐怕会有不少的人觉得委屈。在我看来，所谓窝的天堂，无非是一种修身养性的环境，或者用时尚语言来说，是一种精致的有滋有味儿的生活场景和感受。但这些健康又有滋味的生活恰恰是都市人最缺乏的，也一再被残酷地忽略着。

正在涌现出的高收入阶层，或走向中产，或走向富豪。他们都有一个共同点——忙。忙得没有时间与家人相处，没有时间关爱自己，甚至连身体发出了警告也毫不在意。他们都有车与房，收入的积累，可以让他们穿得更加潇洒、时尚，可以让他们强迫自己为了应酬去玩高雅运动，为了体面，甚至把汽车的档次拔得更高。但是否还会有人记得，我们是否有生活，可否有生活，又该怎样生活。和几位好友聊起房子的问题，得到的回答大都是：没必要换，太麻烦，等彻底有了资本积累再说吧。这让我想起了常被人说服开启信贷生活时听到的那个举例：某某老太太在离开人世的时候终于还完了所有的欠账，但享受了一辈子的车房生活；某某老太太劳累终生，生命结束时终于买到了一套好的住房，但已无缘享受。

要为高端地产的创造者鼓掌，尊贵生活总需要有人开启，有人引领，哪怕冒着风险，忍受寂寞。一些新鲜的事物人们接受起来总会经历认知磨合的过程，甚至选择远离，都不为错。对于生产者来讲，也必将用最大的耐心探寻和挖掘产品的潜在拥有者，烦恼和委屈都将省略不掉。之所以要为这些勇者智者喝彩，是因为他们不趋炎附势，不随波逐流，相信市场，相信明天，该来的人迟早会来，所以他们依旧大胆地投入并完善着，丰富着景观，丰富着阳光，丰富着溪流，丰富着运动和安全因素。他们坚信自己所创造的画面是充满想象力的。

我住的客厅里挂了一幅字，东坡先生的绝句：竹外桃花三两枝，春江水暖鸭先知……当然我的这个顶楼是种不得竹子的，但我依然追随着纪晓岚摆设了个现代的“阅微草堂”，挂起了芦苇草帘，摆设上竹质书架，围起了一排圆木桩，权当作篱笆。某个疲惫的时间，自己躺在那张摇椅上的时候，凝视着对面墙上的那幅字，也在想着一千年前的东坡先生，他生活起居的庭院究竟是什么样子的？“宁可食无肉，不可居无竹”，那么某一个清晨或者黄昏，清瘦的东坡先生剔着牙推开饭厅的木门后，一定是要走进那片密密的竹林里去的，其时，耳边是瑟瑟的竹音，脚下是匆匆的溪流。我想，应该就是在踏上第六阶还是第七阶青石的时候吧，沉思中的居士会忽然用折扇敲打一下脑袋，然后快步折回书房，在早已铺就的宣纸上写下一首得意之作，流转千年。

时间流去了，但生活依旧在继续，东坡先生的生活情趣依然在打动和感召着今天的我们。我知道在这个城市的郊外，也在越来越多地出现一处处精致闲适的居住空间。生活在其间的那些人，也许听不到千年前的竹韵，但应该也在写着自己的情致和灵感。

五年之后

脚下的山路崎岖不平，甚至有些凶险，一侧是悬崖，一侧是峭壁。路的宽度目测一下，几乎刚好就是两个车轮间的距离，两旁没有任何保护措施，车上所有的人都屏住了呼吸不再作声，收音机里失去信号的噪音更添了恐惧，司机无法犹豫也不能迟疑，只有加着油一直向前。

究竟去哪儿？武大EMBA河南教育培训中心主任尹宁忽然跳下车来，跑向前方，顺着她奔跑的方向，我们也终于看到了要去见的人——一群吃不上饭的孩子。他们不知道我们要来，直到这一群陌生人不分青红皂白扑上去，拉住他们冻得紫红的双手摇个不停时，孩子们的眼神还是憨憨愣愣的。

一间依山挖就的窑洞，是我们停留最多的地方。窑洞内住着一家三口，两个老人和一个上了高中的男孩。男孩十六岁，叫梦阳，在县城上学，一个星期回来一次，回来了就和父母挤住在这张仅有一米二宽的稻草床上。再看屋内，能见到的是一个灯泡，一个泥巴糊成的灶台，还有一个黑黑的根本无法看清楚的洞口。主人拿来家里唯一的电器——一个矿灯，跌跌撞撞地把我们领了进去，借着昏暗的灯光，大家瞧见了几袋子不满的粮食和堆在地上的白菜、萝卜。

男主人忽然没了踪影，过了许久，他举着一盒烟跑进来，应该是跑了不少家借来的；女主人则从洞内抱出了一篮子核桃，拼命地向每个人兜里塞。一个同学咬了咬没咬开，落泪了。

“家里究竟有多穷？”我问。
“能吃饱就好。”男主人憨憨地笑着回答。
我忽然不知道接着说什么。

从人群中听到一个信息，由于实在困难，身体正处于发育时期的梦阳经常会在寝室内吃开水泡馍，而且是最重要的午餐。我不太相信这个信息，便拉了梦阳求证。梦阳说，夏天不是，夏天的馍会发馊，冬天好，冬天从家里带上的一布袋馍能在学校里吃上很多天。

“上课的时候会饿吗？”我搂着梦阳问道。
“会饿，十点就饿了。”
“从这里到学校多远？回来一次要多长时间？”我又问。

“十五里，回来要七八个小时吧。”梦阳回答这个问题时不自觉地抬了抬头，望了望眼前这条对于他来说再熟悉不过的曲折山路，眼神中多少藏了几分无奈。

梦阳说，他最大的理想就是考上南开大学。很多天前，他们学校来了一个演讲的人，就是南开毕业的，是他们乡考出去的最好的一个学生。但梦阳担心的是，假如有天真的考上了，父母都已经六十多岁了，在这个全村只有一口井的靠天吃饭的穷地方，家里怎么会供得起呢？就在前不久，他找到了焦作的表姐，一心想辍学打工，又被姐姐送了回来。梦阳很担心这件事被父母知道，否则会有一顿痛打等着他。

我没再说话，赶走了想要给我和梦阳拍照的人，就和他坐在牛棚边沉默着。远远望着来时那条险得让人心惊胆战的石路，很自然就想到了路的那一头，我们出发的地方——郑州，眼前的贫苦和平静如此真切，更显得那一端的富足和喧闹有些不堪。

我们给了梦阳家有限度的帮助，有限度是不愿因此给男孩子的自尊带来伤害。在夜色中离开时，我们似乎少了恐慌，但也没有兴奋和轻松，能感觉到车窗外起风了，下山的路更难走，好在有车队在。四十分钟颠簸的山路上，我不停在想，这条路，每星期一次的梦阳是怎么走过的，一个人还是一群人，是漆黑一片还是伴着一盏微光。

我要上南开！这是那个下午的交谈中梦阳最坚决的一句话。我想，这句话应该就是照着他脚下漫漫山路的光亮吧。

那一下午的交谈中，我终于还是没能向他说明白自己在做的DM杂志究竟是个什么东东，说不明白就不明白吧。五年间，我们彼此间本就走的是两条遥遥相望的路，如果没有这一次偶然的交集，我也不会在给《领跑》五岁生日祝福的同时也给梦阳一个默默的祝福。祝我们都能坚忍平稳地走过下一个五年，五年后，不是在那个牛棚前，而是在这个城市的某一处所在，还有一次不期而遇。那时，我们可以轻松地交谈，他谈他的南开，我谈我们的《领跑》……

经常离婚的男人，其占有欲和包容度反比极大。

经过夏夜

听朋友讲，郑花路北段的一个高档住宅小区里，最近几天很是热闹，热闹的程度酷似为庆祝某个节日而举办的游园活动。在那里，不仅能看到别具一格的车房联展，还可免费喝啤酒，品香烟，吃烧烤，同时欣赏模特、服装秀以及年轻歌手激情的锐舞和演唱。竟有此等好事？朋友又说了：是真的，去吧，让自己也好好放松一下，相信你会喜欢那儿，喜欢那样一个大家庭的感觉。

树影婆娑，灯光迷离，人声恍惚，音符飘扬，我和朋友一起走进了这样一个类似于油画般的背景中，饮着啤酒，吃着烧烤，和着歌声，看着霓裳丽人从身边不时款款走过。白日里的紧张和浮躁，此时正在随着白日里热浪的消退而快速挥散，久违的平和与松弛，跟着暮色的降临慢慢浮现。这样的一个夜晚，的确很美，以至于之后的几天我都把自己放置在这个场景中，不是为了什么美食和美色，只是为了得到这样一个美妙的安逸姿态。

真的应该感谢夏天，季节的转换让生活节奏变得舒缓，因为这种舒缓人们的生活变得更加有趣多彩。夏夜里，人们开始出没于各式酒吧、慢摇、咖啡厅，喝酒、听歌、聊天、跳舞，把心尽情地流淌在霓虹闪烁的街市中，不亦乐乎。尽管时钟的节奏和步伐都没有丝毫地减慢，尽管竞争和压力依然不断地积累和加剧，但人们非常乐得拿出这么一段时间去放纵自己的身心，狠狠地醉上几把。或许越来越多的人明白了，我们必须懂得也必须拿出一个阶段来休整自己，充分享受别的季节里少有的闲适和浪漫。

写完这篇卷首语后，我知道，回家的路上，自己还会没有缘由地把车刻意拐进某条陌生的小巷，听着喜爱的曲子，毫无目的地跑上一段。这已经是我进入夏季以来形成的一种习惯了。似乎有意无意之间我要把下班的路途拉长，好让一天来纷乱的思绪慢慢沉淀。车窗外或许喧嚣，或许寂静，与它们擦身而过的时候，我却不为所动。

就这样经过凉风习习的夏夜，感觉真好！

边走边唱

朋友胥燕送来一张请帖，洁白的纸面上，只印了一颗红心，下面是很小的字——让我们拥有更多的心灵感受，“心”的世界需要你。

燕子说，她的SPA会所就要开业了，想了很多天，决定用一场慈善酒会来作为自己新的开始。她说，唯有在自己心间播下爱的种苗，方能让顾客闻得到芬芳，看得见绽放。

燕子临走时，留下一张碟子，并交代我说，最好一个人看。

碟片打开了，竟然是《梨园春》的一期节目片段。视频窗口里有三人，两位主持人，另一位是个老人。老人跨着大步，甩着膀子，满脸精气神儿，急匆匆地走到主持人面前，定步的时候还狠狠地跺了下右脚。那架势，像是个退伍多年的老兵。给我印象最深刻的是，他的脸上始终漾着腼腆的微笑。

主持人开始呼吁现场观众给予老人最热烈的掌声，因为这位老人创造了《梨园春》历史上的一个“最”：年龄最高的参赛选手，八十六岁！

老人的穿着很简单，白色短袖+蓝色长裤+手工布鞋，似乎是二十世纪七八十年代夏季男装的标准搭配。老人说，站到《梨园春》的舞台上，这就是他最好的衣服了，衬衣是村干部给的，裤子是自己四年前做的，过年的时候才穿，今天是第五次。

主持人问：“老人家，就要唱了，想说些什么？”
老人点了点头，声音竟有丝怯怯的：“牙掉完了，怕跑风，我尽量唱好。”

“一马离了西凉界，不由得人一阵阵泪洒胸怀……”

老人一开口就是一段高亢苍劲的须生戏，字正腔圆，声情并茂，舞台上的他似乎已经完全进入了京剧《武家坡》里那对西凉夫妻久别重逢的故事。有心人会发现，老人唱出近乎专业水准的背后，他那张沟壑纵横的脸庞上焕发出异样坚忍的光芒。

自我介绍时，老人说，他喜欢唱，从小就喜欢唱，现在更要唱，只要唱，就能提一口气活着，只要他活着，孩子就能活着。

孩子就能活着？主持人这时回答了所有人的疑问——老人收养了一个孤儿，当时只有三岁，等到孩子可以说话时被发现患有严重的精神病。眨眼几十年过去了，为了给孩子治病，也是为了给自己提气，老人就这样不停地唱着，站在地头，坐在村头，躺在床头，在那些他也弄不清楚年代的戏曲故事里安慰自己，振作自己。

老人说，唱戏可以给孩子挣来医药费，唱戏也可以为自己挣来好身体，无论多苦，无论内心多不好受，哪怕是要饭没要到，他带着孩子回家的路上依旧在唱，一唱什么都忘了。

打开第二个文件，就看见了燕子。应该是看了这个节目后，她专程去找的老人。老人的家很简单，一张床，一把破旧的椅子，上面凌乱地堆放着老人仅有的几件单衣被褥。整个空间就那么空空的，能让人注意到的就是那些照片了，工工整整地挂在墙上。那是老人这些年来的艺术痕迹，有戴着大红花的，也有举着奖杯的。

燕子把床单换了，枕头换了，老人的鞋子也换了。镜头里的老人始终愣愣地不知所措，燕子收拾着东西始终一言不发。即将离开的时候，一直不想在老人面前落泪的她还是无法控制内心的情绪，转过身把老人抱在怀里，大声地哭了。老人也忽然哭了，像个任性的大孩子，任凭身边的人怎么劝说，他趴在燕子的肩膀上哇哇哭个不停，哭得那么伤心，又哭得那么痛快。

我也哭了，刚从电影《唐山大地震》的情绪里走出来，却又走进了老人和燕子制造的又一个“震区”。

从卫生间洗了脸出来，坐在椅子上发呆，我在想，一个八十六岁的农村老汉是如何与国粹京剧机缘巧合结识的？这个一直困扰我的问题忽然间竟没了意义，现在更引发我兴趣的疑惑是：那一段段西皮流水的京剧唱段，对老人来说，究竟是生存的工具，还是生活的创意？而对我们这本自诩以创意为生以创意为美的DM来说，似乎也从老人的那些苦与乐中，找到了某种同道中人的默契——边走边唱！

人生都有坎，于心、于身都需要援手。于心，求神。于身，求人。
我们不是神，但我们是人，人总得相亲相爱，特别对无助和失望的人。

生活，你好！

睡不着。
再睡，依然睡不着，可怕的失眠开始袭来。

我小心翼翼转动着身子，带着不安，带着歉疚，生怕惊扰了屋子里熟睡的一切。然而最终，床头的台灯还是被我拧亮了，散放在角角落落的那些个木蛙、木鱼儿，各种玩偶摆设，以及门口的钟馗挂件想必也随之被我惊醒了。我朝它们望去，各自的平和笑意依旧写在它们脸上，它们自顾自地按照自己的意志从容地存在着。而我，却寝食难安了，说不清为什么。

手机的屏幕冷静地告诉我——此刻是北京时间凌晨四点整。想拿起电话打给一些朋友，哪怕是漫无目的地聊些什么，或者干脆不说话，临按键又放下了，不知道打给谁，或者为什么而打。

曾有的经验让我很快放弃了关掉亮光数着羊儿找回睡神姐姐的打算，万籁俱寂，对面墙上的京剧脸谱暂时成了我的观察中心和思考对象。生旦净末丑这几副斑斓面孔，哪一张最常挂在我平素的脸上呢？一个人又怎么可以像演员变脸一样随意转换自己的表情和心绪呢？几小时后又要开始的奔波，就是为了换来如此这般不合时宜的清醒和思索吗？

人类一思考，上帝就发笑。别说上帝了，被这些无聊无端无趣的问题纠缠着，身体里的另一个我应该也要笑岔气了。赶紧悬崖勒马，赶紧转换频道，我尝试给自己做起了心理辅导，放一碟舒伯特的CD，然后闭上眼深呼吸，再深呼吸。

想象着自己就跑在那样密密的丛林间，想象着自己就躺在那样潺潺的小溪旁，想象着那只蝴蝶青蛙就飘飞跳动在自己的身旁……遗憾的是，我没有随着想象的飞翔悄然入眠，反而有了现在就出发去某一个远方放逐的冲动。就是这种冲动让我意识到，在城市里，在当下的轨道里待得太久了。动起来变一下，把自我解放一段时间，起身站在窗前给自己做下这个承诺时，我忽然发现，天，亮了！

时间走近六点，忽然感觉到饿了。洗脸，刷牙，穿衣，下楼。去吃2008年第一顿早餐。

走在去早餐铺的路上，我忽然停车靠在了路旁，抬头望天。呵呵，不是饿傻了，是我听到了一种久违了的自然乐音——鸟鸣。这个原本不会疏远不该陌生的声音，在这个时间就如天籁一般，清晨，属于薄雾、轻风和小鸟的清晨，我甚至都快忘记你的模样。

卖早点的老板告诉我，胡辣汤还没熬好，茶叶蛋也正在煮，油条和包子都需要等一阵子。没关系没关系，我有的是时间和耐心，不着急不着急，我愿意陪着你一起开张。足足二十分钟后，等来了第一碗汤，第一根油条，第一个包子，第一个鸡蛋。我吃了一堆的第一个，虽然热得烫嘴，却吃得很饱很满足。早点铺前走过的，有三三两两结伴晨练的老人，有领了报纸赶着投递的发行员，只是少了更适宜这时光背景的年轻的面孔。真的想把那些仍在酣睡的朋友们喊起来，一起问候——早晨，你好！生活，你好！

她还是她

一家人聚餐，地点选在了经八路的海底捞。这条越来越挤的街道是我长大的地方，偶尔有沉沉睡去的夜晚，做梦的场景也常常回到那些法桐树旁。还记得那个逝去的市场里人声喧嚣，跟母亲买菜她总是把我的手拉得紧紧的，生怕挤丢了。二十年不停刷新，如今处处都是市场，这里当然更加热闹，领头的商家就是海底捞。

点完了菜，我交代服务生一式两份，桌子两边分开摆放。

“先生，我有个建议，能提不？”忽然服务生贴近我的耳边，睁大了眼睛笑眯眯地等着，那笑容仿佛是已经受了什么奖励。我点头示意，当然。

“先生，菜不用太重复，不如多点几样不同的，每一份分开两个小盘，左右各放一碟，都可以吃到。不够的话，再点。如此，既可以多吃几样，又可以省钱。您说呢？”姑娘说完了，大大的眼睛等着我的回答，和那笑容一样，她的这番好意我当然无法拒绝。

“舅舅，你的手机原来是不是就丢在这里了？”小孩子的思维总是无法捉摸，外甥女忽然间提起了这个有点尴尬的事情。

“是吗？您的手机丢在这里了？什么时候丢的？”姑娘一脸的着急，倒是我忙不迭地解释，那是春节前年会聚餐时，自己喝多丢在经三路海底捞店了。后来看几个店员忙里忙外好一通找，不愿给大家添麻烦，所以就悄悄离开了。

再次鞠躬道歉后，服务生离开了。稍后，她托了两个大果盘走来："先生，送您两个特制的果盘，您放心，今后我们会更多地提醒客人保管好物品。"

我很诧异，想是她误会了，就再次强调手机是丢在别的店的，姑娘的回答却是："先生，我就是代表经三店道歉的。如果您是丢在了经八路，我们其他的店也会这样做的，海底捞都是一家人。"

很少说话的父亲这时放下筷子，冲着姑娘伸了个大拇指："海底捞生意好，的确是有原因的。"

姑娘细心分罢水果，又来轻声提醒我："先生，再给小朋友们点份虾吧，看他们吃得多开心。"我连声说好，并交代她再上的话不用剥皮了，让小孩子们自己动动手体验一下。上了菜，我看到姑娘又戴上了卫生手套，她说："先生，孩子们还小，怕一不小心扎了手，不差这两分钟，还是我来吧。"

就在姑娘话音刚落的一瞬间，一个盘子落地的刺耳声音从远处传来。同一时间，几乎所有客人都侧目望去，但大家却看到了海底捞让人意外的一幕——所有服务生，包括我身边剥虾的姑娘，全部高高举起手臂，大声地整齐地喊着："对不起，对不起，惊着您了。对不起，对不起，让您受惊了！"

那一瞬间，我有点呆了，适才那场小小的惊吓跑得干干净净，反倒被眼前这些个不断俯仰着身子安抚客人的剪影所深深吸引。再次感触起几年前的感触，为什么那么多的老板来学习这里的服务，却学不会也学不像，而海底捞却自顾自地坚持着微笑，坚持着从容不乱，坚持着那份无从置疑的真诚。为什么？怎么会？以前我提问过寻找过，没有得到一个确切的答案，如今，甚至连再次思索同样的问题都显得矫情了。海底捞似乎已经不再是围绕服务的热门词语，曾经有关于她的那些议论也会在时间的行进中慢慢淡去，但如今，海底捞还是传奇，太多商家还是生意，几年后，也许，她还是她，我们还是我们。

临走时，姑娘请我留下客户资料，她说，今天是经八路海底捞营业的最后一晚，明天这个地方就要关门，店面搬家了。我毫不犹豫就留下了手机号码，我简直有些期待若干天后的那个开业告知电话，因为我知道，那是一声带着阳光色彩的问候，会让人心头一暖。

做人，要懂得敬畏。

庭院念想

记得多年前，父亲曾非常认真地征求过我的意见，问我是否还要留着老家的旧房子。父亲说，院子长期无人打理，会一天比一天荒凉，与其看着破落，还不如送人的好。父亲是尊重我的，尽管那时的我还在马路边陶醉地打着陀螺，摔着四角。

后来父亲做主把老房子送给了我的堂哥，很快，一座新的宅院盖了起来。受我父亲的影响，堂哥对胃病气管炎的医治也得家传，所以这个新宅院门上也就挂了个卫生所的招牌。听说四乡五邻的都到那里求医，小院一直都不寂寞。

非典过后，我回了趟家乡。一踏进这个阔别多年，早已面目全非的别家宅院，我就愣愣地站住了，多少封存的记忆都被院子中央的这棵树唤醒了。这是一棵老榆树，我出生那年父母特意栽下的榆树，当我离乡二十年再回来的时候，它竟然还在，还那么顽强地健健康康地生长着。我兴奋得真想跑过去搂着它，很是从心里感谢堂哥当年的手下留情。

老榆树的叶子在风中沙沙作响，是在欢迎这个当年和它天天比个头的老朋友，还是急着要讲述我那些顽皮不羁的往事呢？

听父亲说，当年院子里种了很多树，有槐树、榆树、枣树和杨树，足足二十多棵，遮盖了整个院子。一季季花开花落，树影婆娑，让不大的庭院充满着力量和生机。

姐姐们说，小时候的我特别爱爬树，春夏两季，采榆钱，拽槐花，然后拿给母亲，蒸了吃。母亲担心我的安全，警告我不要爬树，可我偏不听，所以经常被罚站。即使这样，我还是不老实，对着叶间穿梭的鸟儿们可着劲儿挤眉弄眼，虽然一不小心会被它们拉个正着，可这也是我所希望的，心疼我的姐姐们会很快跑去告诉母亲，我也就随之得到了解放。

老榆树一定记得，我最害怕小院的秋收，那时摘下的花生和棉花堆得像小山。到了晚上，母亲就开始分派任务，按年龄大小包干到人，谁先把分得的花生和棉花收拾停当，谁就可以先休息。我年龄尚小，自然分得也少。大人们面对收获是快乐的，可对贪玩的我来讲，那样乏味的劳动真是难熬。于是，趁姐姐们一个不注意，我就会把整把的活儿扔到她们的手边。老榆树，你还记得姐姐们纳闷的神情，还记得我“阴谋得逞”的偷笑吧？

老榆树一定还记得，有一年的冬天里，尽管它用尽了全力去抵挡那场突然而至的暴风雪，可我还是扛不住那出奇的冷，抱着姐姐为我装好的热水瓶早早地上床进了梦乡。但很快，满院子都被我的叫喊惊醒了，那是我做了噩梦滚落下地，手的肌腱被摔碎的玻璃碴子割断了。老榆树，你还记得姐姐那无助的哭，还记得姐姐抱着我在风雪里拼命奔跑的身影吗？

堂哥掂来了一把凳子，轻轻地推推我，让我落座。闲聊时我叮嘱堂哥，一定要善待老榆树，它是一个标志，证明我们曾经有过这么一个庭院，这个庭院因为老榆树在，永远都不会消失。让老榆树告诉村人故旧们，“这一家人，都到外面去了，不再回来了”；也让老榆树告诉人们，这一家人忘不了院子里的生活，到了城市里，他们还渴望住到庭院里，渴望庭院生活。

什么丢了

熟悉我的人都知道我有一个很大的“优点”，就是丢东西。2010年粗略统计，已经遗落手机两部，身份证一张，围巾一条……跨入新年依然势头不减，昨天，手表又不翼而飞了。这么多年我是从不戴那玩意的，就是知道自己丢三落四的毛病。饭间，朋友们感慨我有了新进步，把表夺了去观赏，一来二去三心四意，离席时就给落桌子上了。

意识到的时候，急匆匆打电话到午宴的饭店，对方态度超认真，像警察叔叔一般询问着我们用餐的每一个细节，我耐着性子一一作答。因为我猜想，手表应是捡到了，正在接电话的女孩的手里攥着。

几分钟后，我竟然得到了这样礼貌的回答——好的，我知道了，帮您找找。

妹，大过年的不是拿我解闷吧？我的心情比打电话前还要低落。

半个小时后，女孩来了电话，遗憾的语气如同候机楼里航班延误的广播通知，手表没找到，末了她还不忘温馨地叮嘱了我一句——下次您去哪里一定要小心些。

彻底郁闷了，一万多块，刚买的，就这么没了。朋友在旁边拍了拍我的肩——关键是你没丢，这多好啊。

第二天我起得很早，收拾妥当，又习惯性地看表，手腕空空的，忽然有点心痛。愣了几十秒钟后，我决定再做一把努力。

开车直接去了那家饭店，找了一个最管事的人。这个很干练的姑娘回答我的疑问时更是干练："经常有客人丢东西，只要是服务生捡到了一定会上交的。先生您放心，咱们的员工培养有素，一定不会拿您的东西。只能对您说声对不起了。"

在如此礼貌得体的解释面前，我只有识趣地离开，临走时，我问："你是什么职务？"姑娘说，总监。我问姑娘："你在这家店主要的作用是什么？"姑娘说："培训监督服务，解决客人投诉。"

"姑娘，或许这件事情你不应该放弃，比如这块手表，假如它就是在你们店里丢失了呢？你为什么轻易就放弃了调查，难道这件事情就这么结束了吗？"姑娘问我有什么要求，她尽量满足，我很客气地拒绝了："如果有可能，请你尝试着帮我找一下手表，别的，都不需要。"

出门时，我对自己说，这家店不要再来，手表丢了，白跑了一趟，又丢了时间。

下午四点钟，忽然接到姑娘的电话，我听到电话那端的声音有着喜不自胜的兴奋——先生，您的手表找到了！

姑娘说，我走后她先去房间里翻了个遍，没有。然后找到了相关的人员，说了一些很有压迫感的话，半个小时后，忽然一个人跑过来，对主管说，中午自己捡到了一块手表，顺手放窗台上了。姑娘说，可怕的是，在此之前，她刻意检查过窗台，那个时间是空的。姑娘说，很感谢这块手表，让她发现了自己企业并没有想象中的那么完美。

一块原本我已经放弃寻找的手表，就这么给找回来了。我强行让姑娘办了一张储值卡以示感谢。姑娘最后对我说：“先生，今天我有三个收获，替您找回了手表，发现企业内部的重大问题，天上掉馅饼般地为老板多卖了一张卡。”

这应该是我2010年记忆最为深刻的事件之一了，写这篇文字的时间，应该是很多人很多企业对过去一年的总结时间。我知道，面对盘点，我们更多希望的是大团圆，不愿意谈到失去。但急行军似的一年奔波下来，无论是赚得盆满钵满，还是多收三五斗，那些我们在忙碌背后丢失的某些东西，又会在什么时间去翻阅去思考去觅一觅呢？

2010年，和我们一起丢失东西的还有这个让人无奈的冬天，只顾自己赶时间，竟然不知道把最可爱的伴侣——雪花给丢失到了哪里……

雨一直下

“瞧，又塞车了。”好友的司机语气里已经裹进了些许的烦躁，车里的声响也随之沉寂了下来，我摇下车窗触摸飘飞的雨丝。眼前是“世界三”酒吧闪烁的霓虹。

飞落的雨滴跳动着扑向夜里发亮的法桐叶片，沙沙作响，宛若克莱德曼手指下流淌出来的《秋日私语》，一声比一声雅致，一声比一声从容，思绪和心情也不由得被雨提着耳朵往窗外跑。夜色正浓，但依旧能清楚地浏览整条小街，往前是欧巴斯特，再往前是名典，再再往前是风铃……排列在酒廊前的各色汽车在不断地变幻着光影，像色彩暧昧的油画，游走其间的是朵朵展开的素伞，伞下的男男女女像一池秋水里的瑰丽鱼儿，往来游弋，让人的心境豁然开启。本是普通的邂逅，可眼前的那些车，那些人，却因为潇潇洒洒的雨而变得如此清新而有诗意。

说来也怪，今年七月的郑州，惯常熟悉的燥热、喧嚣、烦闷忽然远离。倒是江南梅日里的连绵细雨下个不停，湿润着我们的肌肤，也湿润着我们的心底。揭下刚刚铺展的亚麻席，把自己裹挟在被窝里，听一听雨的悠然和缠绵，过一过“盖被头开空调”的另类日子。这个七月的郑州，少了几分焦灼，多了几成散漫。

一束光偷偷从酒吧间的门缝里跑了出来，调皮地依在路旁那个女孩的身上。

女孩撑着把红黄相间的小伞，白色的吊带背心，露膝的牛仔裤，白色的欧式尖头拖鞋，一身典型的当季时尚元素。女孩没有化妆，素素的脸庞却是灵气十足，娇小的身体被霓虹灯影笼罩着，静静地站在属于她自己的“雨巷”里，静静地等着属于她自己的诗。

电话响了，女孩整了整扎得松松散散的长发，按下了接听键。再没有了适才的安静，她大声地叫嚷起来，似乎是在责怪对方失了约。稍后，她又转而咯咯地笑，并悄然退到了墙的一角，索性甩了鞋子，一边娓娓地细语，一边用娇嫩的趾尖接着檐下的雨珠，偶尔夸张地摆动下腰肢，也不显得矫揉造作，但那双游移宛转的眼睛，看过去却是格外的蒙胧和含蓄。对外人来说，那永远是一处不可解释的神秘。女孩迈着轻盈的脚步走了，电话在夜的深处继续着。我看夏雨多妩媚，料夏雨看她，应如是！

女孩的灵动、可爱，让我想起了一位远方的朋友。去年的这个时候，我请初来郑州的她到零点酒廊喝酒，一落座她就问有没有冰块吃，服务员抱来了满满一桶，整整一个晚上，她就那样埋着头，一块一块不停气地嚼起来，嘎巴嘎巴，发出啮齿动物一般的怪声，惊得空气中的串串音符慌张地四散而去。我看着她笑，她却笑得更放肆，眼睛婴儿般地蓝。我问她为什么要笑，她的回答一样地毫无顾忌：“高兴呗，需要理由吗？”

不需要理由，是的，快乐不需要理由，就像这个夜里，有人喜欢在雨里做风景，有人喜欢在雨外看风景。

“笑什么呢？”司机把我从回忆中唤醒。“噢，没什么。”道路通了，车动了，我却显得有些眷恋。雨就是这样，流韵有致，无论怎样的故事，有了雨的背景就有了生命。雨就有那样一种神奇，它能弥漫起一种情调，浸润成一种气氛，雕刻出一种记忆。

苹果飞了
沉痛悼念改变时代的顽童乔布斯

他的苹果

“你怎么跑过来了？”海哥在秘书的搀扶下握紧了我的手。

“都成这样了，怎么也不说一声？”我口气中带着责怪，顺手把鲜花和《乔布斯传》轻轻地放到窗台。

床头的小卡片上写着海哥二十天前被送进ICU的原因——肾病综合征。海哥说，他很幸运，如果再晚来几天，小卡片的字就该换成“尿毒症”了。

海哥的病房布置得很标准，一张床，一张沙发，一台微波炉，一台电视。电视屏幕下方贴了张纸条——下午两点到晚上九点提供有线信号。

“刚来的那几天憋坏了，真的憋坏了。”海哥定了定神，语气悠悠的淡淡的。

海哥说，刚被送来医院时，为了便于治疗，医生对他下的严令是——不能说话，不能走动，不能乱吃，不能用手机，不能看电视。那个时间，他能做的就是睡醒了盯着吊瓶看，然后再慢慢地睡过去。

海哥几乎对所有人封锁了生病的消息，怕朋友来看，怕员工担心。那个星期，他就那么翻来覆去着，躺着，想着合同想着签字，想着那些找不到他的人的着急。躺在千里之外的重症监护室，他的身体很安全，他的心情很无奈。

不过，十天后，他不急了。

海哥拿起我放在窗台的书，指着上面那个神情严峻又魅力十足的男人说，之所以不急，是因为他——乔布斯。

海哥说，他是在上海开股东大会时听到了乔布斯离开的消息，唏嘘之际还落了泪。那几天，几乎所有的会议都离不开乔布斯。大家赞美乔布斯的伟大，也担心苹果的未来。最终，海哥和股东们都回到了一个共同的话题，那就是健康。没有健康，苹果看不见，也成不了乔布斯。所以，海哥和股东相约，回到郑州，开始健身生活。谁知，健身卡尚未拿到，他却被急匆匆地送到了医院。

所以，不急了。

海哥说，住院的这段时间，他很幸福。这种幸福感来自二十多天过去了，他的公司一切正常，他的管理层表现很棒。这场病，似乎是惩罚，又似乎是种安慰。他反倒想在医院多待些日子，好让家里的兄弟姊妹们多一些独立面对的历练。

秘书告诉我，海哥每天早早就催他去食堂打饭，他许多年没有吃过食堂的饭了。喜欢吃包子，每次都让多买几个。这些日子，他吃得很香，也很知足。

海哥说，这段日子，他过足了电视的瘾，最喜欢《雪豹》，看了两遍。他喜欢周卫国的锋利和坚强，也喜欢他的勇敢和大气，但他觉得周卫国的身上少了一种东西，拿现在的话说，就是团队的配合意识。海哥说，每一次电视信号关闭后，他总琢磨一个问题，做企业的人，过去靠身体，现在靠管理，今后靠什么？

“似乎应该是更多的放手，放手让团队的‘周卫国’们大胆向前，而投资人，只在方向上，把握东南西北。”海哥说。

握手分别时，海哥像个医生般地叮嘱我，记着，高效率工作，不要满负荷地奔波。

那一刻，我看海哥的眼神，竟然和窗台传记封面上乔布斯的眼神有点相似，略显疲惫却无比专注。我不知道，那样的眼睛里，他是不是看到了属于自己的那个“苹果”。

谁有续集

“晚上十点半，2D，大厅，后几排，切记！”坐在那家熟悉的咖啡厅，我就这样对店长重复交代了三遍。

“放心吧，不会买错的，十点半，2D，大厅，后面的！”年轻的店长念叨着转身走开了。

《变形金刚3》，从第一天零点上映就想看，却因为种种原因拖后了整整一个星期。这个名字是我小时候的奢侈品玩具，现在我也必须承认有份情结还存在心里。所以，这个周末我们几个同龄朋友的假日计划是，下午咖啡晚餐火锅，之后茶馆品茗净肠，十点半开始对着影院的大屏幕为儿时把玩在手中的“擎天柱”呐喊助威。

两个小时后，店长走来，大概知道我有丢东西的毛病，特意拿了个信封把票装好递了过来。真够细心的，她转身告别时我没忘记小小夸奖了几句。

一番烟熏火燎狼吞虎咽之后，我们急匆匆地跑到茶馆，急匆匆地点上老普洱，急匆匆地想要清一清自己油腻腻的大肚子。

十点，起身，拆封，分票。

结果是——蒙！电影买成了3D，座位是清一色的第一排！

怎么会是这个结果？不是交代得很清楚吗？有朋友问我。

我有点无语，打了电话过去询问，那个年轻店长声音里竟然也满是诧异：“十点半，大厅，2D，后排的，不是吗？”

两分钟后，我的手机显示咖啡厅来电。店长连声抱歉，说自己因为走不开没有亲自去买票，事情交代给了一个领班，结果弄错了。
握着电话，我半天找不到话来，懒得抱怨，懒得指责，最终还是只说了声谢谢。
大家最终的意见是，放弃这场电影，理由很简单，坐在第一排看3D，最后一定是和“霸天虎”一起晕倒。

继续喝茶，我点了两泡上等生普，算是自我惩罚。但接下来的时间里，气氛显得总是不太融洽，大家没了适才的兴致。看着桌上那几张作废的影票，心情有点像吞进口中的那碗茶汤，涩涩的。

忽然有人推门而入，急匆匆走到我们面前，披着个雨衣，逆着光像是一个魔法师。稍许才看清，原来是茶馆的店长，她把手松开，露出紧握着的几张电影票。

“是这样的，我看几位难得一起看场电影，结果别人大意买错了票。刚才没事我骑车去了趟影院，还有十一点半的，大厅的，2D的，第十一排的，这是剩余的最靠后的位置了。赶紧去看吧，就晚了一个小时。”店长说话时还气喘吁吁，看得出来，这一番奔波她跑得很紧张。

五秒钟，现场无声。你看我，我看你，然后一起看店长。末了，有人开了口：“姑娘，这里的茶真好喝，我要充张卡！”

店长再三推辞，最终还是没能拗过大家的坚持。我知道，充卡的朋友不只是为了投桃报李，而是想在这个瞬间留下这难得的感动。

好心情延续到了电影院，勇敢的擎天柱，可恶的霸天虎，最最喜欢的大黄蜂，我们一群老男孩跟看六一包场似的，坐在后排叽叽喳喳聊起自己玩坏过几个变形金刚来。听说第三部后就不再续拍了，大家多多少少还有些遗憾。回想起来，2011年的电影市场真的热闹，《加勒比海盗4》《功夫熊猫2》《变形金刚3》《哈利波特7》……续集年年有，今年特别多，这些大片有胆量没完没了地往下续着拍，还不就是因为我们这一群忠诚度极高的粉丝吗？细细一想，这份忠诚度怎么就培养出来了呢？是熟悉，是喜爱，还是因为它已经成了自己美好记忆的一部分呢？想起少年组装拆分的玩具，我们自然要追着看《变形金刚》；想起小店长的雨夜奔波，我们自然也很愿意再走进那家茶馆去……

像树叶一样

12月31日，晚高峰的饭点时间。一帮聚餐共迎新年的朋友大多落座，眼尖的人发现，独独老王没来，他可是最爱热闹最早答应参加的人。电话打过去，关机；等了个把小时，再打，依旧关机。好不容易联系到家人，嫂子告知，也正着急地找呢。老王去哪儿了？不会有什么事情吧？有人开玩笑，老王不会是传说中的那些个跑路的老板吧，这种事情不会发生在我们身边吧……宴会的碰杯声显然没了往日的清脆和悦耳，猛吞入肚的酒水似乎也多了丝担忧的味道。本应大口喝酒大声吆喝的年度聚餐在不冷不热的气氛中有些遗憾地散了场。

夜半，电话的提示灯亮了，老王打来的，他告诉我，他在宁波，在普陀山。老王说，2011年发生了太多不顺利的事，他临时决定驾车疾行千里，赶到那里去祈福新年，现在正窝在山脚下的一家小旅馆里，等着黎明时刻去敲响庙里的第一声钟响。老王还说，他还要去点燃新年的第一炷香，烧得旺旺的，好让自己新的一年少些烦恼，多些顺畅。挂了老王的电话，我起身抽烟，一边抽，一边想象着，再过几个小时，老王伏在清晨微光中的庄严佛像前，是怎样的谦恭三拜，是怎样的满目虔诚……

1月1日，午饭后趁着酒店生意空闲的时候，我直接去了老李的办公室。之所以没有预约，是因为几次在电话中听到的都是老李疲惫的回答：“过两天见吧，这段日子正来回跑着要账。”茶盘里的铁观音喝完了一泡，对面的老李依旧捂脸长思，半晌悠悠地递过来一句话：“没想到要账这么难。”

我问老李，客户欠的饭钱很厉害？老李的脸随即就成了一张被揉皱的人民币，他给了我一个吃惊的数字，将近三百万元。老李说，饭店投资三千多万元，几乎有一半都是借的，因为是刚开业，为了拉生意轰人气，认可了不少客户签单消费，结果年关到了，当他需要连本带息地还上欠款时，自己却要不来饭钱。他现在在借过钱的朋友那里成了没有诚信的人。

老李给我续上热茶，瞪大了眼睛说：“我不是这样的人，真的，我不是，可……”他大声地对着我说了一连串的“真的”，似乎这种强调能帮他坚守些或者说证明些什么。说完后，他又再次捂脸沉默进沙发里。又一泡铁观音过后，他忽然站起身来，自我鼓励地说：“走吧兄弟，我要账去，捂脸也捂不出钱来。”分手的时候，我看了看老李的脸，映在暗淡阴郁的楼群背景里，带点忐忑，带点茫然。

1月2日，一大早还在赖床的时候，老徐的电话就一个接一个地震动了过来：“我已经到办公室了，你们什么时候过来谈啊？”哦，想起来了，有一位朋友的办公室需要设计，说好今天去老徐的装饰公司谈谈的。老徐电话那头的催促，让我有些不解，不过是一个几万块钱的活儿，对他那样大单子不断的公司来说，这种急切让人觉得怪怪的，这不太像他一贯的挑剔做派。

带着朋友见了老徐的面，他那份少见的焦急和热切让我找到了答案，整整一年的房地产形势都不好，房子卖不动了，他的装修生意受连累最直接。往年每到天冷的时候，公司的设计师们手头都有忙不完的图纸，单等设计完了客户认可后开春动工。今年惨了，半层楼的员工只接了五个活儿，2012年的春天铁定要勒着裤腰带过了。老徐很感谢我给他带来生意，他说，在寒意阵阵的公司里，这就是雪中送炭。

签了合同出门的那刻，老徐带着管理层送到了楼下，目送我们上车然后离开。我回望了下，那一张张年轻而疲惫的面庞，存着感激，存着敬意……

元旦假期就要过了。1月3日正午，忽然就想自己到楼下的广场上漫无目的地走走，我能感觉到的是，迎面走过的路人甲乙丙丁，全都裹紧着衣服，全都神色凝重脚步匆匆，那些高大的建筑物在川流不息的人群后，也莫名地显得有些清冷和模糊不清。那一刻把眼睛抬向了天空，太阳不大也不耀眼。就在我的头顶，有一树没有在寒风里凋落的叶子，淡淡的阳光下自顾自地闪着温柔的光芒，我就那样痴痴地望着它们，眼睛变得湿润，变得坚强，这时不知从哪家店铺忽然传出一曲空灵的旋律，嗯，那是王菲的新歌——在山水之间，有一份信念，是静默无言……

哦，新的一年已经来了，我们就像那些树叶，没有落下，就有希望。

很多人连自己的邻居都不认识，却对地球外有没有外星人极为关心。

天堂有鱼

媛媛是我认识的朋友里唯一一位拿油画笔的女士。听说她去贵州大山里闭关写生回来了，我们一干人相约着跑去工作室看望，看画里的美景，看画外的美女。

落座，品茶。媛媛把画架上蒙着的一块蓝色绸布轻轻拉下，一位婀娜纤巧的长发少女随即跃然眼前。女孩静静独坐在半山坡，望着夜空发呆，蓝色的天幕上，没有星星和月亮，只有一条条游来游去的鱼，安详自在，任意往来。

“好新鲜的想象，为什么女孩头顶飞的不是萤火虫，却是河里的鱼？”有人问。

“这幅画我把它叫作鱼天堂，意思就是希望鱼儿们在天堂里过得幸福快乐。”媛媛的眼睛轻轻眨了眨，然后嘴角露出一抹羞涩的笑意。早已过了懵懂少女的年龄，她忽然露出这样的表情，让人不由推测起她和画中人的某种关系。

“没错，那个年轻的背影就是我。”解谜之后，我们听到的是一个有些凄美的故事。

一个多月前，为了给单调的绘画生活加些生机，媛媛在工作室添置了一个鱼缸，买了二十多条各式各样的鱼儿，放养起来。一开始就有朋友提醒她，伺候鱼的活儿，首先换水时别忘了放在太阳下晒一晒，氧化一下，以免鱼儿们不能适应。结果偏偏就这一点媛媛没能做到位，自然几天后她再没看见一尾尾游来跑去的撒欢，而是一幕幕翻肚瞠目的告别，几乎是每天一条的伤感频率，让媛媛的眼眶红了半个月。而每一条鱼儿的离开，她都会小心翼翼给它们洗净了身子，然后拿湿巾轻轻裹上，再装进一个个自制的的小布艺袋，趁着夜色埋在小区的中心花坛中。

转眼，鱼缸内，就剩下最后一条也是个头最大的锦鲤了。媛媛百倍小心，生怕它也要走了，只要待在家里就控制不住一会儿过去看一眼，这种揪心的牵挂已经严重影响到了她的创作。末了，她只能选择把这条锦鲤主动放生，放生的地点选择在了父亲墓地前的那条小河。老家的那条小河水面不宽，却铺满着荷叶。媛媛说她最陶醉于那样的画面，接天莲叶的摇曳间，一尾金黄色的大鲤会经常飘忽而逝，扭头再看，扑通一声又从浓浓绿意里轻盈跃起，映着阳光，发出一道耀眼的金色，照亮郊外的傍晚。媛媛说，那鱼儿应该就是父亲的化身。

“然后呢？那条鱼放生了吗？”我把媛媛从回忆中叫醒。

“死了，放生的头一天，它从鱼缸里自己蹦出来，活活渴死了。”媛媛的回答失落而自责。

锦鲤的悲情告别，让媛媛已经无力伤心。她花了很长时间，把鱼儿放在水中反复冲洗，往鱼的嘴里放了几粒鱼食，接着拿布包好，放在副驾驶座上一路赶回老家。父亲坟头的野草飘来荡去，媛媛不知道，那是不是父亲在叹息，责怪她没有照顾好这些脆弱的小生命。她在墓碑前用手刨了个大坑，很深，因为怕埋浅了会招来偷腥的野猫路过。把土填满后，媛媛特意立了块木牌子，用娟秀的字体写着——鱼天堂。

那天，媛媛坐在墓前说了很多话，和父亲，和锦鲤。她告诉父亲，你有伴了；她也告诉锦鲤，你有了新的主人，这个主人，喜欢挠痒痒，喜欢掏耳朵，喜欢唱京剧，她反复叮咛大鱼，千万不要远离父亲，不要让新主人又孤单。

“你好像对父亲有内疚？”我问媛媛。

“是的，就因为这个原因，我曾经一度想过放弃画画。”媛媛对父亲的记忆一直停留在2008年的春天。

那个春天，是媛媛创作欲望最强的时候，一有时间她就会钻进大山深处，十天半月不露面。媛媛喜欢这种自由自在的职业状态，虽然危险，但她喜欢这种挑战。时间久了，家人也就理解了她，尤其是父亲，每一次都会在她出发写生前，叫上全家人，吃上一顿团圆饭。那一次，媛媛在山里画得格外投入，创作一直处于亢奋状态。但二十天后，当她的手机屏幕再次显示信号标志时，看到的第一条短信就是，父亲成了植物人。

随后的半年时间里，媛媛什么也做不了，只能每天静静守候在父亲的床边，啰里啰唆讲述过去的各种记忆，她渴望某个瞬间会有奇迹发生，然而最后，父亲还是悄无声息地走了。媛媛把父亲埋在了老家自己常去的那条小河边，她喜欢那里的霞光，斜斜地照在水面，金黄金黄的，像是一幅天然的油画。媛媛说，父亲就一直躺在那里，她再去那条河边发呆的时候，就有说话的人，就不孤单了。

媛媛曾无数次拿起画笔，想要画下父亲的模样，但每一次，又都离开了画板，因为她知道，最好的那幅画只能放在心里。

“所以，现在我最喜欢的作品就是这幅鱼天堂了，因为它让我坚信和父亲看到了同样的美好。”

每个女人都希望有一个超能量的男人爱她。

回味很长

进门时，老周正躺在白床单上发呆，见有人来探望，穿一身条纹病号服的他努力地欠了欠上身。他告诉我们，住院后医生提的第一条要求就是——不许动，他的身体太虚弱了。

老周患上了病毒性脑炎，入院前的最后表现是，连续三天神经性头痛，像有钻头在脑子里不断电地工作，最终脑壳没有裂开，人却咣当一下栽倒在大班椅里。老周说，这两三个月，他只忙活一件事，就是要账，拼命地要，无望地出发，绝望地回来。店面租金，员工工资，银行贷款，这一把把小锤敲下来，他的身体先于意志倒下了。

已经躺了八天，输液瓶每天从早八点挂上，晚十一点撤掉。老周现在的作息极其规律极其平静。或许是药物的作用，这些天，他的脑子空空的，半躺在病床上，想最多的却是，吃一口妈妈包的饺子。

医院安详的环境似乎真的能让时针也随之放慢，老周的记忆一下子就穿越回了几十年前那个曾经光脚满街跑的顽皮孩子身上。饭桌上顿顿都是队里统一配发的萝卜和白菜，经常吃着吃着就吐了，吐了之后还得接着吃。那段时间，爸爸在城里务工，担心苦了几个孩子的妈妈没事就往镇里跑，去买肉，给孩子包饺子，买不起肉，就买鸡蛋，包素的。或许在妈妈的眼睛里，孩子们吃饺子的那种狼吞虎咽是一个合格母亲的有力证明，也是一个家庭对幸福意义的最大读解。老周反复提及的一幕，就是站在锅台旁看妈妈炼大油的情景。一块块肥肉入锅，用勺子不停地挤压熬炒，随着锅盖缝里飘出的香气越来越浓，一锅清亮滚烫的热油就炼成了。每一次炼完油，妈妈总会挑上几块油渣撒上盐，让厨房外眼巴巴的几个孩子解解馋过把瘾；剩下的，就细细剁了掺着野菜包饺子。

“这个世界，永远是妈妈的饭最好吃。”老周的眼睛忽然湿润，他说到了一个电闪雷鸣的雨夜。

妈妈忽然没了踪影，在雨最瓢泼的时刻。那个点儿，是凌晨时分。几个孩子着实吓坏了，蜷缩在漏雨的小屋内想着种种的可能，不敢睡觉不敢哭闹更不敢寻找。漫长的等待终于挨过，三更时分，妈妈浑身湿透掂着篮子进了门，篮子里放了十几穗刚刚摘下的玉米棒子。老周清晰地记得，家里的地是没有种玉米的，那么，这些从哪儿来？这成了一家人都默默避开的谜。

妈妈没来得及换衣就钻进了厨房，稍后，她把老周和姐姐们从睡梦中晃醒，让大家吃刚煮好的新鲜玉米。很快，厨房里又传来了剁菜的响动，老周溜过去趴在门缝里看了看，妈妈把剩下的两棵煮玉米一粒粒剥下来，剁碎了，正准备包一顿玉米萝卜饺子。

天色蒙蒙亮，妈妈进里屋躺下了，隔着布帘，老周听到了妈妈隐忍的哭泣声。

老周说，妈妈会包十几种饺子，其中还有一种最难忘的是油条鸡蛋馅的，这种饺子，只能在清明节吃到。每到清明这一天，老周都会早早地跑到村口遥望，等着那些个祭奠了亲人后来家里串亲戚的大人们，他们的手里都会提上同一种东西，就是各家自己炸的老油条。厚厚的油纸裹着厚厚的一沓子油条，拿绳子系着，直直地垂在手中。人一到，老周总会跑着去接，然后一边吃一边往家走，满嘴地流油满脸地幸福着。而亲人们走后，妈妈会把剩下的油条弄碎，打上几个鸡蛋，在油锅里炒一下，做一顿清明才有的油条鸡蛋饺子。

“油渣饺子、玉米饺子、油条饺子，真香啊，真想啊。”老周抹了抹不经意间潮湿的眼角。如今，妈妈老了，那些美味饺子的记忆也老了。老周经营的是一家高端燕鲍翅，在他看来，这些记忆是他一直鼓励师傅们用心调制菜品的原动力。但他又清晰地知道，行业竞争越来越激烈，似乎美食已经渐渐地远离菜品了。停车场够不够大，装修够不够豪华，菜肴之外的附件有没有独到的设计，等等，反而成了主角。当吃成了公关、谈判的一个附属物的时候，所谓美味的记忆也就不是厨师们可以唤醒的了。

人生都是现场直播，不可重来。

忽然病了

以前也有过几次落枕，通常摇摇颈椎晃晃肩就慢慢恢复过来了。这天早上却明显地不对，几番挣扎，除了眼睛和双腿，其他部位毫无反应，一种失重的恐惧在明媚的晨光中袭来。

不知道过去了多长时间，所有关于起床的思索和努力，都在一次次撕裂般的疼痛中宣告失败。窗外的喧嚣明显密集起来，这个点应该是人们赶路上班的早高峰，我渴望听到杂乱的吵闹声中能跳出急救车悦耳的呜哇呜哇，我渴望看见房门被推开，白衣天使走进来绽放笑脸。过往的某些片刻，我也有某些担心，最后的结论总是，虽然自己亚健康，还不至于沦落到呼叫急救车的分上吧。但此时，纵然想，也是徒劳，手机就在一旁的茶几上，却与我有咫尺天涯的感觉。

最终，我不得不采用了一种近乎自残的起身方法，鼓足勇气，憋足内力，高喊“一、二”，把“三”喊劈的那一瞬，我的身体直挺挺地向上弹起，然后又直挺挺地栽倒在地。腰背处像是被一把锋利的大刀片深深地划过，那种疼深入骨髓，两行眼泪一下子就涌出来了。

我开始深呼吸，努力保持平静，抑制住重击地板的身体疼痛，也抑制住挣脱床铺的内心激动。五分钟后，忽高忽低的心跳开始有了舒缓的节奏。接下来，我要做的是，一点一点挪动自己，像电视剧里的特种兵一样在地板上匍匐前进。又五分钟后，我到达指定位置，拨通了手机。

后来我已经记不清楚，在朋友来到之前，自己是怎样站立起，又是怎样穿上衣装。模模糊糊中，我仿佛打了太极，袜子和衬衣在飘来荡去的双手中上下左右地飞舞。

我很快被送到了医生的面前，三位老专家下的结论——不是落枕，而是颈椎病突发。他们告诉我，如果不及时修正和治疗，接下来就是严重的头晕恶心，还有更严重的是眼花缭乱，还有更严重的……

针灸室内，我看到了两三位有点嘴歪眼斜的病友，都是或轻或重的中风患者，随着医生的针线他们一边浑身抽搐，一边咿咿呀呀。很快我也成了痛苦合唱团的一员，嘴唇还有双臂爬满了长长的银针，每进一针，都会像触电般晃动一下。我不免有点担心，假如一不小心扎成偏瘫可怎么办。

祖国的传统中医真的很神奇，一番针灸下来，我至少能够坐了，嘴中也不再呻吟不止了。接着开始第二道程序，在一个挂有“中频”治疗的房间内，我被龇牙咧嘴放倒在床上，后背上是两个宽宽的铁板，铁板的一端有两个线头接在了一台类似于心电图的仪器上。准备妥当，医生“哐当”按下开关，一股股热辣的电流奔涌而来，那个疼，让我想起了关二爷的刮骨疗伤。医生说，这是通过微电流促进严重僵硬的后背血液循环，以便为下一步的人工按摩治疗做好前期舒缓。

“来了？躺下吧，不折腾了吧，这下老实了吧。”按摩室内，老中医的语气里说不出是有点得意还是有点心疼。

“你们这些人啊，不到黄河心不死，颈椎不断不治疗！”刚把双手在上肩揉了一圈儿，老中医又开讲了。

“我们这些人，我们是谁？”我问。

“老板啊老总啊，反正就是大忙人。真不知道，你们的身体是自己的，还是别人的。”老中医的话像极了平日里父亲的唠叨，以前总嫌啰唆，这时听起来却很受用，很久没听一个陌生人这么不紧不慢娓娓道来了。老中医说，他有很多有地位有成就的病人，每次来治疗完，他都要提醒这些朋友，以后哪怕再忙，拐个弯，到他这里来，按上半个小时，都会对身体有很大的保健和防病效果。但这些人，通常来个两三次，病情稍微舒缓，就再没人影了。过不了多久，这些人还会再来，只不过那次通常是被人搀进来的。他最不能接受的一句话就是：“如果现在能让我不疼，拿多少钱都行。”

“可能吗？呵呵。”老中医扭身接电话去了，虽然已经六十有五，但看得出来，他的身板硬朗，步履轻快。

随后的一段日子，我喜欢上了去医院治疗。老中医娴熟的手法按摩着我的肩背，老人家悠悠的言语也按摩着我的精神。他说，疾病不是忽然就来了，健康也不是一下子就没了，所以啊，治疗病痛寻回健康也得有耐心，慢慢来。

好的，我不急，咱慢慢来。

一段往事

“都来了？”
“都来了！”

黑漆漆的冬夜，四个摘去红领巾的初中生打着哆嗦碰头了，地点是经八路与黄河路交叉口西南角，一家电影院的墙外。墙头很矮，孩子们这次的行动已经筹划了很久，他们今天要合伙干一件大事——爬墙看电影。

记忆中的时间应该是1988年，我也是其中一个忐忑不安的少年。也是因为电影的影响，那个年月，我们都是小兵张嘎的铁粉，嘎子哥胆大心细，有勇有谋，爬树上房如履平地。只可惜，我们没机会像小英雄一样智斗鬼子了，就把翻墙看场免费电影当作是一种学习和纪念吧。当年的经八路是郑州数得着的繁华街道，一个乱糟糟的菜市场在全国都排得上位次，更重要的是还有一家电影院建在那里，吸引着多少学生兴奋的目光。电影院的后面，是一排排用薄薄的石棉瓦搭成的矮平房，有放杂物的小仓库，也有收废品人的家，矮墙由低到高，一直连到电影院的后墙上。

那个夜晚，我们都穿着清一色的绿色小军装。小胖是领头的，他激动地做了战前动员：“我们的目标，电影院，大家匍匐前进，不许出声。”清晰地记得，夜色里虫子蠕动般地匍匐前进，一边爬一边想象着嘎子的模样，一旦有了“敌情”（有人出门泼水或者把着孩子撒尿），所有人立刻原地潜伏。呵呵，让人尴尬的是，矮墙下面给孩子把尿的家长们口哨声一响起，我们也就跟着进入了情境，尿湿了裤裆。

半个小时后，我们有惊无险溜进了电影院，躲在一个昏暗的角落，瞪大眼珠等着下一场影片开演。很快音乐走起，我们从左到右兴奋而认真地读着片名——《冒险的代价》，法国片。

“咋是这片？”放映机的光束下，小胖苍白的圆脸上全是不满，“谁说今天演的打仗片啊？”

没有人回答他，每个人都在努力看着银幕，等着画面里出现激烈的战斗场面，二十分钟后，小胖气呼呼地说了句——这片不打，看不懂，撤！

保险起见，我们没敢从正门出去，还是沿着原路爬上了后墙。没看到打仗片的失望，加上赶着回家的急躁，匍匐前进不规范走了样，意外降临了，轰隆一声，四个少年连同脚下的石棉瓦一起直愣愣地掉了下去。好在房子不高，好在还有个大大的鸡笼子在下面接着。

吓坏了，那个怕，至今我还记忆犹新。屋子不大，全是鸡，有活的，有死的，有带毛的，有光肚儿的，一个大铁锅内，冒着让人作呕的热气，里面煮着很多简单处理过的鸡。那个程序我看明白了，是在给鸡煺毛。

有人推门进来，手中还掂了根棍子，四个孩子惊魂未定，全吓哭了。还好小胖年龄大点，懂得一些担当，他挺了挺身子，怯生生地对着来人嚷嚷：“我们是来看电影的，我们不偷鸡！”

房主人听罢我们的叙述，自顾自笑了起来。稍后，他给我们找了个将功折罪的办法：“如果你们今天帮我把锅里鸡子的毛择干净，我就放你们走，而且以后啥时候，你们还愿意为我义务择鸡毛的话，我就免费让你们看电影。”说完，他打开了旁边一扇小门，天，走进去就是电影院。

事后我们总结了，那一天注定不吉利，因为看了个不该看的片子——《冒险的代价》。

写到这里，二十多年前摘鸡毛的骚臭味仿佛又飘过来了，记得那晚回家后，我像电影里干了坏事的人一样，把手放在水池里足足洗了几分钟，之后的好些天，我还时常忍不住把手放在鼻子前，闻了又闻。等那股难闻的气味彻底消失之后，我们四个又悄然聚到了一起，几乎是异口同声：“咱去找老板择鸡毛吧。”呵呵，后来我才知道，那就是誉满郑州的大名鼎鼎的德州扒鸡店。只可惜，如今的经八路，经历了多次变迁，那个店，那个老板，那些鸡，还有那个老影院，永远地消失在记忆深处了。

说不清什么缘由，“合伙人”的话题竟然引起了我这么一段回忆。内心还真有个小愿望，希望这篇文字的刊登能帮我联系上三位儿时的伙伴，尤其是敢于担当的小胖哥。如果有可能，真想和你再合作一次，干点别的。

平静如水

春天的16点，原本只是日光流出暗淡、心情泛起慵懒的伤感时刻，2003年春天的这些个下午，一个名叫SARS的“不速之客”却让我们随着季节变换出的一贯轻佻的沉醉和忧伤，有了一种悲天悯人的沉重。16点的钟声一遍遍敲响时，我们只能坐在家里或写字间，不再为窗外的艳丽与青翠所动，眼前的电视屏幕，正在直播卫生部关于疫情的防治报告。那些个日子，有些惶恐，有些担忧；那些个日子，是一片片漂浮的口罩，是一杯杯冲泡的中药，是一次次清洗的香皂……我们会莫名地紧握双手，寻觅心中久违的流星，闭着眼，许着愿……

我们无辜而又无奈地开始了一种“非典型生活”，改变来得突兀却并不慌乱。

再次登门纬五路上的F3桌球吧，写有“歇业”这样的告示牌看上去已经贴了很久，门缝内看不到一丝光亮。邻居卖烧烤的马三提醒：“SARS闹的，暂时关门了。”正是晚饭时候，马三的生意也异常冷清。看我无事，他笑着说：“要不，我请你吃腰子，咱俩聊聊？”话题自然还是东拉西扯，只是他的话语里再没有了城里挣钱的艰辛，反反复复念叨的是老婆的贤惠与孩子的调皮。几瓶啤酒下肚，熏烟里的马三有了醉意，喃喃自语：非典过去了，还是得把他们接到身边来，能瞅见才放心啊。

经六路这条小街，因为音乐和啤酒的流淌，也流淌着年轻人的酸甜苦辣。三两知己，叫上几瓶喜力，在碰杯中或哭，或笑，或追逐，或拥抱。那些个画面，被霓虹灯串起，透过橱窗，透过密织的法桐树叶，都装进了浓浓的夜色里……在特殊的时期里，这里没有了斑斓的灯火，没有了炫目的名车秀，没有了那些熟悉的笑脸和背影。那家我经常光顾的酒廊内，只有老板静静地陷进摇椅里，眼神和屋里的光线一样迷离，在墙上价码表的一边，是他刚刚手绘的POP标板：众志成城，战胜非典。

忘不了体育场上的那场篮球比赛，那是些忘我健身的可爱民工。二十几个人，一开始挤在一个篮板下混乱不堪，似乎是在打半场，打着打着明白了，那边还有一个篮筐呢，还是打全场的好，打着打着又明白了，得有个裁判维持秩序啊，可有了裁判又能怎样？照样拿脚踹，抱球跑，衣裳一样被撕扯，鞋子经常被踩掉，挂花的队员不能论个儿查，得按拨儿数。末了，收兵时，他们还不忘给观众来了个OK手势，兄弟们相约说明天还要go on。

写字楼少了许多陌生的面孔，因为客户之间开始在电话中谈判；郑邙公路两旁的黄瓜一块钱六斤，因为菜农们进不了市区；郊外庄园里的纯血马和白兰鸽最近有点欢喜有点慌，都市人群蜂拥而至，又怎能让它们不受宠若惊……SARS就像一块投进我们生活湖水里的石子，激起的有浪花，泛起的有涟漪，甚至在我们不能觉察到的湖底，也有沙石和尘土被撩起。但是我坚信不久后，宽阔包容的湖面依然会平静下来，就如同什么都没有发生一样，而湖底的那块石子，会带着它的重量和质地，永远地压在那里。这个时候，我对《活着》和《平静如水》这两个小说名不由地都有了更深切的认同。

安静一下

“下一位，张健！”一位中年女医生站在门口叫着我的名字，她通身青绿色的隔离衣，带着橡胶手套的双手高高举起，就像是从《心术》里走出来的，让一切平添了几分戏剧感。

穿了鞋套，跟着向里走，医生大姐一声不吭，手依然那么举着。长长的楼道越走越没有声响，安静得像是走进了隔离区，我不免心生怯怯，做胃镜却找到了心脏搭桥的感觉。走着走着，我又拐进了卫生间，结果有心无力，只好站在小便池前平复一下自己。

我被交给一个年轻的男医生，他拿着单子如同签证官一般抛出了一串问号——你有心脏病吗？你有高血压吗？心脑血管正常吧？对什么药物过敏？最后他把单子递过来，让我慎重签字，他解释说，这个询问很重要，因为检查的过程中各种情况都有可能发生，甚至一命呜呼。

呵呵，听到“呜呼”那个词时，我确信自己似乎看见了一个血压表，读数正在噌噌地往上升。

第三个接待我的是一位年轻的女护士，手里拿着两小瓶药，甜甜地问，怕苦吗？我的回答当然是YES，她的笑容一如既往不为所动。“恭喜你，这个麻药，很苦！”

感觉？别问我什么感觉，因为我的感觉就是没有感觉。

躺在那张移动的病床没两分钟，我就只能张嘴发不出声了，护士确认药物起效，推着我便径直往里走，停在一个紧闭的房门前，把我放下就走了。漫长的五分钟过去了，没有什么人来，也没有任何声响，我仿佛被忘记了，原本以为整个身子会麻掉，没曾想一个鲤鱼打挺，我竟然坐了起来，除了嘴和大半张脸没了知觉，其他都还好，只是走路有些飘忽。

走两步，还行，憨豆先生一样手舞足蹈推开了那扇神秘的房门，探头往屋子深处一看，吓着了！胃镜原来是这样做的。一位大汉鼾声如雷，躺在窄窄的所谓手术台上，他的嘴被一个塑料圆环撑开，跟捞出水的鱼一般大大地张着，里面伸出两根细细的长线，两位医生站在他的前方，一人攥着一根，来来回回一拉一送，头顶的显示屏，同步播放着这个男人正被探索着的胃壁，纤毫毕现。两位天使的对话我也听到了，一个说，这个地方有点麻烦，另一个说，揪掉点做深入检查吧……

静静地爬回病床上，我一动不动，直到被推进去，脑子都是空白的，我只记得慌着用肢体语言告诉医生，自己的意识还很清晰，希望能全麻，省得让自己的胃吓了自己。

一位医生把塑料圆环套在了我的口中，另一位用一个散发着气体的橡皮管勾住了我的鼻子，他逗逗地对我说，开始晕吧。我准备数羊转移一下恐惧，预备，开始！可连一个数字都没默念出来，就没了知觉。

“张总，醒醒，吃饭了，张嘴。”
“一边儿去，不吃，让我再睡会儿。”

呵呵，这是我在麻醉后的一段梦话，梦见自己的司机小弟找到了什么美食，非要让我张嘴吃饭，那个烦哪，恼坏了！最终，我还是在愤怒中被拍醒了，定眼一看，原来是医生正在身旁摇晃呢。迷迷糊糊中，我问医生，这是哪里？医生让我猜。

是医院吗？胃镜室？两位医生忍不住还夸了我，用了三倍麻药竟然还能这么快恢复记忆，不简单，刚才叫我的过程让他们多少还有些紧张。医生这么一说，我乐了，想起了一哥们儿老聂，怕坐飞机，去美国时，超量吃了三片安眠药，结果十几个小时后飞机到了，人却死活睡不醒了，被人背下了飞机，差点直接送去了医院。

医生最终把我推进了一个很大的房间，里面躺满了等着醒药的体检者。整整四十多分钟，就那么静静地躺着，护士拿来报告，告诉我胃部没有大碍，只是有些炎症。本想拿起单子仔细看看，却毫无力量只能放弃。眼睛静静地盯着某处发呆，这么多年，从来没有这样地瘫软过，也从未有过这样的空白，什么都不必想，什么都不用做，就那么不负责任没心没肺地傻躺着，很安静，也很舒服。这种舒服，超越觥筹交错的碰撞，超越摇头晃脑的慢摇，超越禅茶一味的品茗，超越合同签署的欣慰……

原来，安静一下，有这么好。

——后记——

文字给予了我什么

还是先从二十年前说起吧。虽然这样一种开篇方式并不很适合我的年龄，多少有点为讲故事强卖老的嫌疑，可在我已经改变不了的个人成长史上半部里，那确凿是个无法回避的时间点。

二十年前，郑州嵩山路上长长的法桐树应该比现在更茂密吧。如果有人45°仰头从茂密的树影间望去，路旁有着庞大身躯的省图书馆一定显得既神圣又神秘。而我呢，还是一个葱一般青脆热辣的少年，青涩的职场生涯就开始于这栋建筑的顶楼。那时，一家广受赞誉的广播电台在楼里租借了小半层做自己的办公室，直播间外的大屋里我也分得一张小小的办公桌，要是放个称谓名牌的话，我面前那块应该写的是“见习编辑”。白天奔波在各职能部门间，沟通协调听众的热线投诉并回复，每当夜幕降临的时候，就只有孤独陪在我的左右，无女友不住家单身男的身份特征让电台领导敏锐地意识到了开发我夜间时段的可能性。于是，一份月薪二百元的夜班保安兼职不由分说就落在了我头上。大把的个人空闲时间加上一位编辑哥哥的指引，让文字、写作这些陌生遥远的概念开始走进我的生命里。这位在报社做总编室主任的哥哥提醒我，尝试着把每周的热线电话内容加以归纳梳理，编写成一篇篇文章交给他刊登在版面上。

就这样，每个周末，署有我名字的文章就和城市里十几万读者见面了，那种满足，那种成就感，在相当长时间里，让19岁的我都有点晕晕的飘飘的。请设想一下，一幢几万平米的黑黢黢的大楼里，只有一扇窗口透着昏黄的光亮，灯影笼罩着的小桌前，是一张咬着笔杆皱着眉头的年轻脸庞，万籁俱寂里，万般孤单中，就是一行行稚嫩的文字陪着他照着他暖着他。

这便是文字最初给予我的——可以那样温柔地面对自己的沉静孑然。

顺着时钟正转到十几年前，在这个城市有一本很成功的DM出版物，别误会，它的名字并不叫《领跑》。二十出头的我有幸加入到了那个充满活力的团队，还在版权页上挂了个总负责的头衔。也就是从那时候起，每期的卷首语就成了一道“咒符”，约束着我此后十几年没有与文字与写作断了牵连。常有朋友问，是什么力量让你坚持写了这么久？同样的问题转到自己的角度上时，我也偶尔会想，这般有点精神苦修味道的书写究竟带来了怎样的快乐和收获？

相当长一段时间，我的“书房”就在这个城市大大小小的洗浴中心里，如果你曾经看到过两个裹着浴袍的男人在休息厅高谈阔论，谈的无关生意，而是字词的斟酌，现在不必猜测了，其中一个是我，那一位八成就是编辑哥哥。某次，我和他推敲“宁可食无肉，不可居无竹”的由来时，俩人手舞足蹈声情并茂推演起了一千年前东坡先生的寝食起居来——那个大个子四川人该是又饱餐了一顿回锅肉吧，摸着隆起的小肚子能让他闪过塑身的念头吗，嘴里叼个牙签踱进后花园的他会不会有小马哥的神采呢……我俩就那般想象着推理着恶搞着，如同俩孩子在玩一个旁人都看不懂的游戏。就是这种只可意会无法言传的美妙和欢愉，我此后的时间曾在很多场所和情景里去四处寻找，却都一无所获，而只有打开笔记本敲击着键盘、在纸张上奋笔疾书时，才有可能再次听到那些来自心底的笑声。

这便是文字后来给予我的——可以那样有趣地认识身外的杂色斑斓。

不讲道理，只说事儿，这是当年那位编辑哥哥给我的反复叮嘱，后来我知道了有一位德国人早就说过同样意思的名言，“理论是灰色的，生命之树长青”。从开始码字之初，写人写故事，就成了我对自己文字最清晰的定位。当然，在讲故事之前，我需要先学会聆听。故事的主人公，大多是和我接触的朋友，有的是亲情友情所系，有的因合作机缘巧合，有的是淡淡的萍水相逢，也有一些，是我刻意搜索寻觅来的，比如，街头打电话的陌生小女孩，比如从未来过中国却沉迷于《上海滩》“浪奔浪流”旋律的泰国人妖。

这些我曾跟随、深挖的面孔中，哑巴叔，算是最特别的。哑巴叔，是我父亲的亲表弟，少时失语。在我仅有的记忆里，多是他支支吾吾指手画脚的一幕，孩子们都把他当稀罕看，每个小孩都拿土块掷过他，但他，总是哼哼唧唧，乱蹦乱跳，不但不生气，似乎还很高兴。八岁时我来了郑州，过了黄河桥，就沉入霓虹灯，家乡，也就淡忘了。

去年，大娘去世，我回故乡奔丧，进村见到的第一个人就是哑巴叔。奇怪的是，几十年后的相见之初，哑巴叔忽然拉着我的手，只管走，亲戚们狠狠地追打他的背，也阻挡不了他莫名萌生的那股执拗。最终走到一个破败的院子前，他从腰间拉出一根长长的绳子，绳子的那头是一串大大小小的钥匙，然后，他兴奋地打开门来，肃立，鞠躬，像个五星级酒店的门童。那一刻，我知道，哑巴叔将会是我又一期卷首语的主角，经过了六十多年的沉默，他渴望“述说”，而我，就是那个被选中的听众。

这便是文字继续给予我的——可以那样深沉地关切他人的爱恨悲欢。

细腻待自己，生动看世界，温柔处他人，因为有了文字的提醒和陪伴，让早早离家孤身闯荡的那个我，没有迷失，没有跑偏，还算正常地走到了今天。所以，二十年后，敢于把这些细碎杂乱的文章结集出版，不是源于勇

气和自恋，而是要对自己的初心做一次校正辨真，想对大家的阅读做一次集体感恩。

真好，我还在。
真好，你们还在。

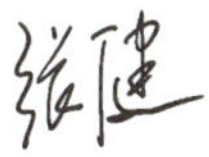

2014年《领跑》创刊十周年之际